Alexander Lange Kielland, der ›norwegische Fontane‹, zählt zu den ›Großen Vier‹ der norwegischen Literatur des 19. Jahrhunderts, neben Ibsen, Bjørnson und Jonas Lie. Er wurde 1849 in Stavanger geboren und starb 1906 in Bergen. Sein literarisches Schaffen erstreckte sich auf die Zeit zwischen 1879 und 1891. Nach dem literarischen Skandal um *Jakob* stellte der »geborene Erzähler« das Schreiben ein und wurde zunächst Bürgermeister in Stavanger, dann Bezirksamtmann in Møre und Romsdal.

Die Neuübersetzung – und der Vorschlag dazu – stammt von ***Gabriele Haefs***, die u.a. *Sofies Welt* (und alle folgenden Werke Jostein Gaarders, außerdem Anne Holt, Håkan Nesser usw.) ins Deutsche übersetzt und Kiellands Werk erstmals auch im Deutschen die stilistische Meisterschaft des Originals beschert hat. Gabriele Haefs hat den Königlich-Norwegischen Verdienstorden erhalten und ist damit Ritter 1. Klasse.

ALEXANDER L. KIELLAND

Jakob

Übersetzt von Gabriele Haefs

Mit Anmerkungen

ALFRED KRÖNER VERLAG

Alexander L. Kielland
Jakob

Übersetzt von Gabriele Haefs
mit Anmerkungen
1. Auflage
Stuttgart, Kröner 2019
ISBN: 978-3-520-61201-4

Originaltitel: *Jacob*
Erstmals erschienen bei Gyldendalske Vorlagsboghandel & Forlag.
F. Hegel & Sø, Kopenhagen, 1891

Diese Übersetzung wurde publiziert mithilfe
der finanziellen Unterstützung durch

NORLA
NORWEGIAN LITERATURE ABROAD

Umschlag- und Satzgestaltung Denis Krnjaić, adenis.de,

Umschlagmotiv unter Verwendung von shutterstock

Abbildung des Autors auf der Umschlagrückseite von Emil Hohlenberg

Gesamtherstellung: Friedrich Pustet Regensburg

Jakob

I

An die zwei Dutzend Kilometer im Binnenland, wo die Landschaft zu den Bergen hin langsam anstieg, lagen die kleinen Höfe, einsam und verstreut, und flache Moore mit von Schilf umstandenen Tümpeln zogen sich schwarz zwischen sanften Heidehängen dahin, auf denen das Heidekraut kaum die großen Steine überragte. Der Weg, der nur aus einer einzigen, gewissenhaften Wagenspur bestand, wand sich zwischen Felskuppen und Steinbrocken, dort, wo schon vor Jahrhunderten bedächtige Saumtiere entlanggetrottet waren, und kein Pferd – und erst recht kein Mensch – war jemals auf die Idee gekommen, diesen gewissenhaften Pfad zu verlassen.

Auf diesem Weg nun war ein großer, starker Bauernbursche mit hellroten Haaren und Sommersprossen unterwegs. Er hatte sein breites, flaumbedecktes Gesicht nach Nordwesten gewandt, dem Meer zu, der Stadt zu, der goldenen Abendsonne zu, die das Heidekraut zwischen Weg und Wasser erröten ließ und sich in den Wellen des schmalen Meeresarms spiegelte, gleich unter dem Horizont. Der Widerschein des Goldglanzes leuchtete in seinen hellblauen, zusammengekniffenen Augen.

Und in ihm war wirklich alles Gold, er dachte an nichts anderes, sah nichts anderes, er ging unbeirrt weiter, als wate er schon durch Gold – nordwärts, auf die Stadt zu, die Stadt, die vor Goldschillingen geradezu überlief, vor Goldschillingen und Mädchen.

Und doch hatte Tørres Snørtevold in seinem Leben noch nicht viel echtes Gold gesehen; einige vergoldete Bilderrahmen in der Stube des Pastors hatten ihn so halbwegs beeindruckt. Aber am Vortag hatte er von den Viehhändlern, die für den Engländer Schafe kauften, zwei echte Goldschillinge erhalten.

Tørres war mit den Goldschillingen auf den Dachboden gegangen, wo er ganz allein gewesen war, er hatte die Faust um sie geschlossen, hatte sie vorsichtig gegen einen Nagel geschlagen, hatte an ihnen gerochen und behutsam in ihren Rand gebissen; und die ganze Nacht über hatte er sie bei sich im Bett gehabt, hatte sie unter seine Wange gelegt oder sie im Halbschlaf aneinander gerieben, um sich davon zu überzeugen, dass beide noch da waren.

Am nächsten Tag war er wie verwandelt gewesen. Er hatte in die Stadt gewollt, sofort und allein. Er, der immer über die Stadt gesprochen, aber nie den Mut gehabt hatte, sich anzuschließen, wenn die anderen zum Markt gezogen waren; er, der immer für die Reise in die Stadt gespart, aber nie Geld genug gehabt hatte, er war jetzt auf der Stelle bereit gewesen und hatte sich nicht zurückhalten lassen. Er hatte sein Geld in kleinen Portionen überall an seinem Leib verteilt, und nun wanderte er in der Nachmittagssonne den Weg hinab, zum See, wo er eine Überfahrt zum Bahnhof am anderen Ufer suchen wollte.

Er wusste, was eine Fahrkarte in die Stadt kostete; sie war viel zu teuer, aber es war ihm unmöglich, anderthalb Tage zu Fuß zu gehen, dazu war seine Sehnsucht zu groß. Er stellte sich vor, dass die Überfahrt mit dem Boot 25 Öre kosten würde. Doch als er endlich den Felsen am Ufer sehen konnte, wo das Boot, das wusste er, immer lag, kam ihm der Gedanke, dass Anders, dem das Boot gehörte, vielleicht gar nicht in der Nähe war. Dann könnte er das Boot ausleihen und selbst rudern; es würde nichts kosten, denn er würde ja niemals hierher zurückkehren.

Zu Hause hatten sie nicht viel gesagt, als Tørres sich marschbereit gemacht hatte. Er war seit jeher ein Eigenbrötler gewesen und hatte sich wenig um die anderen gekümmert. Das Haus war voller Kinder und immer drohte der Weg zur Armenkasse; Tørres war nicht der älteste Sohn, er hatte für den Gutsherrn auf dem Hof gearbeitet und sich ansonsten um seine eigenen Angelegenheiten gekümmert.

Schon früh hatte er unbegreifliches Glück mit Schafen gehabt. Immer hatte er zwei Lämmer gehabt, und wenn ein Schaf in der Heide verloren gegangen war, war es niemals eins von Tørres gewesen. Dennoch war er nicht zufrieden gewesen; dauernd hatte er geklagt, dass er es zu nichts brächte, und egal, wie vorteilhaft er verkauft hatte, niemals hatte man ihm angemerkt, dass er Geld hatte. Schweigsam und mürrisch hatte er zwischen den anderen gelebt und war langsam erwachsen geworden.

Aber als er nun die letzten Hänge hinabging, auf die goldene Sonne zu, während das Wasser vor ihm glitzerte, erwuchs in dem Bauernjungen ein neues und unbekanntes Gefühl von Macht und Stärke. Er besaß weder Bündel noch Stab, doch er musste etwas in den Händen haben und nahm sich deshalb zwei runde Steine aus einem Bach – einen für jede Hand. Die schlug er aneinander, so hart er konnte, und sang dazu: Gold und Mädchen, Mädchen und Gold – er sang laut und stampfte dazu mit dem Fuß auf, obwohl er gar nicht singen konnte.

Er ging langsam und sah aus, als ob er etwas zermalmte, während er selbst wuchs, über seine zwanzig Jahre hinauswuchs, so sehr wuchs, dass er den Mund mit den kräftigen Zähnen öffnen musste – gleichsam, um seine gewaltige Begierde zu verschlingen.

Und als er das Boot auf der Südseite des Felsens liegen sah und kein Mensch in der Nähe war, stürzte er den letzten Hang hinab – lachend und jubelnd erreichte er das Ufer.

Doch sein letzter Sprung zwischen das Geröll war am Strand zu hören, und hinter dem Felsen tauchte ein Kopf auf, und ein Mann, in dem Tørres Anders erkannte, fragte trocken:

»Was hast du mit meinem Boot vor?«

Mit einem scheußlichen Gefühl von Angst und Enttäuschung ließ Tørres das Boot los, sagte aber ruhig, als ob genau das seine Absicht gewesen wäre: »Kannst du mich zum Bahnhof hinüberrudern, Anders?«

»Nein.«

»Aa-hach? Ich bezahle ja auch.«

»Das Boot ist vermietet«, erwiderte Anders und spuckte aus, wandte sich dann gelassen ab und verschwand wieder hinter dem Felsen.

Mehrere Stimmen waren nun zu hören, lachend und plaudernd hinter dem Felsen, während Tørres für einen Moment wie verloren dastand und sich dann wieder zusammenriss. Aber sein Blut war dermaßen in Wallung geraten, sein ganzes Gemüt war dermaßen erfüllt von dem goldenen Traum, dass er laut rief – eben damit die anderen hinter dem Felsen es hören könnten:

»Ich biete 50 Öre für die Überfahrt zum Bahnhof.«

Doch nun hallte ein Lachen über den stillen See, ein Lachen, wie Tørres es noch nie gehört hatte, denn es war ein Stadtlachen – spöttisch, überlegen und frei. Und es wurde gerufen: »Zeig dich! Zeig dich, Mann mit den 50 Öre! – Lass uns den Goldvogel sehen!«

Zwei lustige rote Gesichter tauchten vor ihm auf, und als Tørres sich ein wenig bewegte, erblickte er drei Städter mit Angelausrüstung, die sich im Schutze des Felsens im Gras niedergelassen hatten. Sie hatten zwischen sich eine weiße Tischdecke ausgebreitet, und Flaschen lagen darauf im Kreis, es gab Gläser mit rotem und gelbem Inhalt, Butter in einer Glasschale, feines Stadtbrot, geöffnete Konservendosen, Hähnchenteile in Papier – Tørres sah das alles mit einem einzigen Blick, ohne mehr zu begreifen, als dass das hier doch unbeschreiblich teuer war, und er sank vor lauter Mutlosigkeit in sich zusammen.

»Komm her, Junge! Trink ein Glas!«, rief der Älteste der Städter, er war dick und hatte ein rotes Gesicht.

Aber Tørres stand mit finsterer Miene da und erwiderte nur:

»Ich muss zum anderen Ufer!«

»Ach, dann scher dich doch zur Hölle!«, rief der Dicke und leerte das Glas selbst. »Das Boot haben wir gemietet.«

»Haben wir noch Platz, Anders?«, fragte einer der anderen.

»Aber ja – du weißt doch, es ist bestimmt genug Platz«, antwortete Anders.

»Nein, nein!«, rief der Dicke entschieden aus. »Den wollen wir nicht mitnehmen. Ich fahre ohnehin nicht gern in diesen verkommenen Booten – und schon gar nicht, wenn sie überladen sind.«

Und als ob Tørres gar nicht mehr da wäre, fingen sie wieder an zu essen und sprachen über all die morschen Kähne, auf die man auf Flüssen und Seen angewiesen war, um zu den Angelplätzen oder ans andere Ufer zu gelangen.

Tørres wich zurück, den Felsen zwischen sich und den Fremden, bis er eine Mulde am Ufer fand, wo er nicht zu sehen war, wenn er sich flach auf den Bauch legte. Hier lag er nun und fluchte und kratzte im Sand herum.

Sie hatten über sein großartiges Angebot gelacht und ihn dazu verurteilt, um den ganzen See herumzuwandern. Und deshalb würde er den Abendzug nicht erreichen, würde er bei Fremden übernachten – vielleicht teuer dafür bezahlen müssen; und er würde nicht in die Stadt gelangen, die dort im Norden im Abendrot vor ihm lag – an diesem Tag würde er die strahlendhelle, wunderbare Stadt nicht mehr sehen, auf die er so eilig zugestürmt war.

Nach langer Zeit standen die Männer auf, satt und warm und mit qualmenden Pfeifen und Zigarren, während Anders, der an Stadtleute gewöhnt war, alle Überreste zusammenpackte und zum Boot trug. Als sie unter Lachen und Scherzen an Bord gegangen waren, wurde Tørres klar, dass sie ihn erwähnt haben mussten, denn der Dicke, der ganz vorn saß, rief laut:

»Wir geben Anders eine Krone extra, damit wir den Goldvogel nicht mitnehmen müssen, dann verdient er doch noch seine 50 Öre.«

Damit glitt das Boot vom Ufer weg; die drei Herren konnten ihre Fliegen und Ruten nicht schnell genug ins Wasser halten, um auf dem Weg zum Bahnhof noch eine Runde zu angeln. Tørres blieb allein in seinem Versteck zurück und starrte ihnen mit brennenden Augen nach.

Dann schlich er sich zum Felsen hinunter, dort lagen einige Korken und Papier mit Butterflecken. Er drohte dem Boot mit der Faust und erlitt einen Anfall unbändiger Wut auf diese Menschen – vor allem auf den Dicken. Er presste sich an den Felsen, drückte und schob. Aber das unerschütterliche Gewicht ließ ihn kalt werden; der Anfall ging vorüber und er schaute dem Boot hinterher, das jetzt in den dunklen Schatten unter dem anderen Ufer geglitten war, während er sich das Versprechen gab, dass er das hier nicht vergessen würde.

Danach nahm er geduldig seine Wanderung wieder auf; auf diese Weise konnte er immerhin 50 Öre sparen, jetzt musste er sich ein Nachtquartier suchen.

Doch es war kein Gold von der Sonne übrig, und in Tørres gab es keine törichten Träume mehr. Er prüfte alle seine Geldverstecke, zählte nach und zählte zusammen, noch hatte er keinen einzigen Öre ausgegeben.

II

Die Stadt, die er am nächsten Morgen erreichte, war so groß, dass Tørres nach Verlassen des Bahnhofs ziemlich überwältigt stehenblieb. So viele elegante und luxuriöse Häuser hatte er sich nicht vorstellen können, egal, wieviel er schon darüber gehört und wieviele Gedanken er sich gemacht hatte. Ohne auf einige Jungen zu achten, die sein Gepäck tragen wollten – er hatte ja nichts –, ging er langsam in Richtung Innenstadt, ohne auch nur mit einer Miene zu verraten, wie überwältigt er war.

Doch plötzlich kam ihm etwas Neues entgegen. Und zwar eine feine junge Dame – geschnürt und tailliert, mit spitzen Stiefelchen und einem schrägsitzenden großen Hut. Ehe er sich's versah, riss er sich wie vor dem Pastor die Mütze vom Kopf, und die Dame wurde rot, aber sie konnte sich ein ziemlich zufriedenes Lächeln doch nicht verkneifen.

Es war weniger ihre Schönheit – Tørres hatte ihr Gesicht ja fast nicht sehen können – und auch nicht ihr teures Kostüm – aber ihre Gestalt! Dass man ein

Frauenzimmer so aussehen lassen konnte, das erschien ihm als gewaltiges Meisterstück. Tørres hatte schon früher Frauen gesehen – mit Kleidern und ohne; aber so etwas hatte er nie auch nur geahnt. Und bei jeder Dame, die ihm nun begegnete, durchfuhr ihn ein Stoß, und er starrte sie an, doch keine beeindruckte ihn so wie die erste, und er riss sich auch nicht mehr die Mütze vom Kopf.

Um die Mittagszeit hatte Tørres sich so weit mit der Stadt vertraut gemacht, dass er wusste, wo sich die Menschen vor allem aufhielten. Mit den kleinen, engen Gassen war er bald fertig; aber in den Hauptstraßen, wo die Häuser aus Stein waren und ungeheure Fenster aus einer einzigen Glasscheibe hatten, durch die man hindurchblicken konnte wie durch die klare Luft und die trotzdem wie ein Spiegel wirkten – in ihnen wanderte Tørres stundenlang umher.

Der feinste Laden in der Stadt hieß Brandt; es war eine Damenkonfektion mit Anprobesalon und Nähstube. Schon lange wurden dort auch Kaffee, Tee und Zigarren angeboten, und diese Artikel waren in einem besonderen Schaufenster mit Vorhängen und Gardinen ausgestellt.

Die meistbesuchte Straße in der Stadt verbreiterte sich gerade vor Brandts Laden, und dorthin blickten auch die drei großen Fenster neben der Glastür. Hier lief Tørres den ganzen Tag auf und ab und sah sich alles an. Er versuchte unablässig, den Preis der Waren einzuschätzen, doch es waren nur wenige Preise angegeben, und die verstand er nicht. Spitzen und

Gardinen schienen ihm nicht viel wert zu sein. Samt aber erschien ihm als gewaltige Kostbarkeit.

Brandts nächster Nachbar war Cornelius Knudsen, dessen Haus Wand an Wand mit Brandts stand, doch Knudsen hatte nur ein Fenster zur Hauptstraße hin. Der Rest des geräumigen Hauses lag in einer Seitengasse und es endete unten vor den Hafenspeichern und Stapelplätzen. Dieses Geschäft führte Cornelius Knudsens junge Witwe, während Brandts großes, prächtiges Haus nun Gustav Krøger gehörte, dem Schwiegersohn des alten Brandt.

In Cornelius Knudsens einem Fenster zur Straße hin war eine Mischung aus allem zu sehen, was auch bei Brandt verkauft wurde, und noch etwas mehr. Tørres begriff rasch, dass nichts hier besonders teuer und fein war, aber es gab immerhin drei – wenn auch ziemlich kleine und verstaubte – Fenster zur Gasse hin, die mit Waren aller Art gefüllt waren, bis hin zu Teer und Tauwerk.

Tørres war den ganzen Tag hin- und hergerissen zwischen diesen beiden benachbarten Geschäften, bis er merkte, dass er entsetzlichen Hunger hatte. Bei einem Bäcker kaufte er sich ein Weizenbrot und einen Sirupkuchen und damit die ersten Delikatessen, die er in der Stadt kostete.

Gestärkt und tatendurstig setzte er seine Wanderung fort, er wollte sofort etwas verdienen, aber wo sollte er anfangen? Er fühlte sich gewaltig zu den Schaufenstern von Goldschmied und Uhrmacher hingezogen. Hier war das Gold echt und leuchtete.

Doch als er so dastand und einen Mann beobachtete, der gleich hinter dem Fenster saß und sich ein Vergrößerungsglas ans Auge hielt, während er auf einem Blatt Papier zwischen winzigen Schrauben und Stiften etwas suchte, begriff Tørres, dass das Handwerk selbst keinen Glanz hatte, dass das hier weit weg vom Gold war, auch wenn die Fenster voll mit goldenen Dingen waren. Stillsitzen und stillschweigen und von morgens bis abends ganz allein arbeiten, nein, da müsste ich doch ein Narr sein, dachte Tørres und in Gedanken musste er lachen. Da hätte er ja auch gleich zu Hause bleiben und in der Erde herumwühlen können.

Damit fasste er den Beschluss, dass er dort sein wollte, wo die meisten Menschen waren: Er wollte sich nicht über eine Arbeit beugen müssen, die mit den Händen getan wurde; er wollte dort sein, wo verkauft wurde, wollte sehen, wie das Geld aus den verschlossenen Taschen gelockt wurde, und klingende Münzen in eine Schublade zählen.

Dennoch waren ihm die Hauptstraßen dann doch zu fein – bis auf Weiteres –, und deshalb ging er die Straßen hinab, und als er einen älteren Mann allein in seinem Kramladen sitzen sah, trat Tørres ein und fragte ohne weitere Einleitung, ob hier jemand gebraucht werde.

»Nein«, antwortete der Mann, ohne von seiner Zeitung aufzublicken. Aber als Tørres dann gehen wollte, ohne sich auch nur die geringste Enttäuschung anmerken zu lassen, hob der Kaufmann den Kopf.

»Du kommt vom Land? – soeben eingetroffen? – bist du stark?«

»Oh ja – ziemlich!«, antwortete Tørres ausweichend; er hatte sich inzwischen umgeschaut und begriffen, dass ein starker junger Mann in diesem Laden vor allem unten am Hafen Herings- und Teertonnen stemmen würde, und das wollte er nun wirklich nicht.

Der Kaufmann dagegen begann jetzt Gefallen an diesem Bauernburschen zu finden.

»Gerade im Moment brauche ich keinen Burschen«, sagte er.

»Ja, aber es müsste sofort ein«, sagte Tørres.

»Ooh …«, rief der alte Höker verärgert aus. »So denken die Bauern immer, sie glauben, sie brauchten nur in die Stadt zu kommen und könnten sich gleich an den gedeckten Tisch setzen.«

Doch Tørres lachte: »Mitten in dieser großen Stadt muss doch wohl Arbeit zu finden sein!«

Seine Sicherheit überzeugte den Mann; dieser Junge war einwandfrei etwas Besonderes.

»Du – du könntest es ja versuchen …«, begann er.

»Was ist der Lohn für einen Krämerburschen?«, fragte Tørres.

»Lohn! – Lohn? – du musst dich schon mit Kost und Logis und ein paar Kleidungsstücken zufriedengeben – bis auf Weiteres jedenfalls«, meinte der Alte.

Tørres machte einen Schritt auf die Tür zu, durch die jetzt zwei Mädchen kamen, die etwas kaufen wollten.

»Ja, dann musst du bis morgen warten«, sagte der Kaufmann, der sich nun den Kundinnen widmen musste. »Versprich mir, dass du morgen wieder hereinschaust!«, rief er dann, er wollte diesen Jungen wirklich gern behalten.

»Ja, dann bis morgen«, erwiderte Tørres, doch als er die halbdunkle Krambude verließ, war er fest entschlossen, niemals dorthin zurückzukehren.

Nun wollte er aufs Ganze gehen – entweder bei Brandt oder bei Knudsen; er hatte durchaus bemerkt, dass der alte Höker ihn haben wollte, und weniger als Kost und Logis würden die anderen ihm wohl auch nicht bieten; wenn er erst einen Fuß in der Tür hätte, würde sich alles andere schon finden.

In aller Eile suchte er sich einen Weg aus dem Gassengewimmel heraus; aber als er bei Brandt um die Ecke bog, war alles ganz anders.

Inzwischen war das Gas angezündet worden, und von den großen Fenstern ging ein Lichterglanz aus, den Tørres höchstens im Himmel für möglich gehalten hätte. Zwischen all den hellen und leichten Stoffen in den Schaufenstern konnte er einige glückliche Gestalten erahnen, die sich am Tresen entlangbewegten oder auf Trittleitern zu den Waren in den Regalen hochstiegen, fast wie die Engel, fand er – in Jakobs Traum.

Ohne einen Blick für das Fenster von Cornelius Knudsen, in dem noch nicht einmal Licht brannte, betrat er mutig, wenn auch mit hämmerndem Herzen, den funkelnden Laden.

Er fragte nach dem »Mann persönlich«, und eine Dame vom Verkauf, die gerade mit einigen Kunden beschäftigt war, öffnete für ihn eine Klappe im Tresen, sie hielt ihn für einen Boten. Tørres nahm den Weg, den die Dame ihm mit einer Handbewegung zeigte – erfüllt und hingerissen von allem, was er hier sah, vom Duft und vom Licht hier unten in der Welt, von der er geträumt hatte.

Die Tür zum Kontor stand offen. Tørres trat ein. Ein dicker Mann mit einem Hut auf dem Kopf stand unter der Gaslampe und las einen Brief. Tørres setzte an: Ob hier wohl Platz für einen Burschen wäre?

Verärgert drehte sich der Mann um, doch als er Tørres sah, breitete er die Arme aus: »Verdammter Kerl – erscheint Er jetzt auch noch hier?«

Tørres war schon wieder draußen; es war der Dicke vom Vortag gewesen – sein Feind. Er lief durch den Laden hinaus und kam erst wieder zu Atem, als er in der Gasse vor dem Geschäft von Cornelius Knudsen stand, wo es menschenleer und dunkel war.

Jetzt hatte er fast allen Mut verloren, und der Tag würde bald vorüber sein. Für ein Quartier in der teuren Stadt zu bezahlen, hatte sein allerletzter Ausweg sein sollen; er war so fest entschlossen gewesen, sofort eine Anstellung zu finden, egal, wie bescheiden sie auch sein mochte. Ob er noch einmal zu dem Höker gehen sollte?

Er lief zweimal die Gasse hinauf und hinunter und dachte an den dicken Mann, der also der reiche Brandt war; es würde sicher lange dauern, bis er sich an so einem Kerl rächen könnte. Zwischendurch blieb er stehen und starrte in Knudsens Schaufenster.

Plötzlich fasste er sich ein Herz, stieg die Treppe hinauf und ging hinein.

In Knudsens langem Laden war es nicht so hell, und es waren auch nicht so viele Menschen dort wie bei Brandt. Tørres wollte sein Anliegen schon einer reizenden jungen Dame hinter dem Tresen anvertrauen, aber nun kam ein kleiner, eleganter Mann, den Tørres sofort für den Herrn im Hause hielt. Dieser Mann war in Karos und Streifen gekleidet, hatte einen hohen Kragen, einen dunklen Spitzbart und schüttere, nach vorn gestrichene Haare.

Tørres musterte ihn voller Ehrfurcht und sagte abermals seinen Spruch auf: Ob hier im Haus wohl ein Bursche gebraucht werde.

»Was für ein Bursche?«, fragte der feine Herr.

»Ein Ladenbursche«, antwortete Tørres.

»Sieht fast aus wie ein Laufbursche vom Hafen«, sagte der feine Herr, ging um Tørres herum und musterte ihn. Die kleine Dame wollte sich ausschütten vor Lachen.

Aber Tørres selbst ließ seine Blicke über die vielen Waren wandern; für wieviel Geld hier wohl Dinge herumlagen?

Der feine Herr setzte seine Untersuchung des langen Bauernjungen fort, wohl vor allem, um die Damen zu unterhalten.

»Wie heißen Sie?«, fragte er und hob sein Lorgnon.

»Tørres Snørtevold.«

Die junge Dame erlitt einen Anfall und musste sich in einer Ecke die Nase putzen.

»Ein wohlklingender Name«, sagte der feine Herr. »Und in welcher Branche würden Sie am liebsten tätig sein?«

Das verstand Tørres nicht, antwortete aber dennoch: »Ich will verkaufen.«

»Verkaufen – ja, das ist gerade die Kunst«, sagte der feine Herr, halb an sich selbst gerichtet. »Sie können kurz hier warten.«

Herr Anton Jessen war der leitende Angestellte im Laden und vertrat sozusagen die Witwe Knudsen; in der Stadt hieß es, aus den beiden würde sicher noch ein Paar werden. Er stieg die zwei oder drei Treppenstufen zum Kontor hoch, wo Frau Knudsen selbst am Pult saß, wie es schon zu Lebzeiten ihres Mannes ihre Gewohnheit gewesen war. Herr Jessen bat sie, kurz in den Laden zu kommen, um sich einen jungen Menschen anzusehen; sie brauchten schließlich einen Laufburschen.

Frau Knudsen erschien im Laden, und während sie vorgab, etwas anderes zu erledigen, musterte sie Tørres in aller Heimlichkeit. Er schaute sich noch immer um, versunken in seine Berechnungen, ohne zu ahnen, wer die Dame war, die da an ihm vorbeiging, und die Gnädige fand, er sehe aus wie ein ganz normaler Dorftrottel. Eigentlich konnte sie ihn nicht leiden, und das wollte sie nun Herrn Jessen sagen.

Doch als sie zum zweiten Mal an ihm vorüberkam, sah Tørres sie an, und da er sofort erkannte, dass diese

Dame hier im Haus eine wichtige Person war, streckte er die Hand aus und wünschte ihr einen guten Tag.

Frau Knudsen lächelte etwas gezwungen, gab ihm dann aber die Hand, da sie so dicht voreinander standen. Tørres, der niemals etwas anderes berührt hatte als schweißnasse, harte Arbeitsfäuste, war dermaßen entzückt von diesem weichen Händchen, dass er es anhob, um es bewundern zu können.

»Nein, so etwas habe ich noch nie gesehen!«, sagte er hingerissen, und dann schaute er ihr ins Gesicht.

Frau Knudsen wurde rot und zog ihre Hand zurück; aber diesem treuherzigen Bauernjungen konnte sie doch nicht böse sein.

»Glauben Sie, er taugt zu irgendetwas – Herr Jessen?«

»Man müsste ihn natürlich dressieren.«

»Aber er scheint ein redlicher kleiner Mensch zu sein«, meinte die Gnädige.

»So ist es«, sagte Herr Jessen und lächelte. Und so kam es, dass Tørres bis auf Weiteres als Laufbursche angestellt wurde – für den Laden oder für den Hafenspeicher, wie es sich gerade ergab.

III

Gustav Krøger war nach seinem Examen in die Stadt gekommen, um beim Stadtvogt sein Referendariat abzulegen; aber stattdessen hatte er die beste Partie in der Stadt gemacht, indem er sich mit der Tochter des reichen Brandt vom Marktplatz verlobt und sie dann geheiratet hatte.

Er war ein begabter und munterer Mensch, dem es anfangs ziemlich leichtgefallen war, sich in die stille, unsichere Kleinstadtdame mit dem vielen Geld zu verlieben. Und er hatte nicht eine Sekunde gezögert, seine vielen anderen Pläne aufzugeben, als Gustav Brandt ihm vorgeschlagen hatte, in die Firma einzutreten. Er hatte auch die Prophezeiungen seiner Freunde in den Wind geschlagen: dass er es als Fremder in der kleinen Stadt nicht aushalten würde. Gustav Krøger war seinerseits davon ausgegangen, dass er ein wenig Leben in die Stadt bringen, sie zu ein wenig freieren Anschauungen, zu einer freimütigeren Geselligkeit erheben würde.

Dafür hatte er sich seit über zwanzig Jahren von einer Niederlage zur anderen gekämpft, bis auch er und seine gute Laune zerbrochen waren und das Alltagsleben sein Dasein verdüstert hatte, so dass er nun doch einigermaßen in diese kleine Stadt passte. Denn seine Frau hatte mit Fleisch und Blut in diese Stadt gehört; aufgewachsen als Tochter des reichen Mannes und mit jeder Faser verwurzelt in der sauren Erde, weshalb sie still und gottergeben allem an ihrem Mann getrotzt hatte, was nach fremder Freude oder fremder Kultur roch. Das zaghafte Wesen, mit dem sich Gustav Krøger verlobt hatte, hatte im Grunde nur einen einzigen Moment der Schwäche gehabt: den, als sie sich in den gutaussehenden, weltlich gesinnten Referendar verliebt hatte. Aber kaum hatte sie ihn gehabt, hatte sie eifrig Buße getan und keine Anstrengung gescheut, um auch ihn auf ihre Seite zu holen. Das Eheglück war deshalb von Anfang an nicht ungetrübt gewesen; im Laufe der Jahre war es dazu gekommen, dass der Herr den Club und Gesellschaften aufgesucht hatte, während die gnädige Frau zu Hause saß und ihre Seele und ihre vielen Leiden pflegte.

In den großen Räumen von Brandt am Markt war es deshalb lange Zeit still und dunkel gewesen, und der Staub hatte sich auf die Kronleuchter und die alten schwarzen Mahagonimöbel gelegt, doch dann war vor zwei Jahren die Gattin plötzlich gestorben und von der Gemeinde unter inniger Teilnahme als eine Frau von seltenen Qualitäten begraben worden.

Ihr einziges Kind, die Tochter Julie, war beim Tod ihrer Mutter bereits erwachsen gewesen – bleich und fein mit dünnem Blut und rötlichen Haaren. Ihre ganze Kindheit hindurch hatte sie sich vor allem an die Mutter gehalten, deren Sorgen und religiöse Düsterkeit der Langeweile in der Schule, den bedrückten Stimmungen des jungen Mädchens während der Konfirmationszeit und den Peinlichkeiten der einsetzenden körperlichen Entwicklung entsprochen hatten. Doch später hatte es so geschienen, als setze sich das Wesen des Vaters mehr und mehr in ihr durch. Als abenteuerlustige und stets zum Lachen aufgelegte junge Dame war sie von einem Pensionat im Ausland zurückgekehrt – zum tiefen Kummer des großen Freundinnenkreises ihrer Mutter, der doch immer so gewaltige Hoffnungen in die so früh schon so ernste kleine Julie gesetzt hatte.

Dazu kam, dass Julie jetzt eine Freundin gefunden hatte, eine junge Frau, die erst kürzlich in die Stadt gekommen war – eine Freundin, die Julie sofort von den besorgten Damen getrennt hatte.

Frau Steiner hatte in sehr jungen Jahren in Christiania einen reichen Großhändler geheiratet – aber als sie dann allzubald hatte erfahren müssen, dass ihr Mann sich mit Dingen auskannte, die ihr nicht ganz so vertraut waren, hatte sie begriffen, dass sie betrogen worden war, und beschlossen, sich aufzuopfern, um die gekränkte Weiblichkeit zu rächen, so dass zumindest ein Mann für die Unsittlichkeit aller Männer bestraft werden könnte.

Nachdem sie sich ein Jahr lang unermüdlich aufgeopfert hatte, hatte sie ihren Mann so weit getrieben, dass sie mit Leichtigkeit eine Scheidung hatte erlangen können, und nun lebte sie, mit reichlichem Unterhalt, für ihre Kunst; es hatte sich nämlich herausgestellt, dass sie ein großes Talent als Malerin besaß – während sie, ohne sich zu übereilen, auf einen sittlich einwandfreien Mann wartete, den sie heiraten könnte, am liebsten einen Künstler.

Als Julie Krøger aus dem Ausland zurückkam, wurde sie sofort aufmerksam auf Frau Steiner, die einzige Dame in der Stadt, fand sie, die europäisches Format besaß; sie machten sich miteinander bekannt und wurden bald unzertrennliche Freundinnen. Julie nahm bei ihr Malunterricht – sie war nämlich auch begabt, wenn auch nicht so sehr wie Frau Steiner, und zum Ausgleich öffnete sich der hübschen Dame aus der Hauptstadt, der die Stadt bisher nur mit unverhohlener Missbilligung begegnet war, das Krøger'sche Haus. Gustav Krøger hieß sie voller Freude willkommen, da seine Fenster und Türen nach dem Tod seiner Frau nun wieder weit offen standen; sie war eine Frau nach seinem Geschmack, munter und furchtlos, eine Frau, mit der man über alles Mögliche sprechen konnte, in hohem Grade anziehend und dennoch selbstsicher gegenüber den Männern, wie eine, die alles durchgemacht hatte und Bescheid wusste.

Tante Sofie, Krøgers ältere Schwester, war die Einzige im Haus, die die hübsche geschiedene Frau nicht ausstehen konnte.

»Es liegt nicht daran«, sagte Tante Sofie, »dass sie in allem so offen ist und unbedingt über die unanständigsten Dinge reden will, die es gibt …«

»Aber finden Sie denn nicht oft, dass das zu weit geht?«, fragte Frau Knudsen vorsichtig und errötete – was ihr sehr leicht passierte.

»Durchaus nicht, durchaus nicht!«, rief Tante Sofie und richtete ihren üppigen Oberleib auf. »Es ist ja gerade richtig, dass über die Dinge gesprochen wird, das tut allen gut, nicht zuletzt den jungen Mädchen.«

»Glauben Sie wirklich, dass es Julie guttut …«

»Von mir aus kann sie sich gern mit Frau Steiner treffen. Aber was mich ärgert«, sagte Tante Sofie und beugte sich über ihre Handarbeit, »ist diese erfahrene Miene, die sie immer aufsetzt, als wären ihr alle

Geheimnisse der Leidenschaft und des Ehestandes bekannt.«

»Aber sie war ja schließlich auch verheiratet.«

»Pah!«, schnaubte Tante Sofie überaus höhnisch. »Das war ja wohl kaum der Rede wert. Die und verheiratet? Nein – eine Dame wie Sie dagegen, obwohl Ihr Gatte natürlich viel älter war …«

Frau Knudsen wurde schon wieder rot, aber zum Glück kam nun ein Mädchen in die Stube und bat Fräulein Sofie, in die Küche zu kommen.

Im Wohnzimmer brannten Lampen und Kerzen, als ob weitere Gäste erwartet würden; Frau Knudsen beugte sich gelassen und ernst über ihre Handarbeit – sie fühlte sich im Krøger'schen Haus fast wie daheim. Zwischen den beiden benachbarten Läden hatte es nie irgendeine Konkurrenz gegeben, obwohl sie inzwischen mehr oder weniger die gleichen Waren führten. Doch Cornelius Knudsen hatte beim alten Brandt angefangen und sich dann mit dessen Hilfe selbständig gemacht, und Brandts Geschäft war schließlich mehr und mehr auf Modewaren und Luxusgüter umgestiegen. Und nach der Arbeit vieler Jahre hatten beide Häuser ihren eigenen Kundenkreis; Brandt war der feine Laden, bei Cornelius Knudsen fanden die kleinen Leute alles, was ihr Herz begehrte.

Deshalb hatte Gustav Krøger sich nach Knudsens Tod um die junge Witwe gekümmert; er unterschrieb noch immer ihre Wechsel und Handelsverträge und half ihr jedes Jahr bei der Buchführung. Die Leute in der Stadt, die nicht glaubten, dass Frau Knudsen den kleinen Herrn Jessen heiraten wollte, waren davon überzeugt, dass sie als Frau Krøger enden würde, denn alle fanden, dass eine so hübsche und wohlhabende Witwe unbedingt wieder heiraten sollte und wollte.

Und als Gustav Krøger nun sein Wohnzimmer betrat und sie im Lampenschein an seinem eigenen Tisch sitzen sah, sagte er ohne nachzudenken – wie er das immer tat: »Das wird noch Ihr Platz fürs Leben, gnädige Frau! Sie ahnen ja nicht, wie gut Sie sich da machen!«

Sie wusste nicht, wohin mit ihrem Gesicht, während sie erklärte, dass Tante Sofie eben hinausgegangen sei, und ihm seinerseits auch ein wenig heiß um die Ohren wurde; aber er vertrieb diese Stimmung rasch mit einem Scherz, wie das im Umgang mit der jungen Witwe seine Art war, und sie plauderten zwanglos miteinander, bis Julie mit ihrer Freundin Frau Steiner nach Hause kam – und mit Jolla Blum, die den beiden unglücklicherweise vor der Haustür begegnet war.

Gleich darauf erschien auch noch Oberlehrer Hamre, um mit Krøger Schach zu spielen; doch daraus wurde nichts, denn schon sehr bald hatten sich sämtliche Anwesenden in die Diskussion des Tages über das große Thema des Tages verwickelt.

»Es ist bewiesen«, rief Frau Steiner und lehnte sich mit ihrem schlanken Oberkörper in dem engsitzenden Jerseymieder im Sessel zurück, »es ist bewiesen, dass die Seitensprünge der Männer vor allem den Männern selbst schaden.«

»Ach ja?«, fragte der Oberlehrer und machte ein überaus skeptisches Gesicht. Er war ein kleiner, seltsam verstaubter Herr mit großen Augen, aus dem niemand klug wurde.

»Es steht absolut fest, dass ihre Unmäßigkeit die Männer in kürzester Zeit ruinieren wird – ganz und gar!«

Sie sprach in der raschen, sicheren Art einer Christianierin, die jegliche Bemerkung zu etwas Unumstößlichen erhob.

»Wer hat das festgestellt, gnädige Frau?«

»Die Statistik.«

»Du meine Güte!«, sagte der Oberlehrer und strich sich über die Haare. »Das ist eine üble Autorität.«

»Aber es gibt auch gute Leute auf der anderen Seite«, meinte Gustav Krøger. »Wenn die Ehefrau nicht will, kommt die Dienstmagd an die Reihe – sagt Luther.«

Die anderen lachten, nur Jolla Blom, die angespannt dasaß, um sich auch ja kein Wort entgehen zu lassen, zupfte Julie am Ärmel und sagte halblaut: »Nicht der richtige – das ist nicht der richtige.«

»Doch, gnädiges Fräulein«, erwiderte Krøger, »der richtige Martin Luther, der im Sachsenland ruht.«

»Luther!«, rief der Oberlehrer erleichtert aus und rieb sich die Hände. »Das ist nun wirklich eine hervorragende Autorität.«

Frau Knudsen schaute auf ihre Handarbeit, doch Tante Sofie, die gerade wieder hereingekommen war, sagte: »Ja, es gibt sicher Ehefrauen, die es nicht besser verdient haben.«

»Nein, wissen Sie was?«, rief Frau Steiner und lachte jetzt nicht mehr. »Das kann keine behaupten, die die Männer kennt!«

»Die Männer kennt – ha! – die Männer kennt ...«, wiederholte Tante Sofie spöttisch, doch ihr fiel keine ebenso spöttische Fortsetzung ein.

»Die Liebe darf nicht beschmutzt werden!«, sagte Julie mit Nachdruck, zugleich aber mit feuerrotem Gesicht.

»Die Liebe!«, erwiderte ihr Vater. »Du meinst die Ehe – Kind.«

»Ja, das ist doch ...«, sie wollte sagen, das sei doch dasselbe, aber sie verkniff sich diese Bemerkung und lief noch röter an.

Frau Steiner jedoch kam ihr sofort zu Hilfe: »Wer beschmutzt die Liebe denn mehr als die Männer?«

»Die Ehefrauen«, antwortete Gustav Krøger, und alle anderen lachten, obwohl er behauptete, das sei sein Ernst. Derweil ging man zu Tisch und das Gespräch löste sich auf und ging über in Unterhaltungen zwischen zwei und zwei, während gespeist wurde.

»Es sind also die Ehefrauen!«, rief plötzlich Frau Steiner aus und fing wieder an zu lachen, »wenn Sie doch einmal ernst bleiben könnten, Krøger!«

»Das ist mein Ernst, gnädige Frau.«

»Sie wollen doch nicht behaupten, dass die Seitensprünge der Ehefrauen ...«

»Die Rede war davon, dass die Liebe beschmutzt würde, und das tut so manche Ehefrau, die sich nicht einmal zu einem Seitensprung aufraffen kann.«

»Ach – jaaaaa?«, fragte der Oberlehrer.

»Bei den Frauen ist es so«, erklärte Krøger, »wie bei den Kindern vor der Konditorei; sie sind davon überzeugt, wenn sie nur dürften, könnten sie problemlos alle Kuchen vertilgen, aber …«

»So kommen Sie hier nicht weiter«, rief Frau Steiner und hob abwehrend ihre weißen Handflächen. »Es ist bewiesen – darin stimmen alle Ärzte überein, Herr Oberlehrer! –, dass diese Dinge für Männer nicht anders sind als für Frauen, für die Männchen wie für die Weibchen.«

»Ja, zu Anfang, aber wenn es um die vielfältige Wiederholung des Begehrens geht, ist der Mann doch der weitaus Überlegene.«

»Der Überlegene!«, empörte sich Frau Steiner. »Sie sprechen von der Unmäßigkeit des Mannes, die unbedingt gezügelt werden müsste …«

»Jetzt geht es richtig los!«, rief Gustav Krøger strahlend und zufrieden aus, während Frau Knudsen sich tief über ihren Teller beugte und Jolla Blom mit runden Augen und offenem Mund dasaß, um von diesen Schändlichkeiten, von denen sie nichts begriff, ja nichts zu verpassen. »Zuerst sind wir gleich, dann zeigt sich eine Ungleichheit, und gleich darauf ist es der Frau klar, dass der Fehler beim Mann liegt, der sich zügeln muss. Zuerst streben beide gleichermaßen zueinander, aber nach einer Weile stößt sie ihn weg, er ist ihr zu ›fleischlich‹.«

»Und nur zu Recht«, setzte Frau Steiner unbeeindruckt an, aber Krøger war so engagiert bei der Sache, dass er ihr ins Wort fiel:

»Entweder – oder, gnädige Frau. Entweder ist Leidenschaft etwas Unsittliches, das man je früher desto besser amputieren sollte, oder sie ist das Höchste unserer Lebenskraft. Aber wenn die Leidenschaft das ist – was wir doch wohl weiterhin glauben –, was soll es dann, dass der eine Teil zum anderen sagt: ›Du hast mehr von diesem Erhabenen als ich, also bist du ein Schwein, weg mit dir!‹?«

»Aaa! Sie drehen mir das Wort im Mund herum, Krøger!«, rief Frau Steiner aus und lachte. »Sie wissen genau, dass Sie unrecht haben.«

»Ja, wenn man nur wüsste, wer recht hat«, begann der Oberlehrer nachdenklich. »Du sprichst ja doch arg aus eigener Erfahrung, du, Krøger.«

»Glaub mir das, Oberlehrer!«, rief Krøger aus. »Wenn die Frauen das besser hüteten, was ich das Fest der Leidenschaft nenne, und wenn sie nicht Gewohnheit und Alltag in diese Beziehung hineinließen …«

»Das kennen wir«, bemerkte Frau Steiner, nun wieder streitlustig, »sie darf es niemals sattbekommen, sich schön zu machen, um ihren Pascha immer aufs Neue mit koketten Einfällen und neuen Zauberkunststückchen einzufangen, das verlangt man von einer erschöpften Mutter, die vielleicht nicht einmal das Geld hat …«

»Die Erfahrung widerspricht Ihnen da, gnädige Frau! Die abweisenden und unwilligen Ehefrauen, denen es ein Bedürfnis ist, ihren Mann zur Enthaltsamkeit zu erziehen, findet man in den oberen Gesellschaftsschichten, während die Frauen von Arbeitern und kleinen Leuten die Liebe ganz anderes in Ehren halten, denn sie ist das Einzige, womit sie ihren Mann fesseln können, der sich für die Familie abschuftet.«

Frau Steiner gefiel diese Wendung nicht, vor allem, da sie Tante Sofies Blicke auf sich spürte; sie wandte sich an den Oberlehrer:

»Ergreifen auch Sie Partei wider die armen betrogenen Gattinnen?«

»Gott soll mich davor schützen, Partei zu ergreifen«, erwiderte der Oberlehrer. »Ich kenne mich da nun wirklich nicht aus; aber was sagt Tante Sofie zu den Betrogenen?«

»Müssen wir uns jetzt auch noch von alten Jungfern belehren lassen?«, flüsterte Frau Steiner Julie halblaut zu.

Tante Sofie hatte das sehr wohl gehört und legte deshalb richtig los – sie nickte einige Male, was bedeutete, dass sie in den Kampf zog.

»Ich würde vielen Gattinnen, die sich über die Untreue der Männer beklagen, dasselbe sagen, was Salomo zu dem Mann sagte, der wissen wollte, was er tun sollte, um geliebt zu werden. Salomo antwortete mit einem einzigen Wort: lieben!«

»Ja, wenn wir jetzt alle von Speise und Weisheit gesättigt sind«, sagte der Oberlehrer und ließ seinen

Blick in die Runde schweifen; es machte ihm Vergnügen, solche Gespräche in Gang zu halten. »Ob diese Geschichte über Salomo wohl historisch belegt ist?«

Aber Tante Sofie war schon hinaus in die Küche gegangen – sehr zufrieden mit sich selbst, und die jungen Damen steckten die Köpfe zusammen, sie lachten über Jolla Blom, die alles genau erklärt haben wollte, damit ihr nichts von diesem unsittlichen Gespräch entging. Frau Knudsen setzte sich wieder an ihre Handarbeit, während die Herren anfingen, beim Ofen Schach zu spielen.

IV

Vom ersten Tag bei Frau Knudsen an bediente sich Tørres aus der Schublade. Es waren nicht mehr als zehn Öre, die er am späten Nachmittag einsteckte, während Herr Jessen das Gaslicht anzündete.

Der ganze Tag ging mit Arbeit und Einweisung hin, und mehrmals wurde er mit einem Geldschein losgeschickt, um ihn gegen das Kleingeld in der Schublade zu wechseln. Und so sah er, wie sich die Silberschillinge in ihrer Porzellanschale vermehrten und wie immer mehr Banknoten das viereckige Fach daneben füllten.

Immer, wenn er diesen Reichtum sah, hatte er das Gefühl eines inneren Schmerzes. Und wenn die junge Dame oder Herr Jessen selbst in die Kasse griffen, verstreuten sie das Wechselgeld achtlos auf dem

Tresen, warfen die kostbaren Geldscheine unsanft in die Schublade zurück und plauderten dabei mit der Kundschaft – und dann stand Tørres wie auf glühenden Kohlen; sie konnten doch so leicht zu viel herausgeben, so achtlos, wie sie waren, oder Geld verlieren oder – und das war für ihn das Entsetzlichste –: Was, wenn Herr Jessen und Fräulein Thorsen möglicherweise selbst ein wenig abzweigten?

Herr Jessen war den ganzen Vormittag hindurch ungeheuer witzig auf Kosten des neuen Bauernburschen – was Fräulein Thorsen und dem Laufburschen Reinert gewaltiges Vergnügen bereitete. Aber Tørres ließ sich davon nicht anfechten; seine Wissbegierde und die Schnelligkeit, mit der er alles begriff, was sie ihm erklärten, lieferten keinen Anlass zum Spott, und außerdem war im Laden viel zu tun.

Wenn viel Kundschaft da war, zog Herr Jessen an einem kleinen Glockenstrang, und Frau Knudsen kam aus dem Kontor herunter und half aus. Tørres suchte dann sofort ihre Nähe, mit einer unbeholfenen Ehrerbietung, die ihr dennoch gefiel. Herr Jessen versuchte nämlich, seine Interessen dadurch zu befördern, dass er in der Stadt den Eindruck erweckte, er und Frau Knudsen stünden bereits auf so vertrautem Fuß, dass er keine Hemmungen mehr zu haben bräuchte. Den ganzen Tag lang ging Tørres der gnädigen Frau zur Hand und machte sich so nützlich, wie er nur konnte; er holte Waren aus dem Regal und packte sie wieder zusammen, und sie zeigte ihm, wie Stoffballen behandelt und wieder zurückgelegt wurden – schräg ins Regalfach, mit dem Griff nach außen.

Im Haus herrschte die Gewohnheit, dass Herr Jessen zu Hause bei seiner Mutter zu Mittag aß; wenn er zurückkam, aßen Fräulein Thorsen und Frau Knudsen, und ganz zum Schluss sollte nun Tørres seine Mahlzeit draußen in der Küche erhalten.

Tørres, der jeden Augenblick zum Lernen nutzte, fragte Fräulein Thorsen aus, während Herr Jessen zu Tisch war; er fragte sie nach vielen Dingen, und sie kümmerte sich freundlich um ihn. Sie und Herr Jessen waren sofort übereingekommen, dass der neue Bauernbursche nicht ins oberste Fenster zwischen Spitzen und Galanteriewaren gehörte. Er eignete sich gerade noch dazu, im unteren Teil des Ladens Kaffee und Zucker abzuwiegen, denn dort war es halbdunkel und schäbig. Deshalb wollte sie ihn lieber hier unten einweisen.

Tørres erhob keine Einwände, er war viel zu beschäftigt und viel zu froh. Und wenn sein Versuch, sich als liebenswürdig zu erweisen, für die feine Dame aus der Stadt auch zu grob war, war er doch schon zu Hause mit den Mädchen so gut zurechtgekommen, dass Fräulein Thorsen seine Nähe gewissermaßen als pikant empfand, während sie ihm Regalfächer und Schubladen zeigte und ihm beibrachte, zu messen und zu wiegen.

Die Beziehung zwischen ihr und Herrn Jessen sah so aus, dass sie ihn in aller Stille anbetete, während er sie seinerseits mit äußerster Herablassung behandelte. Sie sah ja auch, worüber die ganze Stadt sprach, wie leicht es passieren könnte, dass der junge Herr Jessen als wichtigster Angestellter des Ladens die Witwe heiratete, und sie litt schweigend, hoffte aber immer weiter. Ein Lächeln, eine kurze Liebkosung im Vorübergehen oder auch nur ein Blick gaben ihren Hoffnungen für lange Zeit neues Leben, und sie schnürte sich und schmückte ihre reizende kleine Person ganz nach seinem Geschmack, so weit sie diesen ergründen konnte.

Keine Dame in der Stadt hatte eine Taille wie sie, da waren alle ihre Freundinnen einer Meinung. Sie war zwar klein und feingliedrig, hatte aber so schön gerundete Brüste und Schultern und dazu einen so schlanken und jungen Rücken, dass Tørres sie sofort für die Dame hielt, die ihm vor dem Bahnhof begegnet war. Fräulein Thorsens Gesicht war bleich, weil sie immer im Laden stand, aber regelmäßig und hübsch mit den blonden Stirnlöckchen und den sanften, hingebungsvollen Augen wie auf einem Glanzbild.

Tørres hatte noch nicht viele Stunden in ihrer Gesellschaft verbracht, als er auch schon die Lust verspürte, dieses schöne, zerbrechliche Spielzeug an sich zu reißen.

Doch als er dann mit dem Essen an der Reihe war und nach oben in die Küche kam, fand er dort ein Mädchen von ganz anderer Art vor. Die große, glatthaarige Köchin Bertha war eine Gestalt, die er besser kannte, und kaum hatten sie einander guten Tag gesagt, da wussten sie bereits, dass sie hier in der fremden Stadt zueinander gehörten – denn sie waren beide mit demselben Ziel vom Land hergekommen: Geld.

Sie kam jedoch weiter aus dem Süden als er, wenn auch noch so nahe, dass sie über ihre gegenseitigen Pfarrgemeinden Bescheid wussten, und während Tørres aß, fanden sie sogar einige gemeinsame Bekannte.

Bertha strahlte und hätte fast weinen mögen, so sehr sehnte sie sich fort aus dieser Küche, die auf einen Hinterhof und eine Speicherwand schaute. Ihr empfängliches Herz, das hier in der kalten Stadt unverstanden geschlagen hatte, öffnete sich nun weit für diesen gutaussehenden, großen Jungen, der noch nach dem Land roch, und noch ehe er seine Mahlzeit verzehrt hatte, die ihm ganz trefflich mundete, wusste Tørres, dass er hier einen warmen und sicheren Platz fände, wenn er denn Lust hätte, ihn zu benutzen.

So verging für ihn der erste Tag mit Arbeit und Glück, das Einzige, was ihn quälte, war die Geldschublade. Er hatte Angst, dass Frau Knudsen nicht alles erhalten würde, dass unterwegs etwas herausfallen könnte, denn wenn etwas herausfiele, dann sollte es jedenfalls in seine Taschen fallen.

Als es dämmerte, kam dann ein kleines Mädchen, das ein halbes Pfund Kaffee wollte. Tørres wog es sofort ab: Fräulein Thorsen war mit einigen Damen beschäftigt, die soeben gekommen waren, und der galante Herr Jessen lief, um das Gaslicht anzuzünden.

Und da nahm Tørres sich die ersten zehn Öre von den abgezählten Münzen, die das Mädchen mitgebracht hatte, und ließ den Rest klirrend in die Schüssel fallen, wie Herr Jessen das auch tat; danach stieß er die Schublade zu und wandte sich ab.

Doch im selben Moment überkam ihn eine ungeheure Angst. Er hatte die Münze zwischen die Finger geklemmt, und da es nun plötzlich ziemlich hell geworden war, wagte er um nichts in der Welt, das Geld in die Tasche zu stecken. Er wagte auch nicht, auf die dunkle Seite des Ladens zu gehen, er glaubte, das würde einen verdächtigen Eindruck machen, deshalb machte er fast gegen seinen Willen einige Schritte nach vorne, mit rotem Gesicht und zitternden Gliedern. Wenn jemand in diesem Moment auch nur ein Wort zu ihm gesagt hätte, hätte er das Geld fallenlassen und alles zugegeben. Zwei Sekunden lang brachte ihn die Angst fast um den Verstand, aber dann kehrte langsam die Besinnung wieder zurück, breitete sich wie ein kühler Strom in seinem ganzen Leib aus, und in der Erleichterung steckte er unbewusst die Hände in die Hosentaschen, wie es seine Gewohnheit war.

Die Damen hatten ihre Einkäufe beendet, und als einen Moment lang niemand im Laden war, rief Herr Jessen mit scharfer Stimme: »Hände aus den Hosentaschen!«

Tørres ließ die Münze in seine tiefe, sichere Hosentasche fallen, er war nun wieder so erschrocken, dass er zitterte und nicht wusste, wohin er blicken sollte.

Sie lachten – die beiden anderen –, und da nun Frau Knudsen aus dem Kontor herunterkam, sagte Herr Jessen vertraulich: »Nicht wahr, gnädige Frau?

Unser Dorfbursche muss es sich abgewöhnen, mit den Händen in den Hosentaschen dazustehen?«

»Das wird Herr Wold sicher bald von selbst begreifen«, erwiderte Frau Knudsen, ohne einen von ihnen anzusehen.

Auf der Stelle hatte Tørres die elenden zehn Öre vergessen. Die gnädige Frau hatte ihn gewissermaßen in Schutz genommen und seinen Namen geändert – etwas, auf das er von selbst nie gekommen wäre. Aber er hörte ja sofort, wieviel feiner Herr Wold klang als Snørtevold, wie er sich nach der Kätnerstelle seines Vaters genannt hatte. Was war er ihr dankbar; dafür würde er besonders gut auf ihre Geldschublade aufpassen.

Doch Herr Jessen machte große Augen und ließ sich sogar dazu herab, für Fräulein Thorsen Grimassen zu schneiden.

Noch einen bewegten Augenblick sollte Tørres an diesem langen und anstrengenden Tag haben. Und dieser Augenblick kam, als Frau Knudsen mit der kleinen Geldkassette in der Hand aus dem Büro trat, um die Einnahmen des Tages zu holen. Nachdem er dann gesehen hatte, wie das vor sich ging, hatte er keine Angst mehr wegen seiner zehn Öre, sie wurden nicht registriert und es wurde nicht danach gefragt – und was hätte das auch helfen sollen? dachte er. Schon nach diesem ersten Tag war Tørres sich darüber im Klaren, dass man sich ziemlich unbesorgt immer wieder etwas aus der Schublade nehmen konnte, allerdings in Maßen, und vor allem: Das durfte nur er.

Und abermals musterte er voller Misstrauen den feinen Herrn Jessen, der seinen lavendelblauen Frühjahrsmantel überzog und sich eine Zigarre ansteckte, als er den Laden verließ. Handschuhe hatte er auch; die konnten durchaus über zwei Kronen gekostet haben, das wusste Tørres bereits. Und das konnte ja wohl nicht mit rechten Dingen zugehen.

Als sie im Laden fertig waren, trank Fräulein Thorsen in aller Eile ihren Tee drinnen bei Frau Knudsen, und dann zog sie los, um sich mit ihren Freundinnen zu treffen.

Tørres dagegen verzehrte mit ungeheurem Appetit die guten Butterbrote, die Bertha ihm geschmiert hatte, und während er zulangte, saß sie neben ihm auf der Küchenbank und freute sich.

Die Madame habe gar nicht gewusst, wo sie Tørres habe unterbringen sollen, erzählte Bertha; zuerst habe sie ihn in dem kleinen Verschlag unten im Hafenspeicher wohnen lassen wollen, in dem er in der ersten Nacht geschlafen habe. Aber Bertha habe durchgesetzt, dass eine Schlafbank in ein kleines Zimmer auf dem Dachboden gestellt worden sei, wo der selige Knudsen, der in seiner Freizeit ein eifriger Tischler gewesen sei, eine Art Werkstatt eingerichtet habe.

Da Tørres todmüde war, wollte er ins Bett, sowie er satt war, und Bertha begleitete ihn mit einer Kerze, um ihm den Weg zu zeigen.

Die Treppe führte ungefähr in der Mitte des Hauses nach oben, und oben gab es dann zu beiden Seiten einen Gang. Unter dem altmodischen, weitläufigen Dach gab es Kleiderkammern und kleine Mansardenzimmer, von denen Tørres eines haben sollte. Bertha leuchtete und zeigte ihm alles, und sie versprach, die Hobelbank und allen Kleinkram wegzuräumen, der noch die Ecken füllte. Tørres war überaus zufrieden: weißes Bett, Stuhl, Tisch und Waschschüssel – das war doch etwas anderes als zu Hause auf dem Dachboden, wo er sich mit den anderen Jungen ein schwarzes Loch geteilt hatte.

Sie überließ ihm die Kerze, räumte einiges zusammen und ging hinaus. »Dahinten siehst du meine Kammer«, sagte sie und zeigte den Gang entlang, wo im Kerzenlicht das Geländer einer kleinen Treppe erkennbar war, die zu Frau Knudsens Zimmern führte, während gleich daneben Berthas Kammertür zu sehen war.

Tørres, so müde er auch war, glaubte, galant sein zu müssen, und sagte: »Das ist ja nicht weit weg.«

Bertha drohte ihm mit glücklichem Lächeln.

»Aber wer wohnt dort?«, fragte Tørres und zeigte in die andere Richtung, wo sich ebenfalls am Ende des Ganges eine weiße Tür erahnen ließ.

»Ach!«, erwiderte Bertha verächtlich, »da wohnt nur die Jungfer Thorsen, aber meistens treibt sie sich die halbe Nacht mit ihren Verehrern herum.«

»So?«, fragte Tørres.

»Ja – du hast ja keine Ahnung, wie die Mädchen aus der Stadt sind, also nimm dich in Acht!«, und damit ging sie in ihre Richtung.

So müde, wie er war, holte Tørres doch noch sein Geld hervor, als er sich davon überzeugt hatte, dass niemand mehr auf dem Gang war, der ihn durch einen Spalt in der Wand hätte beobachten können.

Mit ganz besonderer Liebe betrachtete er die zehn Öre, die er sich genommen hatte; er malte sich aus, was daraus werden könnte, wie weit er die Sache zu treiben wagen und wie er sein Kapital anlegen könnte – aber jetzt war er so furchtbar müde, dass er gerade noch sein Geld verstecken und seine Kleider abstreifen konnte, und schon war er in einen tiefen, gesunden Schlaf gesunken.

V

Die Tage vergingen, und Tørres arbeitete so fleißig, dass Simon Varhoug, Aufseher im Hafenspeicher und ein frommer Anhänger des Predigers Olaves Spødeland, zu seinem guten Freund und Glaubensbruder Halvor Røidevaag sagte: »Dieser junge Mensch hat den Teufel im Leib. Kaum ist er aus dem Bett aufgestanden, ist er schon überall. Ich brauche mich nur umzudrehen, da ist er zur Stelle, und den ganzen Speicher kannte er schon am dritten Tag wie seine Westentasche, jeden Kasten, jede Tonne, jedes Tauende, ja, ich habe wahrlich das Gefühl, dass er sogar jede einzelne Ratte im Haus sozusagen persönlich kennt.«

In diesem Moment wurde Simon von oben gerufen, und er eilte davon und ließ die Tür zum Hafenspeicher offenstehen. Halvor Røidevaag setzte sich hin und vertiefte sich ins Gebet, er wollte auf Simon warten, denn er hatte noch viel zu sagen.

Ein Südwind zog mit schweren Böen durch den Fjord, der Herbstregen ergoss sich unermüdlich über die halbdunkle Stadt. Halvor Røidevaag hatte Zeit genug, denn er lieferte Waren aus, er saß in seinem Boot und ließ seine Blicke an Frau Knudsens großem Hafenspeicher hinauf- und hinabwandern, danach sah er sich den von Brandt an, doch als er sich gerade eine Pfeife anstecken wollte, wurde sein Boot abgetrieben, und als die Pfeife endlich brannte, trotz Wind und Regen, stand auch schon ein Kontorangestellter auf dem Anlegesteg und rief nach ihm, und er musste für zehn Öre zum Zollhaus hinüberrudern.

Obwohl Tørres so lebhaft von der Stadt geträumt und sich ja auch vorgestellt hatte, dass er sofort Zutritt zu allen Herrlichkeiten erhalten würde, war er anfangs von dem großen Laden doch ziemlich überwältigt.

Er bemerkte bald die unsichtbare Mauer, die Herr Jessen und Fräulein Thorsen ungefähr in der Mitte des Ladens errichtet hatten, aber er gab sich – als ob auch er das selbstverständlich fände – mit dem schlichten Teil des Geschäfts zufrieden, bis er sich in alles richtig eingearbeitet hatte.

Inzwischen wurden auch seine neuen Kleider fertig. Sie hatten so unvorstellbar viel gekostet, dass ihn das wie ein Stachel im Fleisch dazu trieb, immer wieder um die Geldschublade zu kreisen, bis er den entsprechenden Betrag wieder an sich genommen hatte.

Doch schon am ersten Tag, an dem er seine neue Stadtkleidung trug, war es unmöglich, im Laden noch weiter eine unsichtbare Mauer aufrechtzuerhalten. Niemand wäre auf die Idee gekommen, einen so gutgekleideten Menschen um einen Sack Mehl zum Hafenspeicher zu schicken – das begriff sogar Herr Jessen sofort, während er spöttisch den Anzug musterte und eine Menge Falten und Fehler fand.

Fräulein Thorsen wagte nicht einmal sich selbst gegenüber einzugestehen, wie sie empfand; aber sie sagte zu ihren Freundinnen, dass sie eine solche Veränderung nicht für möglich gehalten hätte. In einem richtigen Anzug sah Herr Wold bedeutend aus, fast wie etwas Besonderes. Er hatte sich die Haare schneiden lassen und sich den dummen Flaum abrasiert, deshalb hatte er jetzt nur noch einen weichen, blonden Schnurrbart – doch, er war etwas Besonderes!

Frau Knudsen ihrerseits stutzte und wurde rot, als sie ihn erkannte, und der Kundschaft fiel der Neue im Laden auf; Fräulein Thorsens Freundinnen kamen herein, um ihn anzusehen, ja, Herr Jessen musste feststellen, dass Fremde und Kinder sich unwillkürlich an Tørres wandten, als sei er der Chef hier im Laden.

Tørres war jetzt glücklicher denn je zuvor. Wenn er hörte, wie Silbermünzen klirrend in die Schublade fielen oder wie Geldscheine knisterten, wenn sie auseinandergefaltet wurden, durchfuhr ihn ein Strom der Freude. Er war den ganzen Tag ununterbrochen beschäftigt, und bald brauchte er die anderen nicht mehr um Anweisungen zu bitten.

Und das Leben, das in diesem jungen Blut schäumte, belebte auch andere im Laden – die, die kamen, und die, die gingen. Die Leute hatten plötzlich Lust, in diesem Geschäft einzukaufen, wo es so geschäftig zuging, wo die Kundschaft lächelte und die Angestellten so rasch zwischen Tresen und Regalen hin- und herliefen.

»Neue Besen kehren gut«, sagte Herr Jessen, »aber auf die Dauer ist es doch ein wirklich gebildetes Auftreten, das das gute Publikum an einen Laden bindet.«

Fräulein Thorsen nickte, aber Tørres, der diese Bemerkung ebenfalls gehört hatte – was übrigens der Sinn der Sache gewesen war –, fühlte sich gleich um einige Stufen reduziert. Als armer Kätnersohn hatte er die Hierarchie in der Bauerngesellschaft am eigenen Leibe zu spüren bekommen. Doch angesichts der gewaltigen Kluft zwischen Landleuten und Städtern war er hilflos und ängstlich.

Es ging weniger darum, dass die großen, ernsten Mächte auf der Seite der Städter standen, Religion und Gesetze; in seiner Jugend hatte er immerhin gelernt, dass die Bauern, wenn es um juristische Kniffe, krumme Wege und Scheinheiligkeit ging, den Städtern um nichts nachstanden; alles, was sich hinter ernsten Gesichtern und gewichtigen Worten verstecken ließ, gelang dem Bauern ebenso wie den Leuten aus der Stadt. Aber das Leben und der Leichtsinn, die die Stadt sich zu erlauben wagte; diese ganze Verschwendung in den großen Häusern mit den riesigen Glasfenstern, die schönen Kleider und die teuren Vergnügungen, das Geld, das jeden Tag von einer Hand in die andere wanderte, das leichte Leben und das Lachen – allein das Lachen, was lag in diesem einen Lachen doch für ein gewaltiger Unterschied!

Tørres hatte in seiner Kindheit bei ernsten Menschen kein Lachen erlebt; er konnte sich nicht erinnern, dass seine Mutter jemals gelacht hätte – sie hatte höchstens gespottet, wenn jemandem ein Missgeschick widerfahren war. Ansonsten hatten Jungen und Mädchen gelacht, wenn sie unter sich gewesen waren – vor allem abends im Halbdunkeln. Aber Lächeln und immer wieder Lachen ohne Grund, wie bei den Leuten in der Stadt – das kannte er von zu Hause her nicht. Deshalb hatte er am Anfang den Eindruck, dass die Menschen in der Stadt zu allerlei Scherzen aufgelegt waren, und auch er scherzte und machte Witze. Doch bald kamen ihm Bedenken. Es konnte passieren, wenn er gerade mit einem Verkauf beschäftigt war und irgendein scherzhaftes Wort fiel, dass die feinen Damen, wenn er plötzlich in sein lautes, schallendes Bauernlachen ausbrach, den Mund verzogen und die ausgepackten Waren liegen ließen. Und dann konnte er all seine Liebenswürdigkeit aufbieten; sie wichen doch zurück und gingen.

Er spürte, dass hier etwas nicht stimmte, hier stand er vor dem Abgrund; in ihm brannte es, als er Herrn Jessen das Wort »gebildet« aussprechen hörte.

Nun lauschte er auf Herrn Jessens Lachen, das war fast lautlos und in sich gekehrt, aber immer hatte er ein Lächeln oder einen Scherz auf den Lippen, und er brachte die Kundschaft zum Lachen.

Fräulein Thorsen sagte nur »chi-chi-chi«, wenn sie lachte, ungefähr wie eine niesende Katze, dachte Tørres.

Abends übte er dann in seiner Kammer vor dem Spiegel, und er erschrak doch sehr, als er den Mund aufriss und seine starken Zähne und das kräftige Zahnfleisch sah – so, wie er eben lachte. Es wunderte ihn nun nicht mehr, dass die feinen Damen vor einem solchen Schlund erschraken, und zugleich fiel ihm ein, dass zu Hause auf dem Dorf die Menschen meistens hässlich wurden, wenn sie lachten – die Mädchen eigentlich weniger, aber es war jedenfalls viel reizender, wenn Fräulein Thorsen »chi-chi-chi« sagte.

Einige Tage lang übte Tørres sein leises Lachen mit geschlossenem Mund, doch ganz unbewusst sagte er »chi-chi-chi«, und als das im Laden zum ersten Mal zu hören war, wurde allgemein gekichert. Herr Jessen musterte ihn durch sein Lorgnon, aber als auch Fräulein Thorsen damit anfing, wandte er sich mit einer Miene von ihnen ab, die zum Ausdruck brachte, dass er sie beide aufgab.

Herr Anton Jessen wohnte und aß zu Hause bei seiner Mutter, einer Lehrerswitwe. Sie hatte Mühen und Entbehrungen getrotzt, damit der kleine Anton so fein und sauber aussähe wie eine Puppe, und das war ihr gelungen. Als kleiner Junge war er Bonbonknabe genannt worden, jetzt aber war er unumstritten der eleganteste junge Mensch in der Verkaufsbranche.

Sein Leben war bisher gleichmäßig und ohne Hindernisse vorangeglitten. Seine Mutter hatte, so gut sie konnte, jeden Stein von seinem Weg entfernt, und da er selbst musterhaft fleißig und tüchtig war, hatte er es in Frau Knudsens Laden bald zum leitenden Angestellten gebracht.

Frau Jessen hatte sehr früh geheiratet. Schon als ihr Mann noch ein bleicher Schulbube mit matten Augen und langen Haaren gewesen war, war sie ihm versprochen gewesen, und sowie er sein theologisches Examen abgelegt hatte, hatten sie geheiratet. Aber noch ehe seine kleine Frau ihm das erste Kind geboren hatte, war der schwächliche Mann einer ganz normalen Erkältung erlegen, die im Handumdrehen seine Lunge ruiniert hatte. In ihrem traurigen Kindbett hatte Frau Jessen gehört, wie der alte Arzt mit einem Verwandten über den seligen Gatten sprach: »Ja«, hatte der Arzt gesagt, »diese Heirat war doch Wahnsinn! Das konnte er nicht vertragen, und im Grunde hat ihm das den Tod gebracht.«

Das hatte sie niemals vergessen können. Ihre Ehe war vergangen, ohne dass sie viel davon begriffen hätte. Die Schwäche ihres Mannes, die ihn plötzlich als tödliche Mattigkeit überfallen hatte – als sie gerade geglaubt hatte, sie könnten in ihrem kleinen Puppenheim kaum glücklicher werden –, seine heftig auflodernde Leidenschaft, die ihn im kurzen Glück ihrer Liebe fast schmerzlich mitgerissen hatte – danach hatte sie das alles besser verstanden und eine Scham verspürt, die sie nicht überwinden konnte.

So kurz waren ihre Sinne nur geweckt gewesen, dass eine ängstliche Geschamigkeit, die empfindlicher war als jede jungfräuliche Zurückhaltung, sie überkommen hatte, sowie ihr Mann von ihr gegangen war. Sie hatte fast schon Angst vor sich selbst, vor ihrem Geschlecht, und schon als sie den kleinen Anton in ihren Armen wiegte, fragte sie sich, wie sie ihn beschützen könnte.

Sie konnte es sich nicht leisten, den Jungen studieren zu lassen, und Frau Jessen wäre auch nicht bereit gewesen, ihn in diesem gefährlichen Alter unter den Studenten in Christiania sich selbst zu überlassen; deshalb blieb er in der Stadt und lernte das Handelsfach, während sie ihn bei sich behielt und ihn mit ihrer niemals müde werdenden Fürsorge ans Haus fesselte. Sie hielt ihn so hilflos wie möglich, indem sie noch seine geringsten Bedürfnisse erfüllte und indem sie im Voraus alle möglichen Kleinigkeiten für ihn bedachte, damit er das Kind in ihrer Hand blieb, unfähig, sich eigenständig zu entscheiden oder einen selbständigen Entschluss zu fassen; ob er den Regenschirm oder den Stock nehmen sollte, danach musste er seine Mutter fragen, er geriet in tiefste Verlegenheit, wenn seine Mutter das Taschentuch nicht in die richtige Tasche gesteckt hatte, und Speisen, die nicht seine Mutter zubereitet hatte, schmeckten ihm überhaupt nicht.

In der Schule hatten sie sich unbarmherzig über den Bonbonknaben lustig gemacht und seine Schamhaftigkeit aufs Gröbste verletzt, und so war er noch verschreckter und verwirrter zu seiner reinen Mutter nach Hause gekommen, und seine Natur wurde ungesund und verkrüppelt, statt sich zu entwickeln.

Aber als er erwachsen war und sich ein schwarzes Schnurrbärtchen zulegte, entwickelte er ein lebhaftes Interesse an den jungen Mädchen, und sie kamen ihm nur zu gern entgegen, denn er war so fein und ehrerbietig.

Bald war er dann auch so gut wie verlobt, und das gefiel ihm sehr gut – am liebsten mit zweien oder dreien zugleich, dann fühlte er sich gewissermaßen sicherer. Denn wenn er ernstlich an Hochzeit dachte und an das, was damit zusammenhing, fühlte er sich verlegen und bedrückt, er konnte doch seine Mutter nicht verlassen und sein behagliches Schlafzimmer neben ihrer Kammer.

Doch dann kam Frau Jessen zu Ohren, dass über ihren Anton und sein flottes Treiben mit den jungen Damen in der Verkaufsbranche geredet wurde, und sie wurde von einer tödlichen Angst überwältigt. Nur über vorsichtige Andeutungen wagte sie ihn auszufragen oder zu warnen. Anton, der durchaus begriff, worum es ihr ging, fühlte sich ziemlich geschmeichelt, und schließlich kam es so weit, dass er ein wenig prahlte und seiner Mutter zu verstehen gab, dass er ein wirklicher Frauenheld sei. Er gab sich ungeheuer geheimnisvoll, ehe er zu einem Spaziergang aufbrach, er fragte mit ernster Miene, ob ein Brief für ihn gekommen sei, und wenn das der Fall war, schloss er sich zum Lesen damit ein und war danach nachdenklich und seufzte, so dass das Mutterherz erbebte.

Überhaupt erzählte er seiner Mutter eigentlich alles, was ihm im Laufe des Tages widerfuhr, wobei Frau Jessen ab und zu einen Widerspruch zwischen der Wirklichkeit und den Darstellungen ihres lieben Anton entdeckte. Deshalb sagte sie einige Tage, nachdem Tørres Wold sich im Laden in seinen neuen Kleidern gezeigt hatte: »Nein, du, Anton – was war das für ein hübscher junger Mensch, den ich heute bei dir im Laden gesehen habe?«

»Hübsch? Findest du wirklich?«

»Aber großer Gott, das war doch wohl nicht dieser – Bauernbengel?«

»Doch sicher, Mutter!«

»Der! – dieser armselige rothaarige Bursche, den du unter deine Fittiche genommen hast?«

»Und den ich ein bisschen ausstaffiert habe«, sagte Anton mit kurzem Lachen.

»Nein! Jetzt bin ich aber enttäuscht!«, rief die Mutter. »Er ist doch so ein hübscher Mensch!«

»Ach, Mutter – er sieht doch so grob aus …«

»Natürlich«, gab die Mutter zu und änderte jetzt auch ganz schnell ihre Meinung; der andere war ja nicht wie ihr Anton, den Unterschied sah man doch sofort.

Im täglichen Leben im Laden gab Herr Jessen lange vor, nicht zu bemerken, wie Tørres wuchs. Er behandelte ihn weiterhin wie jemanden, der tief unter ihm stand. Wenn zum Beispiel Herr Jessen, der ein anerkannter Meister im Ausstellen von Galanteriewaren war, das große Fenster zur Hauptstraße hin dekorierte, scheuchte er Tørres im Laden hin und her, um diesen Stoff oder jene Farbe zu bringen, die Herr Jessen gerade brauchte, und während Tørres unverdrossen sein Bestes gab und mit aufmerksamen Augen alles registrierte und sich jede Finesse einprägte, stand Herr Jessen zurückgelehnt und mit zusammengekniffenen Augen da, um die Wirkung auf der großen, schrägen Ausstellungsfläche im Schaufenster zu bewerten.

In Fräulein Thorsens Herzen ging es derweil seltsam zu. Sie hatte fast das Gefühl, als ob es in zwei Hälften zerspringen wollte.

Natürlich liebte und bewunderte sie Herrn Jessen über alle Maßen und für immer. Aber es ließ sich ja nicht leugnen: Er war schon seltsam und unausgeglichen. An einem Tag konnte er so warme Blicke für sie haben und so zärtlich ihre Schulter streicheln, wenn er an ihr vorüberging, am nächsten dann sagte er: »Fräulein Thorsen!« so kalt wie Eis, und er schien sich ganz bewusst zurückzuziehen.

Und es war eben so eine Sache mit diesem Herrn Wold. Den ganzen Tag diesen großen, starken Burschen um sich zu haben – und noch dazu als eine Art Lehrling, den sie einweisen sollte. Dauernd mussten sie über einer Schublade die Köpfe zusammenstecken, oder sie musste ihm einen Preis ins Ohr flüstern, wenn der Laden voller Kundschaft war und alle es eilig hatten.

Und es kam ja noch dazu, dass Tørres Annäherungsversuche machte – und das auch noch recht unzweideutig. Er drückte ihre Hand, wenn sich die Gelegenheit bot, und es kam vor, dass er ganz unnötig seine Hand über ihre gleiten ließ, wenn sie aneinander vorübergingen – er war wirklich viel mutiger als Herr Jessen, wenn auch längst nicht so gebildet.

Was Tørres selbst anging, so machte er ihr eher zerstreut den Hof, weil er es von zu Hause her gewöhnt war, zu den Mädchen liebenswürdig zu sein. Ansonsten hatte er das stumme Spiel zwischen ihr und Herrn Jessen sofort durchschaut, und deshalb dachte er, zwischen beiden bestehe wohl ein altes Verhältnis und für ihn sei da nichts zu holen – und außerdem war er ja bereits anderweitig engagiert.

In der ersten Zeit, als er hier gearbeitet hatte, mit dem Kopf und mit dem Körper gleichermaßen, war er abends so müde gewesen, dass er sofort zu Bett gegangen war, sowie er sein Geld gezählt hatte, und danach geschlafen hatte wie ein Stein. Aber nach zwei Monaten war es eines Samstagmittags dazu gekommen, dass die große Bertha, die ihm jeden Tag in der Küche das gute Essen vorsetzte, ihm etwas hinterhergerufen hatte, als er wieder in den Laden hatte hinuntergehen wollen.

Er war mitten in der Tür stehen geblieben und hatte gefragt: »Hast du etwas gesagt?«

»Oh nein! Ist ja auch egal«, hatte Bertha geantwortet.

»Was hast du denn gesagt?«

»Ach – ich wollte fragen, ob es in deinem Dorf nicht Sitte ist, dass die Jungen am Samstagabend zu den Mädchen gehen.«

»Doch …«, hatte Tørres erwidert und sie angesehen.

»Ja, na dann«, hatte Bertha gesagt, sich von ihm abgewandt und einen Topf ausgescheuert, dass es nur so gescheppert hatte.

Einer so liebenswürdigen Einladung hatte Tørres nicht widerstehen können.

VI

Immer, wenn Gustav Krøger Frau Knudsens Kontor betrat, was er ziemlich oft tat, nur zu einem Schwätzchen oder weil Wechsel unterschrieben werden mussten, sagte er zu ihr: »Nehmen Sie sich vor dem jungen Burschen in Acht – das ist ein gefährlicher Mensch!«

Es sah Krøger im Grunde ähnlich, einen Menschen zu verabscheuen, den er schlecht behandelt hatte, und er gab durchaus zu, dass er den Bauernburschen sehr wohl im Boot hätte mitnehmen können. Aber es war doch eine solche Kleinigkeit, dass er sie wohl längst vergessen hätte, wenn dieser verdammte rothaarige Bengel ihm nicht am nächsten Tag in seinem eigenen Kontor in die Arme gelaufen wäre. Von diesem Moment an war Gustav Krøger sicher gewesen, dass er diesen Kerl nicht ausstehen konnte, dass er zweifellos ein nichtsnutziger und überaus gefährlicher Mensch sei.

Es war gemütlich im alten Büro von Cornelius Knudsen, wo die schöne Witwe an ihrem niedrigen Schreibtisch vor dem Fenster saß, während Krøger auf den hohen Hocker zu klettern pflegte, der früher der Platz des alten Knudsen gewesen war und auf dem jetzt oft Herr Jessen saß.

Die Beziehung zwischen Frau Knudsen und Herrn Krøger hatte sich so entwickelt, dass alles ein halber Spaß war. Deshalb konnte er sagen, was ihm gerade einfiel, und sich damit amüsieren, ihre Verlegenheit zu beobachten, wenn die Röte ihr, zu ihrem eigenen Entsetzen, ins Gesicht stieg. Und sie, die außer ihm keine andere Stütze hatte, fühlte sich sicherer in ihrer dankbaren Zuneigung zu diesem Mann, weil ja alles nur ein Scherz war.

Es gehörte mit zu diesen kleinen Vormittagsgesprächen im Kontor, dass er oft eine mögliche Fusion der benachbarten Läden andeutete.

»Ist es nicht so, gnädige Frau? Wir sind uns doch einig, dass wir im Frühling ein Loch in die Wand zwischen den Läden schlagen werden, und dann setzen wir eine hohe Bogentür mit Pfeilern und Portieren ein, und dann haben wir einen Laden, wie es ihn nicht einmal in der Hauptstadt gibt? Natürlich, ich sehe ja, was Sie sagen wollen, dann müssen wir uns auch in anderen Dingen zusammentun – nicht wahr? Das wollten Sie doch sicher sagen?«

Aber seit Tørres im Laden war, fing Krøger immer wieder von ihm an.

»Dass Sie nicht sehen können, was für ein raffinierter Gauner er ist!«

»Nein, wissen Sie was, Krøger – er ist doch die Offenherzigkeit selbst, er sagt alles, was ihm gerade in den Kopf kommt.«

»Sie mögen ihn?«

»Er ist ungeheuer tüchtig und zuverlässig.«

»Zuverlässig – der?«

»Aber sagen Sie mal! Wissen Sie denn irgendetwas?«

»Nicht das Geringste«, antwortete Krøger ehrlich, »aber das ist auch nicht nötig, ich kann es ihm an den Zähnen ansehen.«

»Die sind doch tadellos«, sagte Frau Knudsen und lachte.

»Genau. Er kann Kieselsteine damit kauen – dieser Abschaum! Er könnte uns allesamt auffressen!«

Frau Knudsen lachte und bat ihn zu schweigen, weil man ihn vom Laden aus hören könne.

»Und dennoch«, sagte Krøger und stieg vom Hocker. »Dennoch werden Sie ihn am Ende heiraten.«

»Aber, aber, darüber wollen wir jetzt nicht nochmals sprechen«, sagte Frau Knudsen, »sonst endet es ja doch wieder so wie gestern.«

»Das Geschäft geht weiter, gnädige Frau, das ist alt, Sie aber sind jung.«

»Das gibt sich mit den Jahren.«

»Verdammt, das wollen wir doch erst mal sehen!«, sagte Krøger und kratzte sich am Kopf. »Wenn nur dieser Jessen nicht so ein Schwächling wäre …«

»Nein, nein, nun lassen Sie mich aber in Ruhe!«, bat sie und wurde ziemlich rot.

»Ja, aber versprechen Sie mir jedenfalls, sich erst mit mir zu beraten?«

»Das tue ich doch immer«, sagte sie lächelnd.

»Aber versprechen Sie mir das!«, sagte Krøger noch einmal, und dann verabschiedete er sich und ging nach Hause – tief in Gedanken versunken.

Tørres seinerseits hatte ebenfalls eine Abneigung gegen den dicken Mann aus dem Boot gefasst – eine Abneigung, die bei ihm viel tiefer reichte. Wann immer Gustav Krøger durch den Laden ging, loderte sie in ihm auf und Tørres sann auf Rache. Doch er hatte sofort gespürt, dass ein ganz anderer Abgrund ihn von diesem Mann trennte als der jetzt fast überwundene zwischen ihm und Fräulein Thorsen oder sogar der zu Herrn Jessen.

So, wie es Unterschiede gab zwischen den großen Bauernsippen und den schlichten Kätnern, gab es auch Abgründe zwischen den Menschen in der Stadt, das hatte er inzwischen begriffen – es waren nicht nur Unterschiede im Reichtum, sondern es gab auch noch dieses Dunkle, das Herr Jessen Bildung nannte. Tørres hatte aber auch erkannt, dass diese Bildung, von der Herr Jessen sprach, etwas war, das dieser selbst nicht vollständig gemeistert hatte, es ging wohl vor allem um all das Wissen, das man Büchern entnehmen konnte.

In der Schule und im Konfirmationsunterricht war Tørres mittelmäßig gewesen. Er konnte zwar rasch lernen, wenn er das wollte. Aber das meiste, was er lernte, interessierte ihn höchstens mäßig, weil er einfach nicht herausfinden konnte, ob es die Wahrheit war oder nicht. Und wenn es nicht die Wahrheit war, dann sollte ihn verdammt nochmal niemand dazu bringen, von sprechenden Schlangen oder von Kühen zu lernen, die sich gegenseitig fraßen.

Nur einen einzigen Abschnitt aus der biblischen Geschichte hatte er sich gemerkt, aber den konnte er zum Ausgleich auswendig; und zwar die Geschichte von Jakob, dem Tunichtgut, der sich mit Betrügereien durch's Leben schlich und als Patriarch im Himmel endete.

Der christliche Schulunterricht hatte Tørres Snørtevolds Kindheit und Jugend vor allen anderen Geschichten als den biblischen Erzählungen beschützt. Weder er noch seine Altersgenossen hatten jemals für weltliche Helden schwärmen können, wie Robinson oder Tordenskjold, ein Einziger, der Liebling des Lehrers, hatte sich auf Joseph verlegt, der in der Gunst Pharaos so hoch gestiegen war, die starken Jungen dagegen hatten Tabak gekaut und an Samson gedacht. Jakob aber – der war das große Vorbild, Jakob, der mit Volk und Vieh gleichermaßen umgehen konnte. Und alles glückte ihm und alles war ihm erlaubt, und niemals tat Gott Jakob irgendetwas an, außer bei diesem einen Mal mit der Hüfte. Das aber hatte Tørres nie so ganz verstanden, und deshalb gefiel es ihm nicht, es war etwas Unklares und Unwirkliches an diesem Traum von der Leiter. Er übersprang diese Stelle lieber, wenn er über Jakob las. Er prägte sich nur das Bild einer hohen Leiter ein, die in die Luft hinaufragte, und von dieser war Jakob heruntergefallen und hatte sich die Hüfte gebrochen. Was Tørres durchaus plausibel fand, denn die Leiter war ja nirgendwo befestigt und es wimmelte darauf bereits von Engeln.

Doch ansonsten und vor allem kannte seine Bewunderung für Isaaks Sohn kein Maß und keine Grenze. Dass er den dummen Esau mit dem Linsengericht zum Narren gehalten hatte, daran hatte Tørres oft gedacht, wenn er seinen kleinen Brüdern das wenige abgeschwatzt hatte, was sie hatten. Aber dass Jakob sich zu dem alten Isaak hineingetraut hatte, der ein wahrer Patriarch war, und auch ihn einfach so an der Nase herumgeführt hatte!

Rebekka hatte ihm zwar geholfen, indem sie ihm Fell auf die Hände gebunden und ihm die Schüssel gereicht hatte. Aber es war Jakob selbst gewesen, der im richtigen Moment Gott erwähnt hatte. Als dem Alten ein Verdacht gekommen war und er hatte wissen wollen, wieso das Essen so schnell fertig geworden war, hatte Jakob sofort die passende Antwort gehabt: Gott selbst habe ihm das Wild entgegengesandt.

Ja, darüber hatte sich Tørres viele Male gefreut.

Und dann Esau! Dieser große, zottelige Trottel! Als der seine Mahlzeit angeschleppt hatte! Was für ein

Gefühl für Jakob, zu sehen, wie der andere schwitzte und schuftete, um dem Alten ein richtig köstliches Mahl servieren zu können, aber der war ja schon satt, und bäh!, da stand er dann.

Tørres konnte sich ausschütten vor Lachen, wenn er an diese Komödie dachte.

Und danach mussten sich alle vor Jakob verneigen, der sie allesamt zum Narren gehalten hatte. Sogar Laban! Der ansonsten so gerissen war, dass er Jakob immer wieder um seinen Lohn betrogen hatte, ja, nicht weniger als zehn Mal, aber beim elften Mal hatte Jakob das ganze Schwein genommen.

Und Rachel, die die Götzenbilder ihres Vaters gestohlen und sich darauf gesetzt hatte – das alles bewunderte Tørres, denn er begnügte sich nicht mit den Auszügen, die in der Schule gelesen wurden, er las in der Bibel alles, was von Jakob handelte.

Und er sah, wie Jakob Güter anhäufte und seine Herden mästete, er sah ihn zwischen Ehefrauen und Mägden von einem Bett ins andere steigen, er sah die hemmungslose Brut heranwachsen – schlimmer als der Vater! –, doch immer noch hielt Gott zu Jakob, ihm war alles erlaubt – gegenüber Frauen wie gegenüber Männern.

Und wenn Tørres in seiner Kindheit daran gedacht hatte, dass er dereinst in den Himmel kommen und mit Abraham, Isaak und Jakob zu Tisch sitzen würde, dann hatte er sich vorgenommen, sich nach vorn zu schummeln, um so nah wie möglich bei Jakob zu sitzen.

Denn es gab da etwas, wonach er so gern gefragt hätte, und zwar den grandiosen Schurkenstreich mit dem bunten Rock. Und wie oft hatte Tørres nicht, wenn er oben in der Heide beim Vieh Hüten einige Erlensträucher und Haselbüsche gefunden hatte, sich Stäbe zurechtgeschnitzt und überlegt, wo er sie anbringen sollte. Aber niemals hatte er seine Schafe trinken sehen – außer, wenn er einen Wassertrog gehabt hatte, um den sie sich hatten versammeln können.

Er wollte auch nach etwas fragen, mit dem er während seiner ganzen Jugend herumexperimentiert hatte. Denn wenn Jakob Schafe und Ziegen dazu bringen konnte, gesprenkelte Junge zu werfen, wenn er das wollte, war das doch ein Beweis für Kenntnisse in der Viehzucht, die alles übertrafen, was Tørres für menschenmöglich hielt.

Heutzutage lernten die Leute solche Dinge aus Büchern, wenn man nur die richtigen finden könnte, aber hier stand er nun hilflos vor einer Unmöglichkeit: Wo sollte er anfangen? Hier war der Abgrund, der ihn für immer von Krøger und dessen Welt trennen würde.

An den Sonntagen machte er in dieser Zeit die Bekanntschaft anderer Ladenburschen, die abends Buchhaltung lernten. Tørres schloss sich diesen jungen Männern sofort an.

In den ersten Stunden begriff er kaum etwas, achtsam schrieb er alles auf, ohne auch nur das Geringste zu erfassen, und er hielt hartnäckig den Mund. Aber nach und nach und dann immer schneller erwachten die Zahlen vor ihm zum Leben. Er nahm die Beispiele, die der Lehrer ihnen vorlegte, mit einem wirklichen Geschäftsinteresse auf, er verkaufte und kaufte und buchte, und schon bald überraschte der junge Wold den Handelslehrer durch die Schnelligkeit, mit der er das Ergebnis voraussah, und durch seine niemals versagende Korrektheit, was Berechnungen und Buchungen betraf.

Doch was Tørres besonders faszinierte, waren Zinsen und Zinsrechnung. Schon als Kind hatte er gehört, wie »verzinstes Geld« leise und voller Ehrfurcht erwähnt wurde, als etwas Erhabenes – fast Göttliches. Und als er nun über Zinsen lernte, erfuhr, wie sie entstanden, so dass sie die bienenfleißige Arbeit des Geldes bei Tag und bei Nacht segneten, ohne sich auch nur eine Stunde Ruhe zu gönnen, als er sah, wie das Geld sich auch nur bei einem ¾ Prozent vermehren konnte und wie auch die kleinen Beträge anwachsen konnten und ebenfalls arbeiteten und kleine Zinseier legten – da erfüllte das alles seine ganze Seele. Und bald war er mit nichts anderem beschäftigt, als in Gedanken die Zinsen aller Beträge auszurechnen, die erwähnt wurden oder die er sich selbst ausdachte.

Seit er am ersten Tag die zehn Öre aus der Schublade genommen hatte, hatte er regelmäßig, aber langsam und vorsichtig seinen geheimen Vorrat an Silbermünzen vergrößert. Das fand er schließlich so leicht und natürlich, dass er sich nicht vorstellen konnte, dass die beiden anderen es nicht ebenso hielten. Er redete sich immer wieder ein, dass er die Kasse für Frau Knudsen hütete, und für diesen Dienst berechnete er ein angemessenes Entgelt. Deshalb kreiste er stetig um die Schublade, bis Herr Jessen eines Tages in spöttischem Tonfall fragte:

»Wieso treiben Sie sich eigentlich immer bei der Kasse herum – haben Sie nichts Besseres zu tun?«

»Irgendjemand muss doch darauf aufpassen«, erwiderte Tørres, und sie sahen einander einen Moment lang fest in die Augen, ohne auszuweichen. Fräulein Thorsen zitterte.

Aber Herr Jessen war nun einmal der Herr über das, was noch besser war, nämlich die Abrechnungen; er tätigte Einkäufe und stellte Rechnungen aus; während Tørres bescheiden Kronenstücke in der Schublade sammelte, konnte Herr Jessen große Banknoten aus der Abrechnung und in seiner eigenen Tasche verschwinden lassen.

Das alles machte Tørres arg zu schaffen, seine ganze Fürsorge für Frau Knudsen war nicht viel wert, solange Herr Jessen schaltete und waltete, und niemals durfte Tørres einen Blick in die Bücher werfen; auch, als er in der Buchhaltung schon große Fortschritte gemacht hatte, durfte er nicht den kleinsten Eintrag vornehmen, ohne dass Herr Jessen ihm über die Schulter blickte und diktierte, als ob Tørres niemals etwas anderes werden könnte als der unmündige Bauerntrottel.

Wenn Fräulein Thorsen ab und zu etwas abzweigte, um sich schön zu machen, war das nicht so schlimm,

Tørres gönnte es ihr, weil sie so reizend und freundlich war, und er bekam immer größere Lust auf dieses hübsche Spielzeug.

So verging Tørres Wolds erstes Jahr in der Stadt. Als dann wieder der Herbst mit den langen Abenden kam, meldete er sich zu einem Kurs in doppelter Buchführung für Fortgeschrittene an.

Sein Kapital war jetzt so weit gewachsen, dass er 200 Kronen gegen einen schönen Zinssatz bei den kleinen Aufkäufern und den Eierhändlern investieren konnte, die jede Woche abrechneten. Es war ein gutes Geschäft, musste aber im Verborgenen stattfinden – sonntags, wenn er frei hatte. Er wagte nicht, sein Geld auf die Bank zu bringen, denn er wollte kein Misstrauen erwecken.

Aber ansonsten war er nicht sehr viel weiter gekommen. Obwohl er als tüchtiger Verkäufer galt, von dem sich die Damen gern bedienen ließen, und obwohl Frau Knudsen seinen Lohn erhöht hatte, kam er ihr doch nicht näher. Sie war die feinste Dame, die er kannte – nicht puppenhaft niedlich wie Fräulein Thorsen, sondern vornehm, still und überlegen.

Doch Herr Jessen wachte über diesen Schatz wie über die Abrechnungen. Das Gefühl, dass dieser Bauernbengel doch gefährlich sein könnte, hatte begonnen, an Herrn Jessens Selbstvertrauen zu nagen, und er achtete jetzt ganz genau noch auf die geringste Kleinigkeit; Tørres sollte nicht eine Handbreit weiterkommen, als Herr Jessen es gestattete.

Deshalb war Herr Jessen nun auch liebenswürdiger zu Fräulein Thorsen, denn er hatte auch dort das Gefühl, dass Tørres sich vorzudrängen versuchte. Und deshalb fand Fräulein Thorsens armes Herz nie die Zeit, wieder ganz zu werden, sondern wurde immer aufs Neue schmerzhaft zwischen den beiden zerrissen.

Nur an einem Ort hatte Tørres einen vollständigen Sieg errungen, und das war bei der großen Bertha. Die Schnelligkeit, mit der dieser Bauernbursche, der als ihresgleichen angefangen hatte, zu einem feinen Herrn geworden war, der jetzt in der Stube speiste und sonntags eingeladen wurde, hatte sie ungeheuer beeindruckt.

Aber Tørres selbst hatte nun das Gefühl, auf der Stelle zu treten. Solange er Herrn Jessen nicht übertrumpfen könnte, wäre alles nichts. Und Jessen war so tüchtig und korrekt, niemals konnte Tørres irgendeinen Fehler entdecken, den er Jessen hätte vorwerfen können; Herr Jessen schien sich im Geschäft mehr und mehr festzusetzen, und in der Stadt wuchs die Überzeugung, dass aus ihm und der Witwe bald ein Paar werden würde.

Eines Nachts kam Tørres spät von einer Kartenpartie bei einem Bekannten nach Hause; sein Kopf war heiß vom Grog und Tabak in der stickigen kleinen Kammer, und er kämpfte sich in trotzigen Gedanken durch Regen und Wind. Seine Freunde hatten abermals über Jessen und Frau Knudsen gesprochen, Tørres fluchte im Gehen, jetzt wollte er die Sache ausfechten.

Was er tun wollte, wusste er nicht so recht, aber am nächsten Morgen sollte Jessen schon zu spüren bekommen, dass Tørres sich nicht mehr unterdrücken lassen wollte, er – er – es passierte bisweilen, dass ihn solche Wutanfälle überkamen, aber dann biss er die Zähne so fest zusammen, dass er zitterte, und dann legte sich die Wut.

Er zog unten im Haus seine Stiefel aus – das machte er immer so, wenn es so spät wurde – und schlich sich in der Dunkelheit vorsichtig die Treppe hoch. Doch als er sich durch den Gang zu seiner Kammer tasten wollte, blieb er plötzlich stehen, und ein Gedanke durchfuhr ihn wie ein Blitz. Dort links schlief Jessens Liebste oder was sie nun war, jedenfalls stand sie auf seiner Seite, mit der wollte er jetzt den Anfang machen.

Er hatte schon an vielen Abenden an Fräulein Thorsen gedacht, wenn er so dicht an ihrer Tür vorbeigekommen war. Aber immer hatte die Vernunft gesiegt und er hatte an den Skandal und die Aufregung gedacht; Bertha könnte es hören – und auch Frau Knudsen einen Stock tiefer.

Doch an diesem Abend kannte sein Mut keine Grenzen, und auf Socken, denn seine Stiefel standen ja unten, schlich er sich an ihre Tür.

Fräulein Thorsen hatte in der ersten Zeit, nachdem dieser Mann ins Haus gekommen war, zwar ihre Tür abgeschlossen, nun aber fühlte sie sich vollkommen sicher. Er schlich sich lautlos in ihr Zimmer und tastete sich bis zu ihrem Bett vor.

Sie fuhr aus dem Schlaf hoch, aber sofort packte er ihre Hände und flüsterte, dass sie ruhig bleiben solle, es bestehe keinerlei Gefahr.

»Brennt es?«, fragte sie leise und riss sich los.

»Nein, ich bin's nur, Wold, und ich wollte gern kurz mit Ihnen sprechen, Fräulein Thorsen.«

»Ach, ich bin ja so erschrocken«, seufzte Fräulein Thorsen und ließ sich auf ihr Kissen sinken. Erst jetzt wurde sie richtig wach und sofort wich sie bis an die Wand zurück und fragte in neuer Angst, was er hier wolle.

Er wolle nur kurz mit ihr sprechen.

Er müsse sofort gehen, sofort, sagte sie und fing an zu zittern, was er denn von ihr wolle, sie seien doch den ganzen Tag zusammen.

Genau das sei es ja, sie seien den ganzen Tag zusammen, und doch könnten sie nie ein vertrauliches Wort wechseln, er sei so einsam, niemand mache sich etwas aus ihm …

Sie lag mit offenen Augen in der Dunkelheit und lauschte seinen Worten, die er in traurigem und respektvollem Tonfall flüsterte. Er kniete jetzt vor ihrem Bett, das spürte sie, aber als er keine Anstalten machte, noch näher zu rücken, blieb sie still liegen und hörte ihm zu, jetzt ohne zu zittern.

Sie sei immer so gütig und freundlich zu ihm gewesen, seit er gekommen sei, aber gerade deshalb könne er es nicht mehr ertragen …

Was könne er nicht ertragen? Nun flüsterte sie, geradeso wie er.

Ach – sie wisse doch genau, was er meine.

Nein, das wisse sie wirklich nicht.

Dass sie es abstreiten wolle! – Als ob er nicht sehen könne, wie es zwischen ihr und Herrn Jessen stehe!

Er hörte, dass sie eine heftige Bewegung machte, dann antwortete sie mit fester Stimme: »Ich bin nicht mit Herrn Jessen verlobt!«

»Nennen Sie es, wie Sie wollen!«, sagte Tørres in trotzigem Tonfall.

Aber jetzt setzte sie sich energisch im Bett auf und sagte eindringlich: »Ich habe rein gar nichts mit Herrn Jessen, und das kann ich Ihnen sagen, noch nie war ein Mann mir so nah wie Sie heute Abend, doch jetzt müssen Sie gehen – sofort, sofort!«

Er bat sie, sich zu mäßigen, weil sie jetzt lauter geworden war, und dankte ihr nun flüsternd für diese Erklärung, die ihn so froh mache, wenngleich …

Er müsse ihr glauben; sie hatte sich jetzt wieder auf ihr Kissen sinken lassen, und als sie ihn anflehte, ihr zu glauben, kam eine ihrer warmen kleinen Hände ganz dicht an ihn heran.

Tørres griff danach und ihm wurde seltsam schwindlig, als er ihre Hand hielt. Aber da er von zu Hause an solche Nachtfreiereien gewöhnt war und wusste, wie man beim ersten Mal mit den Mädchen spricht, um ihnen keine Angst zu machen, flüsterte er ruhig weiter, bedankte sich bei ihr und bat sie, nicht böse zu sein, weil er gekommen sei.

Nein, sie sei nicht böse, aber jetzt müsse er gehen, und er müsse ihr glauben.

Das werde er, er wolle ihr nur noch sagen …

Nein, jetzt müsse er wirklich gehen, und sie zog ihre Hand zurück.

Er erhob sich und sagte ehrerbietig: »Wenn Sie es verlangen, dann gehe ich.«

Aber bei der Tür flüsterte er: »War ich jetzt nicht brav, wo ich gegangen bin, als Sie mich darum gebeten haben?«

»Doch – danke«, flüsterte sie in der Dunkelheit. »Gute Nacht.«

Sie lauschte, bis alles still wurde, und sie empfand eine geradezu überschwängliche Freude darüber, dass er so brav war und ging, wenn sie ihn darum bat. Und das glaubte sie, während sie wach lag, und daran dachte sie, während sie schlief, Stunde um Stunde, und am Morgen wusste sie nicht so genau, ob nicht alles nur ein Traum gewesen war.

VII

Sie hatten schon gegessen; Gustav Krøger hatte sich in seinem Sessel zurückgelehnt und las ein wenig bevor er einschlafen würde; es konnte nicht mehr lange dauern, an diesem Herbsttag würde die Dämmerung bald einsetzen. Tante Sofie strickte, Julie hatte es sich in einem Schaukelstuhl mit einer Zeitung gemütlich gemacht, sie hörte den anderen zu, sagte selbst aber nichts.

»Warum bist du so dagegen – Sofie?«, fragte Krøger.

»Ich bin überhaupt nicht dagegen, ich frage nur: Gibt es wirklich einen Grund, einen Ball zu veranstalten?«

»Julie möchte gern.«

»Zwei Bauernleutnants, anderthalb Studenten und ansonsten Krämerburschen – wozu soll das denn gut sein?«

»Du sollst doch gar nicht herumhopsen, Sofie!«

»Nein – Gott sei Dank.«

Bald darauf sagte Krøger, weiterhin, ohne von seinem Buch aufzublicken: »Ich glaube eigentlich, es liegt daran, dass du nicht gern zusiehst, wie Frau Steiner von ihren vielen Verehrern umschwärmt wird.«

Aber da musste Tante Sofie lachen, es war ein richtig überlegenes, höhnisches Lachen – das seien ja wirklich schöne Verehrer, zum Beispiel Schullehrer Jensen, der noch dazu verheiratet sei.

»Ja, aber so ist es nun mal mit alten Jungfern, es passt ihnen nicht …«

»Alte Jungfern!«, wiederholte Tante Sofie. »Dieses Wort hat sie hier im Haus eingeführt, früher hast du das nie gesagt, Gustav.«

»Ja, aber du willst doch wohl nicht bestreiten, Sofie, dass du alt bist und – unverheiratet?«

»Das bestreite ich durchaus nicht«, erwiderte Tante Sofie.

»Jaja«, sagte Krøger und gähnte ein wenig, legte das Buch weg und schloss die Augen. »Etwas anderes habe ich doch gar nicht behauptet.«

Bald darauf schnarchte er herzhaft und regelmäßig, Tante Sofies Stricknadeln fanden auch Ruhe, und Julie ließ die Zeitung auf den Boden gleiten und versank in Träumereien.

Seit sie von ihrem Aufenthalt in Dresden zurückgekehrt war und vor allem jetzt, seit sie sich mit Frau Steiner angefreundet hatte, waren ihr die Stadt und die Menschen hier so fremd geworden. All diese Damen – ob nun Frau Bankdirektor Christensen oder die anderen, die sie schon zu Lebzeiten ihrer Mutter gekannt hatte – musterten sie nun mit einer so seltsamen Miene – so kam es ihr vor.

Anfangs hatten sich alle um sie geschart und sie eingeladen, und sie hatte immer wieder ihren Aufenthalt im Ausland geschildert – sie hatte ja so viel erlebt, gesehen und gegessen. Aber nach einiger Zeit hatte ihre beste Freundin, Jolla Blom, es für ihre Pflicht gehalten, Julie anzuvertrauen, dass die ganze Stadt sie lächerlich fand mit ihrem Getue um die Auslandsreise, von der sie überall erzählte. Es waren doch so viele auf Reisen gewesen – zum Beispiel Frau Christensen, die ihren Mann nach Paris begleitet hatte, und außerdem Konsul With – wo der überall gewesen war! –, und er hatte gesagt, Dresden sei ein langweiliges Loch.

»Aber meine Güte«, hatte Julie gesagt. »Die haben doch alle gefragt und wollten wissen …«

»Und außerdem können sich ja nicht alle eine Reise leisten«, hatte Jolla Blom erklärt, deren Herz übergelaufen war, »und deshalb finden viele, es sei kein Grund, sich so wichtig zu machen, ja, das sagen sie, hier zu Hause ist es ja wohl schön genug, sagen sie, wenn so viele andere sich damit zufriedengeben.«

»Meine Güte, habe ich denn etwas anderes behauptet?«, hatte Julie verzagt eingeworfen.

»Und nicht alles, was es im Ausland gibt, ist so wunderbar, denn dieser Fleischsalat, den du Frau Ludvigsen beigebracht hast …«

»Sie wollte doch das Rezept …«

»Ja, entschuldige Julie, aber der war wirklich ungenießbar, ich war an dem Abend ja selbst dort, und das Mädchen, das den Rest bekommen hat, hat sich noch die ganze Nacht übergeben.«

Seither hatte Julie sich gehütet, das Ausland oder ihre Reise auch nur zu erwähnen, aber sie hatte schon gemerkt, dass es zu spät gewesen war, die Stimmung war kälter geworden, sie hatte alle beleidigt, und alles war noch schlimmer geworden, als Frau Steiner in die Stadt gekommen war und Julie unter ihre Fittiche genommen hatte. Denn Frau Steiner war sofort »hinausgeekelt« worden, wie sie sagte, und wenn nicht alle Männer ihre Gesellschaft gesucht hätten, wäre sie total isoliert gewesen. Unter den Damen hatte sie außer Julie keine Vertraute gefunden, weshalb sie Julie auch vollständig mit Beschlag belegte.

Der alte Kreis und die Freundinnen ihrer Mutter hatten Julie allerdings noch nicht ganz fallen lassen, sie luden sie immer noch ein, und das mit einem solchen Eifer, dass Julie klar wurde, dass es sich um den Versuch handelte, sie vor Frau Steiners schlechtem Einfluss zu retten. Das ärgerte sie so sehr, dass sie sich noch enger an die junge Frau anschloss, sie machte sich hübsch zurecht und arrangierte zur Freude ihres freisinnigen Vaters kleine Gesellschaften.

Aber sie hatte auch ihre schweren Stunden, wenn sie den Mut verlor, wie an diesem Nachmittag, als sie auf ihre Freundin wartete.

Julie hatte so viel vom Blut ihrer Mutter und kannte ihre Welt so gut, dass ihr keine Miene, kein Tonfall entging. All die scharfen Dornen, mit denen die Wörter und Blicke versehen waren, trafen sie, und sie hatte das Gefühl, dass ihr nichts anderes übrig blieb, als ebenso abweisend und stachelig zu werden wie die Stadt.

Schon als Kind hatte sie immer wieder halb bewusst mit Entscheidungen gerungen. Wenn sie ihren Vater umarmt hatte und lustig und munter gewesen war, hatte sie einen Hauch von schlechtem Gewissen verspürt. Doch wenn sie vernünftig mit einer Handarbeit bei ihrer Mutter und deren Freundinnen gesessen war und gehört hatte, wie das Gespräch von Haus zu Haus gewandert war, von Kummer zu Kummer, dann hatte sie gelitten, weil sie nur noch fort gewollt hatte von hier.

Nach dem Tod der Mutter und ihrem Aufenthalt im Ausland war sie viel sicherer geworden; aber aus ihrer vertraulichen Beziehung zu Frau Steiner waren nun neue Grübeleien und Zweifel erwachsen. Hier war von den Männern die Rede, immer wieder von den Männern. Vor Julie taten sich Abgründe von Schlechtigkeit und Unsittlichkeit auf, und obwohl sie oft nur die Hälfte verstand, wurde sie doch so gründlich belehrt, dass sie sich sogar ihrem eigenen Vater gegenüber schämte. Denn so viel hatte sie verstanden; ihre Freundin hatte es sogar offen und mit einem kurzen Lachen gesagt: dass ihr Vater nicht um ein Haar besser war als die anderen.

Aber dass jemand darüber lachen konnte!, und gerade Lulli, die dieses Schreckliche ausprobiert hatte, mit so einem Mann verheiratet zu sein, sie, die so heldinnenhaft die Reinheit verteidigt hatte – und mit ihrem teuer erkauften Wissen um die bodenlose Schändlichkeit der Männer trotzdem immer um diese Männer kreiste – oder sich jedenfalls von ihnen umkreisen ließ.

Es war nicht so, dass Lulli ein Blatt vor den Mund nahm, sie schenkte ihnen reinen Wein ein, sie kannte die Männer in- und auswendig, das konnten sie sich gesagt sein lassen.

Aber sie lachten nur und kamen wieder. Sie scharten sich um Lulli, als ob sie sich geradezu wünschten, richtig zusammengestaucht zu werden und ihre Schändlichkeit immer wieder vor Augen geführt zu bekommen.

Es war schon komisch, doch für Julie war es auch verwirrend; sie sehnte sich nach Lullis Atelier, aber zugleich hatte sie Angst vor dem Besuch der Freundin.

Frau Steiner hatte ihre Wohnung nämlich in ein modernes Atelier verwandelt, so, wie es sich gehörte. Und das beeindruckte alle, die dort Zutritt hatten; die halbdunklen Räume mit den plötzlichen Lichteffekten, überall Teppiche und Portieren, Vorhänge, Stoffbahnen und Schirmwände, kühne Aktzeichnungen, die Gemälde der Hausherrin, deren freimütige Farben sofort alle anerkannten Autoritäten vom Sockel stießen, die seltsam geformten Stühle, auf denen das Sitzen unmöglich war, die niedrigen Diwane, die aufgehängten Topfscherben und die ausgebreiteten Tücher – die vielen Dinge, mit denen die schöne Geschiedene sich umgab, vermittelten den Auserwählten eine Ahnung von etwas überaus Verfeinertem, das ans Lasterhafte grenzte.

Hier gab es kleine, erlesene Mahlzeiten mit den seltsamsten Gerichten und sehr viel Wein, Zigaretten und ungezwungener Unterhaltung. Doch am nächsten Tag lief ein Schaudern durch die Stadt, als ob sich für einen Moment die Pforten der Hölle aufgetan hätten.

Aber vor allem fesselten Julie die langen Nachmittagsstunden, wenn sie und Frau Lulli sich mit einer Zigarette und einem Glas Likör auf dem Diwan ausstreckten, denn dann lernte sie.

Die Türklingel ging, aber Julie lief nicht zum Öffnen hin, obwohl sie fast sicher war, dass ihre Freundin vor der Tür stand. Sie liebte und bewunderte Lulli, aber – wie jetzt an diesem Nachmittag – immer schien etwas ihrer zu harren, ein Richterstuhl, an dem kein Vorbeikommen war.

Als Frau Steiner das inzwischen fast dunkel gewordene Zimmer betrat, erwachten die Alten sofort und fingen eifrig an zu reden, als ob sie gar nicht geschlafen hätten. Auch Julie erhob sich, allerdings nur langsam.

»Würden Sie uns die Ehre erweisen und unseren Weihnachtsball eröffnen?«, fragte Krøger galant aus seinem Lehnstuhl heraus.

»Es wird einen Ball geben? Wunderbar! Du warst doch so unsicher, Julie.«

»Julie findet natürlich, dass es in der Stadt viel zu wenige Kavaliere gibt«, sagte Tante Sofie.

»Ach, wir scharren eben alles zusammen, was wir nur finden können«, meinte Frau Steiner lachend.

»Sie geben sich also mit mir zufrieden?«, fragte Krøger.

»Na, und wie!«

»Mit einem alten Ekel wie mir?«

»Wenn wir nur mehr hätten wie Sie, Herr Krøger! Aber freust du dich denn gar nicht, Julie?«

»Ich sehe das so wie Tante Sofie ...«

»Aber meine Liebe! Wir holen uns die ganze Menagerie und außerdem alle wilden Tiere des Waldes; wir kämmen Zoll-, Post-, Telegraphen- und Schulamt durch und außerdem alle Kramläden, diesen hübschen kleinen Jessen bei Knudsen – den können wir doch nehmen.«

»Es ist zudem eine alte Gewohnheit, Knudsens Leute einzuladen«, sagte Krøger.

»Hervorragend!«, rief Frau Steiner. »Dann triffst du auch deinen Freund, Julie – den großen Rothaarigen!«

»Jetzt möchte ich aber doch bitten«, sagte Julie eingeschnappt. »Der ist ja wohl eher dein Schwarm, Lulli.«

»Aber du hast ihn entdeckt, Julie.«

»Von wem sprechen die Damen?«, fragte Krøger.

»Von diesem großen Neuen bei Frau Knudsen …«

»Der! Der Bauerntrottel! Das Ungeheuer!«, rief Krøger und sprang auf. »Das kann doch nur ein Scherz sein, um mich zu ärgern.«

»Durchaus nicht, Herr Krøger! Julie findet ihn distinguiert.«

»Nein, das hast du gesagt, Lulli!«

»Beeil dich, Sofie, es ist hier so dunkel, ich kann nicht sehen, ob die beiden mich zum Narren halten wollen!«, sagte Gustav Krøger ärgerlich. Aber als Tante Sofie, die sich lange an der Hängelampe zu schaffen gemacht hatte, ihr dann endlich Licht entlocken konnte und Frau Steiner noch immer versicherte, dass sie und Julie beide lebhaftes Interesse an Herrn Wold hegten, geriet er wirklich außer sich und schwor, dass dieser Kerl nie auch nur einen Fuß in sein Haus setzen würde. Und als die junge Frau Steiner, die seine Wutausbrüche schon kannte, nur lachte, griff er nach seinem Hut und ging hinunter ins Kontor.

Nach der Lampe kümmerte Tante Sofie sich um den Ofen und klapperte so lange und ausgiebig mit Kohlenschaufel und Feuerzange herum, dass die jungen Damen nicht miteinander reden konnten. Frau Lulli zog Julie mit sich; sie wollten zu ihr nach Hause gehen, um die Menagerie durchzusprechen und zu sehen, was sich eigentlich alles zu einem Ball zusammensuchen lassen würde.

Aber auf der Straße blieben sie vor dem obersten Fenster von Frau Knudsen stehen, wo Tørres gerade mit einigen lächelnden jungen Damen beschäftigt war.

»So schlecht ist der doch gar nicht, Julie!«

»Das war gemein von dir, Lulli, meinem Vater einzureden, dass ich … dass er …«

»Aber meine Liebe! Du musst doch wissen, dass dein Vater begriffen hat, dass das ein Witz sein sollte – oder ist es vielleicht möglich …«

»Pfui, Lulli! Heute bist du wirklich gemein.«

Frau Steiner drückte Julies Arm und zog sie mit sich durch die dunklen Straßen.

Am Abend kam der Oberlehrer bei Krøger zu Besuch, er fand sich gern zweimal die Woche ein, und wenn sie Schach gespielt und etwas getrunken hatten, beschäftigten sie sich bis spät in die Nacht hinein mit tiefsinnigen Gesprächen.

Wie Gustav Krøger, der, obwohl er der Inhaber des großen Geschäftes war, in der Stadt niemals wirklich heimisch geworden war, war auch Oberlehrer Hamre ein einsamer Mensch. Beide strahlten eine Kälte aus, als hielten sie sich für klüger als andere. In der Schule behielten alle den Oberlehrer im Auge, er könnte ja etwas Gefährliches lehren, und in der Stadt wurde Krøger möglichst wenig einbezogen.

Als nun die ganze Stadt in aller Stille ihre Stacheln gegen die beiden aufgestellt hatte, hatten sie gegenseitig ihre Gesellschaft gesucht, und während sie den anderen, was Lektüre und Gespräche anbetraf, wirklich weit voraus waren, hatten sie nicht gemerkt, dass die kleine Stadt im Laufe der Jahre auch sie bezwungen hatte, sie dazu gebracht hatte, sich in immer engeren Kreisen immer um dieselben Gedanken und dieselben Grogglläser zu drehen.

Krøger sagte zu Hamre: »Wie weit bist du gekommen?«, und dann erzählte der Oberlehrer von dem Buch für die Volksschule, das er schreiben wollte. Es sollte so anfangen: »Wenn du auf die Straße hinaustrittst, dann trittst du auf ein festes Pflaster – wer hat es gelegt? Und wer hat für diese Arbeit bezahlt?« Aufbauend auf diesem Anfang sollte den Kindern die gesamte Gesellschaft erklärt werden, damit sie alle Institutionen und Autoritäten und den gemeinschaftlichen Besitz von unten her kennenlernten, so dass das Volk schon in der Schule seine Souveränität erkennen könnte und nicht weiter von dem Vorurteil unterjocht würde, dass Polizei, Justiz, Steuerämter und Geistliche rechtmäßige Machtmittel in den Händen der Großen seien und gegen die Kleinen eingesetzt werden dürften.

Aber er wurde mit dem ganzen großen Mittelteil des Buches nie so ganz fertig, den Schluss dagegen hatte er und war sehr zufrieden damit: »Ganz oben sitzt der König wie ein verantwortungsloser Goldknopf.«

Es kam auch vor, dass Hamre zu Krøger sagte: »Hast du das Grundstück noch immer nicht ausgesucht?«, und dann sprachen sie über die Suppenküche, für die Krøger seit vielen Jahren Geld beiseitelegte.

Er stellte sich blankpolierte Kupferkessel vor, in denen die kochendheiße Suppe um halb zwölf in die Schule getragen wurde; alle Schulkinder sollten einen großen Teller Suppe mit einem Stück Brot bekommen, damit sie in den Wintermonaten warm und satt von der Schule nach Hause gehen könnten – ohne sich dort über die karge Kost hermachen zu müssen, und dann könnte die Mutter sonntags etwas Besseres auftischen und hätte auch mehr Zeit für ihren Haushalt – und so eröffneten sich den beiden endlose Visionen, und sie schmiedeten ihre Pläne bis tief in die Nacht hinein. Und wenn sie einander dann endlich gute Nacht wünschten, drückten sie sich voller Wärme die Hand, sie waren mutig und sicher, dass am Ende sie und ihre Ideen über die Stacheln siegen würden, und dann gingen sie zu glücklichen Träumen ins Bett.

Aber am nächsten Tag machten sie dann immer einen Bogen umeinander.

VIII

An jedem Morgen hatte Fräulein Thorsen ihn begrüßt, wenn er kam, mit einem Blick, der – so wenig Herr Jessen auch darauf geachtet hatte – ihm doch das Gefühl gegeben hatte, hier im Laden wie zu Hause bei seiner Mutter der verwöhnte Liebling zu sein.

Aber an dem Tag, nachdem Tørres sie besucht hatte, sagte Fräulein Thorsen ohne aufzublicken »guten Morgen«, als Jessen den Laden betrat. Und in dieser Sekunde hatte er das Gefühl, zwischen ihr und Tørres einen Funken des Einverständnisses zu erhaschen, eine flüchtige Bewegung in Tørres' Gesicht, während er selbst unten in dem unfeinen Teil des Ladens stand und einige Bauern bediente.

Und je weiter der Tag voranschritt, desto deutlicher wurde Herrn Jessens Gefühl, dass hier etwas nicht stimmte. Niemals war er auch nur halb so liebenswürdig zu ihr gewesen wie an diesem Tag. Doch während er sie sonst mit einem Blick oder einer kurzen Berührung mit der Hand im Vorübergehen dazu bringen konnte, zu erröten und zu strahlen, schien sie ihn heute überhaupt nicht zu verstehen.

Am Ende – kurz, ehe am Nachmittag das Gaslicht angedreht wurde – wagte er sich, durch ihre Kälte fast zur Verzweiflung getrieben, weiter vor denn je und versuchte, sie von hinten auf die Wange zu küssen. Aber da fuhr Fräulein Thorsen in ihrer ganzen Jungfräulichkeit herum und sagte laut: »Aber Herr Jessen! Haben Sie den Verstand verloren?«

Seine Knie zitterten und er spürte, wie ihm unter den Augen der kalte Schweiß ausbrach. Gestern, vorgestern und alle Tage zuvor hatte er sie in der Hand gehabt – und heute war sie ihm entglitten. Doch gerade die Tatsache, dass ihm im tiefsten Herzen durchaus klar war, dass er weder gestern noch vorgestern noch an irgendeinem anderen Tag genug Mut aufgebracht hatte, um zuzugreifen, gab seinem Schmerz eine unerträgliche Bitterkeit, die ihn zu Boden drückte, während der große verschlagene Bauernbengel triumphierend daneben stand.

Und Fräulein Thorsen, die sich seine außergewöhnliche Kühnheit nicht erklären konnte, befand sich in peinlicher Verlegenheit. Wenn das hier einen Tag früher passiert wäre, hätte ihr Herz ganz und gar Herrn Jessen gehört, dem bisher dieser rasche Zugriff gefehlt hatte; aber an diesem Tag war es vor allem wichtig, Herrn Tørres Wold zu beweisen, dass zwischen ihr und Herrn Jessen keinerlei Verhältnis bestand.

Als ihr Sohn am Abend aufgerieben und nervös, mit vielen Seufzern und vagen Andeutungen, nach Hause kam, konnte Frau Jessen sich nicht mehr beherrschen:

»Du solltest dich in Acht nehmen, Anton! Das kann leicht zu viel werden, das – das mit der Damengesellschaft.«

»Wie meinst du das, Mutter?«, fragte er, um sie in Verlegenheit zu stürzen.

Sie war auch wirklich ziemlich verwirrt und konnte nur noch sagen, dass er zu viel Zeit damit verbrächte.

»Ach – wenn dabei nur meine Zeit verloren ginge«, antwortete der Sohn in wehleidigem Tonfall und griff sich an den Hinterkopf.

»Hast du wieder Kopfschmerzen, Anton?«

»Ich bin nur ein bisschen müde, Mutter. Ein bisschen müde.«

Frau Jessens Lippen bebten, während sie all ihren Mut zusammennahm.

»Du, du bist doch vorsichtig, Anton?«

»Pah, Mutter! Das weißt du doch wohl selbst – ein junger Mann in meiner Position ...« Er zwirbelte sein Knebelbärtchen und summte etwas, das sich ungeheuer frivol anhören sollte.

Es war ihm nach den entsetzlichen Erlebnissen dieses Tages kein geringer Trost, zu sehen, wie heftig seine Mutter erschrak, und nach und nach, während er das gute Essen verzehrte und ein Glas feinen Cognac trank, denn die Mutter meinte, den brauche er jetzt, wurde er wieder so groß, dass Fräulein Thorsen seiner im Grunde nicht würdig war.

Er ging in sein Zimmer und nahm mit strenger Miene ihr Bild aus dem Album, wo es ganz vorn gesteckt hatte, gleich hinter dem der Mutter, und schob es nach ganz hinten, hinter gekaufte Bilder von Schauspielerinnen und Damen in spärlicher Bekleidung.

Aber an die leere Stelle kam nun Frau Knudsen, und als er ihr feines, ernstes Gesicht unter den dunklen Haaren eine Weile betrachtet hatte, kam es ihm fast unwürdig vor, dass er das kleine, quirlige Fräulein Thorsen überhaupt jemals beachtet hatte.

Doch die Mutter lag lange wach und machte sich furchtbare Sorgen um Anton, der trotz allem in dieser gewaltigen Gefahr schwebte. Und als sie sich seinen entsetzlichen Lebenswandel vorstellte, hätte sie sich fast gefragt, ob es nicht doch besser wäre, ihn zu verheiraten, so jung und schwach, wie er war.

Früher hatte sie es immer vehement abgestritten, wenn jemand ein Verhältnis zwischen ihrem Anton und Frau Knudsen angedeutet hatte. Aber jetzt erschien es ihr fast wie eine Rettung. Frau Knudsen war schon einmal verheiratet gewesen, noch dazu mit einem alten Mann, sie würde Verständnis haben, mit ihr würde eine Mutter sprechen können, und zusammen würden sie dann über ihren Anton wachen und ihn glücklich machen.

Doch der nächste Tag war für Herrn Jessen noch schrecklicher. Denn auch in dieser Nacht hatte Tørres Fräulein Thorsen aufgesucht. Sie hatte ihre Tür wirklich abschließen wollen, aber jemand hatte den Schlüssel entfernt, und es war ihr peinlich gewesen, danach zu fragen.

Er war ansonsten ebenso friedfertig und brav gewesen wie in der ersten Nacht, nur eben lustiger, sie hatte trotz ihrer großen Angst wirklich einige Male lachen müssen. Er war gekommen – das hatte er gesagt –, um sie um Vergebung für seinen gemeinen Verdacht zu bitten, und das fand sie reizend von Herrn Wold.

Deshalb bestand zwischen den beiden an diesem Tag eine stille Vertraulichkeit, die Herrn Jessen ärger quälte als der offenkundigste Hohn. Er verkroch sich im Kontor und setzte sich an die Bücher, doch er machte einen dermaßen verwirrten Eindruck, dass Frau Knudsen sehr freundlich und teilnahmsvoll fragte, ob er krank sei. In der Stimmung, in der er sich befand, war er von ihrer Güte zutiefst ergriffen, und er schaute ihr so warm in die Augen, dass Frau Knudsen errötete.

Es war nicht das erste Mal, dass ihr Erster Verkäufer sich diesen Blick erlaubte, und sie hätte vielleicht nicht weiter darauf geachtet. Aber seit sie Witwe geworden war, kam ja alle Welt immer wieder mit Andeutungen – auch Krøger. Wenn man sie in Ruhe gelassen hätte, wäre sie möglicherweise gar nicht auf die Idee gekommen, ein weiteres Mal zu heiraten. Der alte Cornelius Knudsen hatte sie genommen, als sie bei ihm als Verkäuferin gearbeitet hatte; sein Tod war für sie eine Erleichterung gewesen, und sie hatte eine Abneigung den Männern gegenüber bewahrt.

Doch jetzt wurde es ihr dauernd ans Herz gelegt, immer umschwirrten diese Männer sie, vor allem Herr Jessen mit seinen warmen Augen, dann Gustav Krøgers offenherzige Scherze – das alles machte sie unsicher, als sei der Ausgang unvermeidlich.

Als sie in ihr Wohnzimmer ging, das an das Kontor anschloss, sagte sie so kühl wie möglich: »Wenn Sie nicht gesund sind, Herr Jessen, könnten Sie gern ein paar Tage zu Hause bleiben.«

Er bedankte sich und wollte noch mehr sagen, aber sie zog die Tür hinter sich zu.

Sowie Tørres erfuhr, dass Herr Jessen krank war, entstanden in seinem Kopf allerlei neue Pläne.

Schon lange hatte er das Gefühl, dass die Geschäfte im Laden nicht den richtigen Schwung hatten. Er musste mit ansehen, wie gute Kunden einfach wieder gingen, weil sie nicht warten mochten, bis die erwünschten Waren aus Regalen und Schubladen geholt werden könnten. Und umgekehrt konnten einige feine Damen in den besten Vormittagsstunden den ganzen Tresen mit endlosen Stoffbahnen belegen, die sie sich nur ansehen wollten. Dazu war das Geschäft von Cornelius Knudsen immer schon ein wahrer Gemischtwarenladen gewesen, weshalb das breitgefächerte Angebot die doppelte Nachfrage hätte erregen können. Aber die eine Ware schien der anderen die Kraft zu rauben, ohne selbst davon zu profitieren.

Der lange, altmodische Kramladen, in dem es von Spitzen und Ansteckblumen bis zu Teer und Salz so ungefähr alles gab, war so eingerichtet, dass die feineren Waren oben bei dem großen Fenster zur Straße hin aufbewahrt wurden, während sich die gröberen Dinge weiter unten, nahe bei Hafenspeicher und Lagerschuppen befanden. Tørres hatte sich schon oft gefragt, was sinnvoller wäre: entweder eine Menge Artikel aufzugeben und sich für ein begrenztes Angebot zu entscheiden oder den Laden zu teilen und zwei Eingänge einzurichten? Am Ende kam er zu dem Schluss, dass beides unnötig wäre. Die ganze Kunst bestand darin, den Laden so einzurichten, dass Waren, die zusammengehörten, auch zusammen lagen und dass so viel wie möglich offen ausgestellt wurde, damit die Kundschaft von selbst den Eindruck gewann, dass man hier einfach alles kaufen konnte.

Und die alte Ordnung, nach der die feinen Dinge am einen Ende lagen und die groben am anderen, mit der musste Schluss sein. Es war nicht richtig, das war ihm klar, dass die Damen das helle Fenster mit Beschlag belegten, wo sie kleine Leute und Dienstmädchen, die nicht immer im feinen Putz kommen konnten, wenn sie zu irgendeiner Erledigung geschickt wurden, beiseite drängten und einschüchterten. Die Menschen mussten gemischt werden. Man musste das Gefühl entstehen lassen, dass sich hier alle Wege kreuzten, denn dann würde niemand sich zurückhalten; alles musste offen ausgestellt werden, damit die Kundschaft länger verweilte und von morgens bis abends den Laden füllte.

Diese Ideen entwickelte Tørres Frau Knudsen gegenüber bei den gemeinsamen Mahlzeiten, denn so weit war er schon gekommen. Er wurde jetzt immer lebhafter, redete leicht und locker, und sie hörte ihm voller Überraschung zu. Dieser Bauernjunge war nicht nur tüchtig und stark, er machte sich auch seine Gedanken, er wollte etwas, und was er sagte, kam ihr durchaus vernünftig vor.

»Ich würde sehr gern mit Gustav Krøger darüber sprechen«, sagte sie.

»Mit Krøger – gnädige Frau!«, rief Tørres erschrocken aus.

»Warum nicht?«

»Unser ärgster Konkurrent!«

»Zwischen uns war nie die Rede von Konkurrenz«, erwiderte Frau Knudsen.

Tørres rang sich ein Lächeln ab. »Krøger wird das Ganze natürlich als Unfug bezeichnen und es dann selbst so machen.«

Sie sah seinen hässlichen Gesichtsausdruck und dachte daran, wie Krøger sie vor diesem jungen Mann gewarnt hatte, aber als er sie um die Erlaubnis bat, im Laden einige Veränderungen vorzunehmen, während Herr Jessen krank war, konnte sie nicht nein sagen, sie wagte es aus irgendeinem Grund nicht.

In wildem Tempo erklärte Tørres Fräulein Thorsen, was er vorhatte, er beugte sich über sie und sah ihr treuherzig und voller Hingabe in die Augen, ihr Herz war ganz, es gehörte ihm, er hätte vorschlagen können, den Laden in Brand zu stecken, und sie hätte das hervorragend gefunden und selbst das Zündholz angerissen.

Danach holte Tørres den Speichermann und den Laufburschen dazu, und auch der stumme Halvor Røidevaag musste mit anpacken, während er selbst mit all seinem aufgesparten Eifer und seiner ganzen Kraft ans Werk ging. Den ganzen Nachmittag hindurch wurde gearbeitet, während die Kundschaft kam und ging, aber erst abends, als der Laden geschlossen und die Blenden vor die Fenster geschlagen wurden, begann sich in der grauenhaften Unordnung die Veränderung zu zeigen.

Der Speichermann Simon Varhoug murmelte, während er schuftete: »Dem steckt wahrlich der Teufel im Leib.« Denn alte Kästen und Salzfässer, die sich von Anfang an im Laden befunden hatten, wurden jetzt losgerissen und in den Speicher gebracht. Und draußen, wo Simon sonst mit einer kleinen Laterne herumwanderte, erschien ein Mann vom Gaswerk und brachte zwei riesige Lampen an, die den Speicher so hell erleuchteten wie den Laden.

Halvor Røidevaag hätte auch gern etwas gesagt, aber er war dermaßen überwältigt, dass er nur den Kopf schüttelte.

Je später es wurde, desto mutiger wurde Tørres und desto fruchtbarer wurden seine Einfälle. Von allen größeren Speicherwaren sammelte er Proben und ließ die großen Taurollen, die nach Teer rochen, in den Hafenspeicher bringen. Dann dachte er sich eine ganze Dekoration aus Angelschnüren, Haken, Nägeln, Tran in klaren Flaschen, Tabak, Getreideproben, Salz, Kaffee und Erbsen aus – in einer Reihe von russischen Lackschalen, die er unter dem Tresen gefunden hatte. Er zog alles heraus und verwendete es. Er nahm keinerlei Rücksicht auf Farben oder Symmetrie, sein einziges Maß war Fülle bis hin zum Überfluss, so dass das Auge überall viele Dinge und in dieser Vielfalt doch das Gleiche einigermaßen beieinander sah.

Es war schon nach Mitternacht, als die Angestellten endlich nach Hause gehen durften; der untere Ladenteil war so gut wie ausgeräumt, und Fräulein Thorsen und Tørres machten sich nun daran, dort alles nach seinen Plänen einzurichten.

Frau Knudsen war verstimmt zu Bett gegangen, sie hoffte nur, dass Herr Jessen am nächsten Morgen kommen und alles wieder in Ordnung bringen würde.

Nun aber waren zwei Frauen gekommen, die das viele Papier und die Abfälle, die sich angesammelt hatten, wegräumen und außerdem Staub wischen und den Boden schrubben sollten.

»Aber der Tresen!«, rief plötzlich Fräulein Thorsen und schlug die Hände zusammen.

Der gesamte lange, polierte Tresen war überfüllt mit Krimskrams aller Art. Dort lagen stapelweise Kleiderstoffe, Seide, Samt, Brokat, durchwirkte Stoffe, Spitzen, Seife und Galanteriewaren – alles so, wie es aus den Regalen geholt und ausgebreitet worden war.

»Das soll so liegen bleiben!«, erwiderte Tørres und lachte.

Zum ersten Mal sah sie ihn zweifelnd an.

»Ja, ein bisschen Ordnung muss wohl sein«, sagte er. »Wenn Sie nicht zu müde sind?«

Sie war nicht im Geringsten müde und machte sich mit ihren kleinen, tüchtigen Händen sofort ans Werk. Doch nun nahm Tørres ihr blondes Haupt zwischen seine Hände und küsste sie auf den Mund. Sie packte sein Handgelenk und schaute sich nach den Putzfrauen um, aber da die nichts sehen konnten, ließ sie ihn los und setzte mit gesenktem Kopf ihre Arbeit fort.

Er wollte den Tresen zu einer großen Ausstellung machen, und die Ordnung bestand vor allem darin, dass die Stoffe ausgebreitet wurden, um in vorteilhaften Falten und Richtungen zu liegen; und als sie damit endlich fertig waren, sagte Tørres, jetzt danke er ihr sehr, und die Fenster werde er selbst übernehmen.

Er ging mit ihr in den düsteren Verschlag vor der Treppe, wo die Leute aus dem Laden ihre Mäntel aufhängten, hier packte er sie, hob sie vom Boden hoch und flüsterte: »Darf ich heute Nacht kommen?«

Sie sagte nichts, er fragte wieder, aber sie blieb stumm, sie schlich sich nur lautlos und rasch die Treppe hoch. Sie fühlte sich so heiß und glücklich und doch so seltsam beklommen. Was war das für ein Tag gewesen! Er sah so gut aus – und war so stark – das dachte sie, während sie mit zitternden Händen ihr Korsett aufschnürte.

Als Tørres wieder im Laden stand, wollte er sich sofort an die Dekoration der Fenster machen, doch dann blieb er stehen und versank in Gedanken angesichts dieses Überflusses, der bisher friedlich in Regalen und Schubladen verstaut gewesen war und den er jetzt mit einem Schlag überall verstreut hatte. Eigentlich war das alles seiner vorsichtigen Bauernnatur absolut zuwider. Aber ihm war etwas Ähnliches vorgeschwebt wie der bunte Rock, an den er in seiner Jugend so oft gedacht hatte, und dann war es einfach über ihn hereingebrochen: So war es richtig für die Stadtleute, diese Verrückten, die mit ihrem Geld um sich warfen und jeden Schrott und Unfug kauften, der ihnen gerade unter die Augen kam.

Doch als er weiterarbeiten wollte, hatte er das Gefühl, dass es ihm jetzt, da sie gegangen war, nicht mehr gelingen würde. Nur unter ihren Augen hatte er diese glückliche Hand.

In seinem Körper prickelten die Sehnsucht und die Ungeduld, er konnte es nicht mehr aushalten. Nachdem er die üppigen Gaslichter ausgedreht und die Frauen ermahnt hatte, in dem großen Ofen ja gut einzuheizen, damit der Boden am Morgen trocken wäre, zog er in dem dunklen Verschlag die Stiefel aus und schlich sich nach oben.

IX

Tørres hatte an seinem großen Tag ganz fest mit Sonne gerechnet, deshalb sank seine Stimmung sofort, als er sich am frühen Morgen durch den halbdunklen Laden tastete, um die Blenden wegzunehmen; es war feuchtkaltes Herbstwetter mit schweren Wolken und Südwind.

Er machte sich an die Fenster, aber alles war anders als am Vorabend unter dem fröhlichen Gaslicht, und dieses kalte, graue Licht, das die Frische aus allen Farben saugte, nahm ihm plötzlich allen Mut.

Er hielt inne und begann doch sehr an sich selbst zu zweifeln. Er sah sich um: War das überhaupt gut genug? War das nicht doch eher der pure Wahnsinn?

Aber dann hörte er ihre leichten Schritte auf der Treppe. Er lief hinaus und erwartete sie in dem dunklen Verschlag, sie umarmten einander, glücklich wie zwei Jungverheiratete, und aus Tørres war in diesem Moment sämtliche Unruhe wie weggeblasen.

Doch im Laden, wo es hell war, wurde Fräulein Thorsen schüchtern, sie errötete und stotterte, als Tørres mit ernster Miene fragte: »Würden Sie mir wohl helfen – Fräulein Thorsen?«

Es war wirklich eine Komödie, sie waren so strahlend glücklich, aber von den anderen wusste niemand etwas davon.

Herr Jessen ließ ausrichten, dass er noch immer unpässlich sei, und nun warteten sie gespannt auf Frau Knudsen.

Die blieb dann auch in der Tür stehen – absolut überwältigt. Und das Gefühl, das sie als Erstes überkam, war Angst vor diesen vielen Waren, die ihr gehörten, die sie verkaufen und für die sie die Bezahlung eintreiben musste.

»Aber Gott! So viel Seife!«, rief sie und blieb vor einem ganzen Schloss aus bunten Seifenstücken stehen, das Tørres mitten auf dem Tresen errichtet hatte, »Wir haben ja viel zu viel Seife!«

Tørres zeigte ihr lächelnd, dass das Schloss innen hohl und leer war.

»Aber im Lager!«, sagte die gnädige Frau.

»Wir haben nicht mehr«, lachte Tørres.

»Haben Sie alles ausgestellt?« Sie wäre nie auf die Idee gekommen, dass man mehr als eine kleine Probe auslegen könnte. »Aber geht das denn?«

Tørres nahm, noch immer lächelnd, einen großen Pappkarton aus einem Regal, in dem noch viele ähnliche Kartons standen, öffnete ihn und zeigte Frau Knudsen, dass der Karton ganz leer war.

»Sehen Sie, gnädige Frau! Die Leute müssen den Eindruck bekommen, dass Cornelius Knudsens Geschäft mit allerlei wunderbaren Artikeln dermaßen vollgestopft ist, dass es davon geradezu überläuft!«

Der Laden wurde geöffnet, und Frau Knudsen blieb. Es machte ihr Spaß, die verdutzten Gesichter zu sehen und zu hören, was die Menschen sagten, wenn sie hereinkamen und die Veränderung sahen. Alle glaubten, der Laden sei erweitert worden, denn überall waren Farben und helle Stoffe zu sehen.

Schon die neue Einrichtung der Schaufenster, die Tørres sich ausgedacht hatte, lockte die Leute herein, im Laufe des Tages wurden es immer mehr, aber erst nachmittags, als das Gaslicht angedreht wurde, zeigte sich das Geschäft wirklich in seinem neuen Glanz.

Am oberen Ende, wo bisher nur die feinsten Artikel für Damen zu sehen gewesen waren, gab es nun eine buntgemischte Ausstellung aus Wolle und fertigen Wollwaren auf dem Tresen und oben in den Regalen, die mit Wolle in allen Farben und Stärken gefüllt zu sein schienen.

Aber noch größer war das Staunen über den unteren Teil des Ladens, der bisher immer halbdunkel gewesen war. Dort strahlten nun neue Gaslichter, während die ganze Abteilung von der Decke bis zum Boden leuchtend weiß war. Hier hatten Tørres und Fräulein Thorsen alles, was es an Wäscheartikeln gab, zu einer üppigen Ausstellung versammelt. Aus den mit Servietten gefüllten Regalfächern hingen breite Damasttischtücher in reichen Falten bis auf den Boden – wie Gletscher. Teedecken mit reicher Stickerei und breiten Borten, Servietten mit Fransen und Seidenbändern, der Tresen war bedeckt mit strahlend weißer Unterwäsche für Damen und Kinder, es gab

Aufnäher und Stickereien für Hemden und Beinkleider, es gab Spitzen, Leinenbänder, Taschentücher, bestickte Einsätze, weiße Unterröcke – ein reiner Duft verwandelte diesen Winkel für Damen in den attraktivsten Ort im Laden, und die alte Aufteilung des Geschäftes war mit einem Schlag aufgehoben.

Dadurch entstand natürlich auch Einiges an Verwirrung, aber das gefiel Tørres nur zu gut; die Leute sollten doch ein bisschen durcheinander stolpern, ehe sie das Gesuchte fanden, und die Kundschaft geriet nach und nach in eine eifrige, gutgelaunte Stimmung, junge Mädchen lachten und sprachen laut miteinander, während ernsthafte Männer, die ernsthafte Dinge kaufen wollten, mitten zwischen den Frauen standen und nicht so recht wussten, ob ihnen das zusagte oder nicht.

Aber Simon Varhoug war da – wie immer –, und sie konnten vor sich auf dem Tresen alle möglichen Proben finden, also war es wohl nicht so schlimm, es war nur so seltsam, hier zwischen den vielen feinen Damen zu stehen.

Am Ende stand Frau Knudsen an diesem ganzen geschäftigen Tag hinter der Kasse, wo sie viele Komplimente von Bekannten entgegennahm; und am Abend waren sie und ihre Angestellten reichlich erschöpft.

Triumphierend zeigte Tørres ihr die Ruinen des Seifenschlosses.

»Aber was wird Herr Jessen sagen?«, fragte Frau Knudsen plötzlich.

Das kleine Fräulein Thorsen wurde nun auch sehr ernst und schaute zu Tørres hinüber, doch der antwortete gelassen: »Ich hoffe ja, dass Jessen morgen kommt, hier gibt es wirklich genug zu tun.«

Während der Tag in Cornelius Knudsens Geschäft auf diese Weise vorüberging, war es nebenan sehr still – in Brandts großem Geschäft. Die Angestellten liefen auf die Straße und wieder ins Haus oder erfanden Erledigungen, um die neuen Ausstellungen und den gewaltigen Zustrom im Nachbarladen betrachten zu können. Gustav Krøger dagegen ließ sich nichts anmerken, und als Julie beim Mittagessen erzählen wollte, dass sie und Frau Steiner drüben gewesen seien, um sich Herrn Wolds Veränderungen anzusehen, brach er das Gespräch ab und mochte nichts hören.

Als er jedoch nach seinem Mittagsschlaf in seinen Laden hinunterkam, bemerkte er, wie verlassen der war.

»Scheußliches Wetter. Da bleiben die Leute zu Hause«, sagte er im Vorübergehen zu seinem Ersten Verkäufer.

»Die Leute gehen heute in die andere Richtung«, erwiderte der.

Krøger nahm seinen Hut und ging hinaus.

Er fand die Fensterdekoration hässlich, aber als er hineingehen und Frau Knudsen guten Tag sagen wollte, sah er durch die Glastür, dass es im Laden von Kundschaft nur so wimmelte und dass Frau Knudsen erregt und zufrieden hinter der Kasse stand. Er ließ den Türgriff los und ging wieder nach Hause.

Doch als er seinen großen, ordentlichen Laden betrat, der jetzt so menschenleer war, ging ihm zum ersten Mal auf, dass nun Konkurrenz auf Leben und Tod stattfand, und er wusste nur zu gut, wer daran schuld war.

Anton Jessen hatte von Freunden, die ihn abends besucht hatten, von den gewaltigen Veränderungen im Laden erfahren. Er betrat das Geschäft deshalb am nächsten Morgen in voller Rüstung, bereit, die ganze Sache gönnerhaft anzugehen, und ganz sicher, dass er die gnädige Frau schon davon überzeugen würde, dass diese schnöde Art, alles herumzustreuen, das Verderben für ein feines Geschäft bedeutete. Sein Prinzip bestand schließlich darin, mit einer Miene, als sei das eine besondere Auszeichnung, einen Karton oder ein Paket aus dem Regal zu holen und dann die Ware als etwas von besonderer und erlesender Qualität vorzuführen. Auf diese Weise hatte er sogar viele Siege über Brandt errungen, dessen Waren doch an sich als die feinsten galten.

Er kam so früh zur Arbeit, dass noch nicht viel Betrieb war; Tørres und die anderen waren noch damit beschäftigt, nach der Verwirrung des Vortages Ordnung zu schaffen.

Mitten im Laden, mit dem Hut auf dem Kopf, blieb Herr Jessen stehen und ließ seinen verächtlichen Blick an dem langen Tresen entlangwandern; danach sagte er in einem Tonfall, den er unterwegs geübt hatte: »Alles einpacken – der Tresen muss frei bleiben.«

Fräulein Thorsen hatte es fast wie einen Schlag gegen die Brust gespürt, als er eingetreten war, Herr Jessen hatte noch immer große Macht über sei, sie stand leichenblass und bewegungslos da, und von den anderen schien auch niemand einen Finger rühren zu wollen.

Herr Jessens Gesicht begann sich nun zu verziehen, und sein Mund zitterte; er hob seinen kleinen, dünnen Stock und schlug auf den Tresen: »Hier muss Ordnung geschaffen werden! Wer entscheidet hier eigentlich – Sie oder ich?«, und dabei sah er Tørres in die Augen.

Aber Wold ließ sich nicht beeindrucken und lachte höhnisch.

»Ich möchte ja meinen – weder Sie noch ich.«

»Das werden wir ja gleich sehen!«, rief Herr Jessen und eilte nach oben ins Kontor. Unten im Laden kam jetzt Kundschaft und die Geschäfte gingen gut, aber bei jedem Geräusch, das aus dem Kontor zu hören war, blickte Fräulein Thorsen zu Wold hinüber, sie spürte, dass sich ihr Schicksal in diesen Augenblicken entschied, doch sie konnte in seiner Miene nichts lesen, Tørres arbeitete munter und eifrig, als sei alles in bester Ordnung.

Sowie er vor der gnädigen Frau stand, redete Jessen eilig drauflos und ließ sie dabei keine Sekunde aus den Augen.

Sie fiel ihm rasch ins Wort: »Ja, das war nicht richtig, Herr Jessen! Ich gebe zu, ich hätte mit Ihnen sprechen müssen, ehe ich …«

»Aaah, das ist nicht das Schlimmste, gnädige Frau, aber …«

»… aber«, wiederholte sie, »ich hatte ja keine Ahnung, dass die Veränderung …«

»Ich wollte nicht über die Veränderung sprechen«, sagte er düster.

»Ich muss allerdings zugeben«, sagte Frau Knudsen, »dass es bisher doch ausgezeichnet zu laufen scheint …«

»Ich habe sehr viel mit meiner Mutter gesprochen, gnädige Frau, in letzter Zeit, meine ich, über meine Zukunft …«

Sie versuchte noch immer, das abzuwehren, was sie jetzt vorausahnte, aber sein innerer Aufruhr wallte auf, er vergaß seine Schüchternheit, als er dieses eine spürte: dass jetzt für ihn alles auf dem Spiel stand und dass er siegen musste. Und da nun alles darauf ankam, sie zu gewinnen, schilderte er ihr mit zitterndem Eifer, wie alle seine Träume immer um sie gekreist waren, wie sehr er sie liebte und wie seine alte Mutter den Tag segnen würde, an dem die gnädige Frau ihn glücklich machte.

Frau Knudsen hatte sich oft überlegt, was wohl passieren würde, wenn ihr noch einmal jemand begegnete, der sie mit dem überschwänglichen Begehren eines verliebten Mannes überwältigte, aber obwohl in Jessens Auftreten und Worten so viel Leidenschaft lag, fühlte sie sich, fast zu ihrer eigenen Überraschung, um so ruhiger und kälter, je mehr er redete. Seine enttäuschte Eitelkeit und seine fast krankhafte Phantasie gaben seinen Worten einen falschen Klang, den sie hörte; es war ein heftiger Aufruhr, ein loderndes Flehen, aber er klang trotzdem nicht wie ein verliebter Mann, es kam ihr fast vor wie Widerwille.

Sie erhob sich vom Pult, ging zur Tür zu ihrem Wohnzimmer und sagte von oben herab: »Herr Jessen! Ich verbiete Ihnen ein für allemal, so mit mir zu sprechen, sonst müssen sich unsere Wege trennen.«

»Gut, gnädige Frau!«, rief er plötzlich mit einer Art Lachen. »Dann werden wir uns sofort trennen, wenn Sie gestatten.«

»Wir wollen doch vernünftig sein, Herr Jessen!«

Aber jetzt war er plötzlich zu dem verwöhnten Jungen geworden, der auf Leben und Tod alles auf die Spitze treiben musste; er wollte der Verschmähte sein, der Verhöhnte, er wollte alles auf sich nehmen, je mehr, desto besser, einmal würde es doch an den Tag kommen, wer Anton Jessen wirklich war!

Und so stürzte er aus dem Kontor, durch den Laden, ohne Gruß oder Abschiedswort, und nach Hause zu seiner Mutter, um seinen Kummer bei ihr abzuladen.

Einige Zeit darauf saß Bankdirektor Christensen in seinem Empfangsraum und rieb sich die große, dicke Nase, während er auf jemanden wartete, den er zu sich gebeten hatte. Als nun Tørres vom Bankboten hereingeführt wurde, blickte Christensen durch seine Hand zu dem jungen Mann hoch und registrierte, dass dieser blass war und unruhig um sich blickte. Er wies ihm einen Platz in der Nähe seines eigenen Sessels an, aber Tørres ließ sich mit unsicherem Lächeln gleich bei der Tür auf einer Stuhlkante nieder. »Ich hatte schon häufiger das Vergnügen, Sie in der Bank zu sehen, Herr Tørres Wold, vor allem in letzter Zeit …«

»Ja, wir haben hier ja etliche Papiere hinterlegt …«

»Es geht mir hier nicht um Cornelius Knudsens Papiere«, unterbrach ihn der Bankdirektor trocken. »Was ich mit großem Interesse verfolgt habe, sind Ihre eigenen Transaktionen.«

»Ach, Herr Bankdirektor – Belanglosigkeiten«, erwiderte Tørres und rutschte auf seiner Stuhlkante hin und her.

»Alles in allem ein nicht so belangloser Betrag, der durch Sie in die Bank eingezahlt worden ist, und zwar innerhalb von …«

»Aber es ist ja nicht mein Geld«, warf Tørres eifrig dazwischen und wischte sich den Schweiß von der Stirn.

»Natürlich ist es nicht Ihr Geld – nicht alles jedenfalls«, sagte Christensen, als ob er über diesen Eifer staunte. »Ich weiß schließlich, dass ein junger Mann in Ihrer Stellung niemals so viel zurückgelegt haben kann, auch wenn er sehr, hm, überaus findig ist.«

Abermals rieb er sich die Nase und musterte Tørres wieder durch seine Handfläche hindurch.

Tørres wurde das Herz schwer, dieser Mann wusste alles und hatte ihn in der Hand. Seit er zum Ersten Verkäufer im Laden avanciert war, hatte er nämlich, um sein stetig anwachsendes Kapital anzulegen, etliche kleine Summen in Christiansens Bank eingezahlt, und zwar unter ausgedachten Namen. Er hatte sich dafür vor allem Höfe in der Umgebung von Snørtevold ausgesucht, wo er bekannt war, und Vornamen hinzugefügt, von denen er wusste, dass es sie nicht gab. Auf diese Weise besaß er bereits eine Vielzahl von Sparbüchern, in denen sein Name jedoch nirgendwo auftauchte. Doch in diesem Augenblick wurde Tørres klar, dass die Nase des Bankdirektors gerochen hatte, aus welcher Schublade das Geld stammte. Er saß auf der alleräußersten Stuhlkante, bereit, die Flucht zu ergreifen oder auf die Knie zu fallen und um Gnade zu flehen – er wusste selbst nicht, was.

»Sie müssen in Ihrem Heimatdorf einen guten Namen haben, wenn so viele Personen von dort Ihnen ihr Erspartes anvertrauen«, sagte der Direktor nach einer kleinen Pause.

Tørres bekam den Mund nicht auf.

»Es ist immer ein gutes Zeichen, wenn ein junger Mann unter seinesgleichen Ansehen genießt. Ich interessiere mich sehr für die jüngeren Kräfte, die in unserer Stadt heranwachsen.«

In seinem ganzen Leben war Tørres noch nicht so unsicher gewesen. Wollte der große Mann erst mit ihm spielen, ehe er den Schlag anbrachte? Oder was um alles in der Welt konnte er bezwecken?

»Ich kann es Ihnen ansehen«, sagte der Bankdirektor lächelnd, »dass Sie sich fragen, wieso ich Sie eigentlich hierher in mein privates Besprechungszimmer bestellt habe – nicht wahr? Sie sind unsicher?«

Tørres konnte diese Qual nicht mehr ertragen, das feine Spinngewebe, in dem er sich gefangen fühlte, ärgerte ihn jetzt, sein natürlicher Trotz brach sich Bahn, und während er sich mit einem Ruck mitten auf den Stuhl setzte, fragte er den Bankdirektor ganz offen: »Haben Sie vielleicht irgendeinen Verdacht?«

»Verdacht?«, rief der Bankdirektor und fuhr auf. »Ich verstehe nicht, was Sie meinen? Wieso denn Verdacht? Ach, Sie denken wieder an diese Wechsel, aber ich versichere Ihnen, ich halte Cornelius Knudsens Geschäft für grundsolide, vor allem in Verbindung mit G. Krøgers Indossamenten, doch Sie als leitender Angestellter der Witwe Knudsen sollten es sich zur Aufgabe machen, die Schulden zu verringern, die sind groß genug, aber ich habe wirklich keine Sorge – oder keinen Verdacht, wie Sie sich ausgedrückt haben.«

Während er das sagte, war der Bankdirektor aufgestanden und zum Fenster gegangen, er musste erst die Fassung zurückgewinnen. So einen groben Klotz hatte er noch nie erlebt, und seine Achtung vor dieser »jüngeren Kraft« schrumpfte. Ansonsten war es seine Gewohnheit, wenn er sah, dass ein junger Mensch versuchte, nach oben zu kommen, diesem mit Rat und Herablassung zu Hilfe zu kommen, um sich dafür dann auf vielerlei Weise bezahlen zu lassen, aber die junge Kraft sollte dann doch etwas feiner sein als diese hier.

Tørres seinerseits nutzte die Augenblicke, in denen der andere auf die Straße hinausblickte, um seine Gedanken zu sammeln. Fast wäre sein Schicksal besiegelt gewesen; noch ein Wort, und er hätte sich verraten und sein Geheimnis preisgegeben. Aber das war nicht passiert; was immer der Bankdirektor wusste oder ahnte, es ging ihm nicht darum, von ihm Rechenschaft darüber zu verlangen, woher er so viel Geld hatte. Und zu allem anderen war Tørres bereit.

»Nein, sehen Sie! Ich habe Sie herbitten lassen«, sagte nun der Bankdirektor in freundlichem Tonfall, »weil ich mich, wie gesagt, wärmstens für die jungen Kräfte in unserer Stadt interessiere, und wenn Sie schon unter Ihresgleichen ein solches Vertrauen genießen, dann werden Sie zweifellos in Zukunft noch weitere Mittel investieren können.«

»Das will ich doch hoffen, Herr Bankdirektor.«

»Und deshalb wollte ich Ihnen meine Hilfe und Rat und Tat anbieten.«

»Ich weiß gar nicht, wie ich Ihnen danken soll …«

»Ach, es ist mir ein Vergnügen, den jungen Kräften weiterzuhelfen«, sagte der Bankdirektor, machte es sich abermals im Sessel gemütlich und begann Herrn Wold auseinanderzusetzen, dass Einzahlungen auf Sparbücher für alte Jungfern gut genug sein mochten. Aber junge Kräfte, die zum Aufschwung der Stadt beitragen wollten, müssten ihr Geld auch in die merkantilen Unternehmungen der Stadt stecken, in Schifffahrt, industrielle Anlagen und so weiter.

Jetzt war Tørres absolut interessiert und über alle Maßen erleichtert. Die berühmte Spezialität des Bankdirektors war ihm bekannt: unerfahrene Freunde zum Ankauf von riskanten Schiffsanteilen und zweifelhaften Aktien zu überreden. Er war bereit, diesem gefährlichen Mann ein ganzes Stück weit entgegenzukommen, denn der hatte natürlich sein Spiel mit den erfundenen Namen durchschaut und ahnte sein Geheimnis, doch Tørres würde schließlich auf der Hut sein. Deshalb spielte er den überaus Interessierten und bedankte sich für die Möglichkeit, das Geld vorteilhaft anzulegen, die der Bankdirektor ihm hier eröffne, aber wie er die ganze Zeit betont habe, verfüge er selbst ja über kein Kapital, weshalb er auf kein bestimmtes Angebot eingehen könne, doch wenn er jemals Geld in die Hände bekäme, würde er bestimmt nicht auf den liebenswürdigen Rat des Herrn Bankdirektors verzichten wollen.

Damit trennten sie sich für dieses Mal.

Der Bankdirektor überlegte noch eine Weile. Er war auf die geschickte Weise aufmerksam geworden, auf die dieser junge Mensch sein Geld anlegte; woher er diese Summen nahm, konnte Christensen egal sein, er hatte sich selbst aus dem Nichts hochgearbeitet. Deshalb hatte Tørres ihn mit seiner Schwerfälligkeit enttäuscht, und er hätte es fast nicht geschafft, diese Enttäuschung zu überspielen. Diese »junge Kraft« würde vielleicht reich werden können, aber niemals würde sie die Höhen erreichen, in denen Bankdirektor Christensen schaltete und waltete.

Für Tørres Wold dagegen war diese Begegnung ein Ereignis, das ihn sofort um etliche Sprossen höher in die Luft hob. Dass er zu einem privaten Gespräch mit dem wichtigsten Geldmann der Stadt bestellt worden war, war für einen Ladenschwengel eine unerhörte

Auszeichnung, und das stärkte vor allem seine Position Frau Knudsen gegenüber. Nach Herrn Jessens plötzlichem Verschwinden war er zwar zum Ersten Verkäufer avanciert, weil sonst niemand dagewesen war. Aber Frau Knudsen war sich durchaus nicht sicher, dass er dieser Stellung gewachsen war. Dazu kam, dass Gustav Krøger immer etwas an Tørres auszusetzen hatte.

Es war inzwischen so weit gekommen, dass Krøger Frau Knudsen nur noch selten in ihrem Kontor aufsuchte, und bei seinem letzten Besuch hatte er ihr mitgeteilt, dass Herr Jessen nun bei Brandt als Erster Verkäufer angestellt sei; man habe keine andere Möglichkeit gehabt, sagte Krøger, in Zeiten, in denen alles nur noch auf Konkurrenz aus sei.

Sie sah durchaus, dass Tørres Wold ein hervorragender Verkäufer war, im Herbst war ihr Umsatz gewaltig gestiegen, doch kannte er sich auch mit der Buchführung aus? Und das mit den Wechseln, das hatte sie ja auch nie so genau begriffen, dass ihr nicht Zweifel gekommen wären, ob es so oder so gemacht werden müsste, und dann würde sie ohne Hilfe nicht zurechtkommen.

Doch das Gespräch zwischen dem Bankdirektor und Tørres, das dieser ihr ganz ausführlich schilderte, beruhigte sie dann doch sehr. Der große Mann hatte sich mit ihrem Verkäufer unterhalten wie mit einem jüngeren Geschäftsmann, an dessen Urteil ihm gelegen war.

Auch in der Stadt wuchs nach diesem Tag das Interesse an dem jungen Wold in Frau Knudsens Laden.

Die, die ihn kannten und ihn bisher für einen tüchtigen, aber durchschnittlichen Bauernburschen gehalten hatten, fragten sich nun, ob er nicht doch etwas Besonderes sei, da der große Bankdirektor ihn mit seiner Aufmerksamkeit ausgezeichnet hatte.

Und immer häufiger war in der Folge die Rede von diesem jungen Mann in der untergeordneten Stellung; sein Name wurde bekannt, und wie durch eine Vorahnung wurde diesem neuen Namen schon etwas von dem Respekt bekundet, der zur Bewunderung wächst und als demütige Verehrung endet, wenn einer dieser sogenannten ›Selfmademen‹ sich im goldenen Schein aus dem Nichts erhebt und plötzlich die zwei leeren Hände zeigt, mit denen er angeblich angefangen hat und die jetzt unbegreiflicherweise mit Gold gefüllt sind.

Das alles wiederum wirkte sich auf Tørres Wolds begrenzte Aktivitäten wie eine Befreiung aus. Jetzt brauchte er sein Geld nicht mehr sorgfältig in geheimen und gefährlichen Geschäften zu verstecken, er konnte seine Tätigkeit als Geldverleiher ausweiten und sich in jeder Hinsicht absichern, indem er weiterhin nur als Vertrauensmann für andere auftrat.

Denn Geld zu verlieren, das ertrug er nicht, genauer gesagt, es machte ihn krank. Es war ein- oder zweimal passiert, dass sich kleinere Beträge nicht hatten zurückholen lassen, und dann geriet Tørres einfach außer sich, aß nicht, schlief nicht. Erst, wenn er sich ziemlich sicher war, dass bei seinem Schuldner keine Faser mehr zu holen war, kam er einigermaßen zur Ruhe; aber er notierte sich seine Verluste und zählte sie oft in Gedanken zusammen, um seine Vorsicht nicht einschlafen zu lassen.

Wenn nun jemand, und das passierte überraschend vielen, augenblicklich 200 Kronen brauchte, konnte Tørres Wold dieses Geld gegen einen Wechsel auf drei Monate beschaffen, ohne Aufsehen zu erregen, da immer von beiden Seiten vorausgesetzt wurde, dass dieses Geld ihm von fremden Personen aus einem ganz anderen Ort anvertraut worden war.

Nur bei ganz seltenen Gelegenheiten, unter guten Freunden, wo man es mit solchen Geheimnissen nicht so genau nahm, konnte jemand, wenn sie bei einem schönen Glas zusammensaßen, eine kleine Bemerkung über Frau Knudsens Schublade fallen lassen. Tørres lachte dann nur und ließ seinen Blick von einem zum anderen wandern; er wusste, dass niemand wirklich den ersten Stein werfen würde. Doch ansonsten – außerhalb dieses intimen Kreises – wurde kein Verdacht laut, und wenn eine verständnislose Hausfrau ihren Mann fragte: »Aber mein Gott, woher nimmt so ein Ladenbursche denn das Geld?«, wurde in geschäftsmäßigem Tonfall geantwortet: »Der junge T. Wold ist ungewöhnlich tüchtig. Der Bankdirektor interessiert sich für ihn.«

Tørres hatte es inzwischen noch an keinem Tag versäumt, am Nachmittag etwas aus der Schublade zu nehmen. Er sah ein, dass die größte Sicherheit darin lag, dass immer die gleichen Beträge verschwanden und dass immer etwas weggenommen wurde, und bevor er seinen Anteil abzweigte, rechnete er den Umsatz des Tages durch und orientierte sich daran.

Doch nach dem großen Sieg berechnete er nicht nur seinen eigenen Anteil, sondern behielt auch das, was er für den Anteil von Herrn Jessen hielt, und das war, da durch seine eigene Tüchtigkeit die Geschäfte so gut liefen, jeden Tag gar nicht so wenig.

Er arbeitete härter denn je, und von seinem Glück in jeder Hinsicht wurde ihm fast schwindlig. Alles, wovon er geträumt hatte, fiel ihm in den Schoß, er hatte fast keine Pläne mehr, weil alles so schnell ging, sein Geld vermehrte sich mit jedem Tag, und er war entzückt von seinem kleinen, niedlichen Spielzeug. Auch Fräulein Thorsen strahlte vor Glück und lockte damit Kundschaft in den Laden, sie mussten neue Leute einstellen und neue Waren bestellen.

Die Rivalität zwischen Wold bei Knudsen und Jessen bei Brandt interessierte bald die ganze Stadt, und die Damen diskutierten über die beiden Läden, wann immer sie zusammenkamen.

An den unbeholfenen Bauernburschen, der zwei Jahre zuvor in die Stadt gekommen war, erinnerte nur noch das Breite und Starke in Gestalt, Sprache und Wesen. Das Leben lag jetzt offen vor ihm. Die Stadt hatte er schon halb erobert, und sein vieles Glück stieg ihm zu Kopfe und er glaubte nicht mehr an die Abgründe, die die Menschen voneinander trennen sollten. In diesem Herbst ließ sich Tørres Wold als Kandidat für den Club vorschlagen, und zu

Gustav Krøgers großer Verärgerung wurde er auch aufgenommen.

Dennoch fühlte er sich nicht ganz wohl in seiner Haut, als er zu seinem ersten Ball im Club antreten musste. Er hatte zwar einen Tanzkurs besucht und sich beim Schlussball ausgezeichnet, aber das eben nur vor den Augen von Fräulein Thorsen und den anderen Verkäuferinnen, mit denen sie befreundet war. Hier dagegen wurde er ohne Vorwarnung der alten Frau Bischof Hagerup vorgestellt, die er bisher nur in Pelz gehüllt in ihrer Kutsche gesehen hatte, und die nächste Gastgeberin war keine Geringere als die taube Frau Amtmann, an deren lockeres Gebiss man gewöhnt sein musste, um nicht die Fassung zu verlieren. Dort waren der Stadtvogt und der Militärkommandant, knallviolett und in Uniform, die Leutnants musterten ihn hemmungslos von Kopf bis Fuß, und die Studenten steckten ihre bleichen Köpfe zusammen und wieherten höhnisch.

Tørres fing wieder an, an die Abgründe zu glauben, doch er balancierte vorsichtig am Rand entlang, verhielt sich von Anfang an sehr still und tanzte nur mit den Mauerblümchen. Die alten Damen befanden beifällig, dass er für einen Bauernburschen durchaus gute Manieren habe.

»Herr Wold – Frau Steiner«, so stellte einer der Ballinspektoren sie einander vor.

»Ich habe es mir in den Kopf gesetzt, Ihre Bekanntschaft zu machen«, sagte sie und reichte ihm die Hand.

Tørres konnte nur lächeln und sich verbeugen.

»Komm her, Julie, ich möchte dich vorstellen, ich habe mir Herrn Wolds Bekanntschaft erzwungen.«

Julie Krøger näherte sich – hübscher, als er es ihr zugetraut hätte, mit frischem Teint und einem zufriedenen Lächeln in dem ansonsten etwas ausdruckslosen Gesicht. Auch Jolla Blom kam dazu, und Tørres befand sich auf einmal zwischen den begehrtesten Damen auf dem Ball: Tulla Arentz, Dalla With, Assen, Bassen und Tutte Maribo sowie Dada und Didi Brun; Frau Steiner stellte ihn vor und nannte ihn dabei: »Meine Entdeckung – Herr Wold!«

Die Musik spielte die ersten Takte einer Française, und die Herren liefen zu ihren Damen.

»Haben Sie eine Dame, Herr Wold? Nicht? Hervorragend. Sieh her, Julie! Ersatz für deinen verunglückten Leutnant!«, und schon hatte Frau Steiner sie Arm in Arm davongeschickt, während sie sich mit ihrem Tanzpartner Leutnant Filtvedt ihnen gegenüber aufstellte. Dessen unzertrennlichem Freund und Kriegskameraden Leutnant Tuftemo war soeben befohlen worden, den Militärkommandanten nach Hause zu bringen, was immer die Aufgabe des jüngsten Leutnants war.

Als sie noch dastanden, sagte Tørres überaus verlegen: »Sie müssen entschuldigen, Fräulein Krøger, ich hätte niemals gewagt, Sie aufzufordern.«

»Ach, ich bin doch nicht so schrecklich?«, gab Julie zurück.

»Nein, aber ich bin so ein Tolpatsch«, sagte Tørres.

»Das wollen wir doch erst mal sehen«, antwortete sie lächelnd, und die Tour begann.

»Es geht doch sehr gut«, sagte Julie freundlich. Es gefiel ihr nicht, dass ihre Freundin Herrn Wold so herablassend behandelte, wie vorhin, als sie sich mit ihrem Leutnant über ihn lustig gemacht hatte.

»Sie finden sie sicher auch wunderschön?«, fragte Julie bald darauf.

»Wen?«, fragte Tørres vorsichtig und schaute nur noch sie an.

»Ich dachte, sie hätten sie betrachtet – meine Freundin, Frau Steiner. Alle Herren sind doch verliebt in sie«, sagte Julie kurz.

Aber Tørres war ein zu erfahrener Kavalier, um in diese Falle zu tappen, er antwortete gleichgültig: »Ach, jeder nach seinem Geschmack. Ich kenne Damen, die genauso schön sind.«

Julie bewunderte ihre Freundin, deshalb konnte sie es meistens ertragen, ja, sie verlangte es fast, dass die Herren, mit denen sie zu tun hatten, hingerissen von der jungen Frau waren. Dennoch hatte sie nichts dagegen, dass dieser gutaussehende junge Mann, den Lulli so herablassend ihre »Entdeckung« genannt hatte, sich so wenig begeistert zeigte.

Sie beschäftigte sich deshalb bei den folgenden Touren genauer mit ihm, brachte ihn zum Reden und zum Erzählen, und als sie sich nach dem Tanz trennten, waren sie gute Freunde geworden.

»Du willst mir wohl meine Entdeckung wegnehmen – aber hüte dich!«, sagte Lulli lachend.

Tørres dagegen ging in dieser Nacht berauscht nach Hause, weniger, weil er getrunken, als vielmehr deshalb, weil er so viel erlebt hatte. Frau Steiner erschien ihm als ein Wunder, eine hinreißendere Frau konnte er sich überhaupt nicht vorstellen. Aber er besaß doch noch Verstand genug, um sich keine so hohen Ziele zu setzen. Schon Julie Krøger war ein schwindelerregender Preis. Bisher war ihm alles gelungen, überall wurde ihm geholfen, vielleicht würde er sich nun an Krøger rächen können.

X

Krøgers Ball zwischen Weihnachten und Neujahr fand schon so lange statt, dass er noch immer als Brandts Weihnachtsball bekannt war. Ehemals war die Stadt munter gewesen, und in Brandts wohlhabendem Haus hatten Beamte und gute Bürger die alten Lieder gesungen und die tiefdekolletierten Damen im Tanz geschwenkt – elegant, aber munter und ohne Scheu.

Julies Mutter war eigentlich als Erste von der Familie von der freudlosen Religiosität erfasst worden, die sich in späteren Jahren verbreitet hatte, und so lange sie das Sagen gehabt hatte, hatte der alte Familienball immer etwas Bedrückendes gehabt.

Aber nun nahm Gustav Krøger Rache dafür und für vieles andere, und die Feste der letzten Jahre hatten all denen, die sie nicht besucht hatten, tiefen

Kummer und Ärger bereitet. Das Vergnügen ging bis tief in die Nacht hinein und glich in den Augen der Besorgten einem Fest des Beelzebub.

Krøger interessierte sich bereits für die Vorbereitungen auf den Ball. Es entsprach seinem Geschmack, die Traditionen aufrecht zu erhalten. Zu Lebzeiten seiner Frau hatte diese sich wirklich allem widersetzt, wozu er Lust gehabt hatte, und sich alle Mühe gegeben, jegliches Vergnügen zu verhindern oder zu schmälern. Jetzt genoss er es in seiner Unabhängigkeit, sein Fest wirklich groß und elegant zu gestalten, mit einem erlesenen Souper und mit Wein im Überfluss der alten Zeiten.

Es war eine der wenigen Gelegenheiten, bei denen Gustav Krøger vergaß, was er in niedergeschlagenen Momenten sein verfehltes Leben nannte. Wenn das alte, vornehme Haus erfüllt war von Licht und Gästen, stellte er sich vor, dass er selbst und alles andere am richtigen Ort sei, er bildete sich ein, die Damen seien in Toilette und Haltung über jeden Tadel erhaben, die Kavaliere seien geistreich, die alten Herren an den Kartentischen bedeutsame Persönlichkeiten, die in geistvoller Geselligkeit neue Kraft fänden. Er selbst wandelte als der glückliche Gastgeber in dieser exquisiten Gesellschaft umher, und jetzt, in der Gewissheit, weder in den Sälen noch in der Küche auf das verdrießliche Gesicht seiner Gattin stoßen zu können, fühlte er sich glücklich als der, der all diese prächtigen Menschen froh und zufrieden machte.

Aber es sollte wirklich alles perfekt sein. An diesem Abend wollte er nicht die Bemerkungen seines Freundes, des Oberlehrers, hören. Und er gab vor, die schrecklichen jungen Eingeborenen nicht zu bemerken, die man ertragen musste, um genug Tänzer zu haben. Als er Tørres Wold erkannte, den man nicht hatte übergehen können, wandte er sich unwillig ab; doch diesmal vor allem, weil er sich darüber ärgerte, dass dieser Widerling keinen schlechteren Eindruck machte.

Nachdem er den Tanz zusammen mit der Amtmännin durch eine feierliche Polonaise eröffnet hatte, ließ Krøger sich kaum noch im Ballsaal blicken, da lief alles wie von selbst, wenn nur die Musik nicht vor Durst langsamer wurde oder nach zu heftigem Trinken nicht mehr spielen konnte – zu seinen Aufgaben gehörte es, auch hier für das nötige Gleichgewicht zu sorgen.

Er wanderte also die ganze Zeit umher, um sich um alles zu kümmern. Er begann in der Küche, wo er zusammen mit der strahlenden Köchin Portwein trank und sie ihm gestand, dass er der Einzige in der Stadt sei, der Ahnung von gutem Essen habe. Danach machte er eine Runde durch alle Räume – überall mit einem Blick für heruntergebrannte Kerzen oder leere Flaschen, hier schickte er ein Mädchen in den Keller, dort leerte er ein Glas mit einem Gast, der seiner Meinung nach eine Aufmunterung brauchte, oder er hob einen Becher zu einem Umtrunk bei den Kartenspielern, die aufstanden und an ihren Groggläsern nippten.

Der Ball nahm demnach seinen Gang – wie Gustav Krøger das gewollt hatte, damit alle diese Menschen, egal, wie trübsinnig und bitter sie im Alltag sein mochten, ein seltenes Mal aufwachen und sich mit gutem Gewissen amüsieren könnten.

Aber zugleich hatte er schreckliche Angst, das Fest könne aus den Fugen geraten. Seine Feststimmung wäre verdorben, wenn etwas schiefginge – wenn zum Beispiel ein durch die überströmende Gastfreundlichkeit des Hausherrn ermunterter junger Mensch zu viel trank und ins Faseln geriet oder im Ballsaal einen Skandal verursachte; dann war Krøger zutiefst unglücklich, bis das Ärgernis entfernt wurde. Er konnte es nicht ertragen, aus seinem Traum herausgerissen zu werden, dass er es hier mit einer Ansammlung von sicher auftretenden, gebildeten Menschen zu tun hatte, die sich zwar nach Herzenslust amüsierten, das aber mit Anstand und Eleganz.

Die Erfolge der letzten Zeit hatten Tørres Wold einen Mut und ein Selbstvertrauen eingegeben, das durchaus als Selbstsicherheit durchgehen konnte. Dennoch fühlte er sich längst nicht richtig sicher, als er zusammen mit einigen anderen Ladenangestellten diese alten Räume betrat, die in der Stadt solchen Respekt genossen. Er traute sich nicht in den Ballsaal, sondern ließ sich in einem der inneren Gemächer nieder, wo er sich, zusammen mit etlichen anderen jüngeren Herren, denen es ebenfalls an Mut fehlte, mit allerlei Getränken stärkte.

Aber als er da mit seiner Zigarre in einem Kreis stand und mit der Autorität über das Bankwesen der Stadt sprach, die ihm zukam als einem, der bereits etwas besaß und auf den die Großen inzwischen eine gewisse Rücksicht nahmen, gewahrte er durch den Tabaksqualm plötzlich – Frau Steiner, dekolletiert, blendendweiß, mit vom Tanz geröteten Wangen und leuchtenden Augen. Sie hatte ein glattes Mieder aus weißem Atlas an, blassrote Rosen an den Schultern, Korallen um den Hals, ihr Rock war sehr kurz und mit Gestecken aus den gleichen Rosen hochgehalten, und sie trug weiße Seidenschuhe mit hohen, roten Absätzen. Sie hatte sich wie eine Hirtin aus Sèvres-Porzellan gekleidet, die sie in Julies Zimmer gefunden hatte, aber anstelle des Hirtinnenhutes hatte sie sich einen kleinen Rosenzweig über das Haar gelegt.

»Sieh an, da steht das lange Mannsbild und qualmt wie ein Schlot«, rief Frau Steiner und vertrieb den Rauch mit ihrem Taschentuch. »Haben Sie denn gar kein Gewissen? Gleich beginnt die Française.«

Tørres starrte sie nur an, bis sie sich mit einem Augenzwinkern abwandte, er stürzte hinterher, während seine Freunde neidische Blicke wechselten.

Es erregte im Saal allgemein Aufmerksamkeit, dass dieser junge Bursche, bei dem man jeden Tag für 20 Öre Bindfaden kaufen konnte, hier, wo die Elite der Stadt versammelt war, von der Ballkönigin so ausgezeichnet wurde. Leutnants und Studenten wurden von Neid überwältigt, diejenigen jedoch, die ein wenig Verstand und Geschäftssinn besaßen, entwickelten auch eine gewisse Achtung für diesen Herrn Wold; sogar im Kartensalon bei den alten Herren wurde er erwähnt, während gegeben wurde, und Bankdirektor Christensen sagte laut, T. Wold sei eine der herausragenden jüngeren »Krrräfte« in der Stadt – mit drei r.

Tørres selbst hatte das Gefühl, dass jetzt alles gut lief. Gestärkt von dem kräftigen Punsch, betrat er den strahlend erleuchteten Ballsaal zu einem Zeitpunkt, da sich die erste Steifheit gegeben hatte und alle eher darauf eingestellt waren, sich zu amüsieren als zu kritisieren. Unter Frau Steiners Schutz stürzte er sich furchtlos ins Gewühl und tummelte sich dort bald so unbeschwert, als hätte er niemals mit anderen Frauen zu tun gehabt als mit diesen feinen, halbentkleideten Gestalten, die von Arm zu Arm schwebten.

Niemand hier wusste etwas von der großen Bertha und den anderen, und selbst Fräulein Thorsens, die nicht eingeladen war, schämte er sich nun ein wenig. Er hatte doch viel höhere Ziele.

Seit dem Ball im Club hatte er sich Julie Krøger nicht aus dem Kopf schlagen können. Wenn er dem Alten zum Trotz die Tochter gewinnen könnte, würde er »Brandt« zu neuen Höhen führen, Frau Knudsen würde bald erledigt sein, Gustav Krøger würde sich beugen müssen und ein schönes Altenteil bekommen – wie die Alten auf dem Lande –, und er sah schon T. Wold in großen, goldenen Lettern über den beiden noch konkurrierenden Läden stehen.

Doch über allen Frauen, die er in seinem Leben je gesehen hatte, stand Frau Steiner. Ihre herausfordernde Schönheit, ihre raschen Stimmungswechsel, bald fern und unzugänglich, wie etwas ungeheuer Feines und Ausländisches, dann wieder vertraulich wie eine Kameradin, und dann, dass sie alle Männer um den Finger wickelte und alle Frauen beeindruckte, dass sie eine Art ungesicherte Witwe war, die einen lebenden Mann hatte; dass sie zu haben war und doch nicht richtig ledig, dass sie mit den Worten der Schrift gewissermaßen als Ausgestoßene gebrandmarkt war und sich doch alle Männer um sie scharten. Tørres hatte lange nicht verstehen können, dass eine Frau freiwillig den Mann verließ, dem doch Haus und Hof gehörten. Aber als er erfuhr, dass Frau Steiner von diesem Mann jedes Jahr mehrere Tausend bekam, wurde sie für ihn zu einem fast verklärten Rätsel, das er blindlings bewundern musste.

Doch er vergeudete seine Zeit nicht mit Phantasien, bei denen er nicht mit einiger Zuversicht auf Verwirklichung hoffen konnte. In die lose Luft wollte er sich nun wirklich nicht begeben.

Dass Frau Steiner als Julies Freundin für ihn nützlich werden könnte, war ihm dagegen sofort klar, und dass sie ihm nun so weit entgegenkam, war sicher ein weiteres Glied in der Kette aus glücklichen Zufällen, die ihn in so kurzer Zeit aus dem engen Sund ins offene Meer des Lebens geführt hatte, wo sich in allen Richtungen unendliche Möglichkeiten eröffneten und wo der Himmel, in dem jegliche Schiffsreise enden musste, die einzige Grenze darstellte.

So fest im Glauben wie an diesem Abend war Tørres noch nie gewesen – im Glauben an sich selbst und sein sicheres Glück.

Frau Steiner hatte vorgeschlagen, die Française vom Clubabend zu wiederholen, und sie tanzte Julie und Leutnant Filtvedt gegenüber mit Wold.

Frau Steiner fand, da sie Tørres entdeckt habe, gehöre er auch ihr, wie ihr alle anderen Herren gehörten, wenn sie das wollte. Das hatte die kleine Julie bisher auch begriffen. Deshalb war es nur ein Scherz, als Frau Steiner zum ersten Mal behauptete, die Neuentdeckung könne zwischen ihnen ein Grund zur Eifersucht sein.

Dennoch blieb bei Julie etwas davon hängen. Es hatte sie zuerst für den jungen Mann eingenommen, dass ihr Vater auf seine übertriebene Weise kein gutes Haar an ihm ließ. Außerdem fand sie, es könne ja wohl genug sein, wenn ihre Freundin die Leutnants und die anderen, die an kokette Damen gewöhnt waren, ihrer Sammlung einverleibte. Dass dieser junge, treuherzige Bursche vom Lande zum Narren gehalten werden sollte, gefiel ihr dagegen überhaupt nicht.

Frau Steiner nahm sofort den ersten Hauch dieser Stimmung wahr, und sie fand das ziemlich frech von dieser kleinen Dame aus der Kleinstadt, die sie mit ihrer Freundschaft beehrte, wenngleich Tørres Wold nun wirklich keine Eroberung war, um die sie irgendwer hätte beneiden müssen.

Sie hatte ein wenig hin- und herüberlegt, und im Moment schien es ihr am amüsantesten, diesem wichtigtuerischen Bauernkavalier einzureden, Fräulein Krøger verzehre sich nach ihm und warte nur – dann hätte Julie ihre Strafe weg, und er wäre in Zukunft vor dieser lächerlichen Art, einer Dame den Hof zu machen, gewarnt; sie wollte schon dafür sorgen, dass diese Art der Hofmacherei wirklich peinlich werden würde.

»Sie haben heute Abend ja noch gar nicht getanzt, Herr Wold.«

»Nein, ich musste noch mit einigen Herren über Geschäftliches reden.«

»Und das finden Sie wichtiger als Tanzen?«

Ja, das fand er durchaus – und lachte.

»Sie glauben, Sie könnten es ohne uns auf der Welt zu etwas bringen?«, fragte sie und musterte ihn spöttisch.

Aber Tørres begriff das nicht richtig und sah nicht sie an, sondern die Dame gegenüber, als eine neue Tour begann.

Als sie wieder standen, sagte Frau Steiner: »Haben Sie je gesehen, dass ein Mann es ohne die Hilfe einer Frau zu etwas gebracht hätte?«

Jetzt begriff Tørres und antwortete wie aus der Pistole geschossen: »Ich kannte einen Mann, der auf einen großen Hof eingeheiratet hat, aber er war trotzdem nie etwas anderes als ein altes Weib. Es kommt darauf an, ob … sehen Sie …«

»Ach, bei Ihnen klingt alles so grob!«, rief sie. »Kennen Sie denn etwas Mächtigeres als die Frau?«

»Ja – den Mann, wenn er Geld hat«, erwiderte Tørres und lachte mit seinen gelbweißen, starken Bauernzähnen.

Für einen Moment kam er ihr fast furchtbar vor, mit seiner groben Kraft, die sich hier zwischen gedankenlose junge Mädchen, Leutnants und Blumen eingeschlichen hatte. Sie wollte nun nichts mehr mit ihrer Entdeckung zu tun haben, sie würde ihn mit Freude Julie überlassen.

»Sie wissen nichts von den Frauen!«, sagte sie trocken.

»Aber Sie, gnädige Frau, wissen alles über die Männer.«

Sein Tonfall und sein Blick sprachen von aufrichtiger Bewunderung.

»Darf ich Ihnen einen guten Rat geben?«, fragte sie ein wenig besänftigt.

»Wenn Sie die Güte hätten, so – herablassend zu sein?«

»Selbstverständlich bin ich so herablassend«, antwortete sie und lachte. »Aber sagen Sie mir zuerst, sind die Bauern in Liebesdingen nicht sehr langsam?«

»Wieso denn langsam?«

»Überlegen sie sich die Sache nicht lange?«

»Die Mädchen?«

»Beide Seiten.«

»Was sollten die Jungen sich denn überlegen?«, rief Tørres und lachte wieder.

Sie fing seinen Blick ein, der sie in einem gierigen Moment von Kopf bis Fuß umschlang, und ihr war klar, dass es gefährlicher war, mit diesem Mann über solche gewagten Dinge zu sprechen als mit den Leutnants.

Sie sagte trocken: »Ich hatte gedacht, auf dem Land würden Ehen erst nach langem Überlegen auf beiden Seiten eingegangen.«

»Ja, Ehen«, erwiderte er und wurde gleich wieder ernst. »Hatten Sie das denn gemeint?«

»Aber so geht es bei uns nicht«, sagte Frau Steiner mit einem raschen Blick hinüber zu Julie und dem Leutnant, die soeben in ein eifriges Gespräch vertieft zu sein schienen, »bei uns muss ein Mann kühn sein und rasch handeln, im richtigen Moment zugreifen, sonst …«

»Sonst?«

»Sonst kommt ein anderer«, antwortete sie, und nun begann die sechste Tour.

Seine Blicke ließen Julie jetzt nicht mehr los, als habe er Angst, jemand könnte sie ihm noch während des Tanzes wegschnappen.

Zeit für ein weiteres Gespräch gab es nicht mehr. Tørres begleitete seine Dame in das kleine Zimmer, wo sie sich ausruhen wollte. Er hätte so gerne gefragt, blieb aber stumm vor Spannung vor ihr stehen.

»Würden Sie mir also raten, zu …, zu …«

»Das Glück ist mit dem Tüchtigen«, sagte sie lächelnd und ließ ihn stehen.

Es war schon fast zwölf, und der Ball hatte seinen Höhepunkt erreicht; es gab keinen Zwang mehr, aber noch keine Müdigkeit oder Überspannung. Alle amüsierten sich, doch alle waren auch mit ihren kleinen Intrigen und Plänen, Hoffnungen, Überraschungen und Enttäuschungen beschäftigt. Ein gefährlicher, berauschender Duft von Leidenschaft und Wein strömte zwischen Saal und Zimmern hin und her.

In Tørres brodelte ein Gemisch von anschwellendem Selbstvertrauen und dem Drang, zuzugreifen. Er hatte noch nie bemerkt, wie schön Julie sein konnte. Das Köpfchen saß so hübsch auf dem langen Hals, sie war dekolletiert, hatte aber Schultern und Ausschnitt mit kostbaren alten Spitzen besetzt, die ihr Vater von seinen Reisen mitgebracht hatte, die seine Frau jedoch niemals hatte tragen mögen. Zudem war sie gerötet vom Tanz und hatte keinen Gedanken übrig für die Übellaunigen und Stacheligen – hier in den Ecken und draußen in der Stadt.

Nur bei der Française war Julie ein wenig verstimmt gewesen. Denn zum einen hatte ihr Kavalier Leutnant Filtvedt sie einzig und allein mit seiner hoffnungslosen Anbetung von Frau Steiner unterhalten. Und zum anderen hatte sie während des Tanzes das Paar gegenüber beobachtet. Es war eine Schande, fand Julie, dass ihre Freundin dermaßen mit Herrn Wold kokettierte, wenn sie ihn doch nur zum Narren halten wollte, das hatte er wirklich nicht verdient.

Tante Sofie hatte überall im Haus zu tun, kam aber ab und zu in den Ballsaal, um der Jugend zuzusehen, und sie hatte mit Kennerinnenmiene ausdrücklich erklärt, Herr Wold sei das einzige echte Mannsbild im Saal. Julie sah das durchaus nicht so, doch er sollte jedenfalls nicht ausgelacht werden. Wenn ihr Tanz kam, wollte sie aufrichtig freundlich zu ihm sein – und ihn vielleicht ein wenig vor Lulli warnen.

Nach der Française wollte Tørres bis zu Fräulein Julies Walzer nicht mehr tanzen. Deshalb drehte er nur eine kurze Runde mit der Tochter von Bankdirektor Christensen, die sich übellaunig und steif herumschwenken ließ, da sie so gut wie alle anderen wusste, dass dies ein Tanz war, den alle jungen Männer durchstehen mussten, wenn sie zu den »jungen Kräften« der Stadt gezählt werden wollten.

Danach ging er ins Herrenzimmer, erfüllt von sich selbst und seinem Glück – dem Glück, das er bereits in der Hand zu halten glaubte. Hatte Frau Steiner ihm nicht deutlich zu verstehen gegeben, dass Julie nur auf einen mutigen Schritt seinerseits wartete? Daran sollte es nicht fehlen, und dann – und dann! –, dann wäre er mit einem Schritt ganz oben.

Im Herrenzimmer saß Herr Jessen auf einem Sofa und versuchte auszusehen, als ob er zum Haus gehörte. Tørres war dermaßen obenauf, dass er ihm im Vorübergehen zurief: »Na, Jessen? Tanzt du nicht?«

Diese Frechheit wurde aber gar nicht richtig registriert, denn Oberlehrer Hamre, der sich schon den ganzen Abend damit unterhielt, die jungen Menschen zu beobachten, nahm auf dem Sofa Platz und begann ein Gespräch.

Bald hatte Herr Jessen dem freundlichen alten Herrn anvertraut, dass er alles satt habe – vor allem habe ihm das Leben eine unendliche Verachtung der Frau beschert.

Das fand der Alte absolut verständlich, wenn auch bedauerlich. Er äußerte seine Teilnahme und sprach die Hoffnung aus, dass die Zeit die Wunden vielleicht heilen könne, aber Herr Jessen bemerkte mit schwermütigem Blick, die Hoffnung sei tot.

Als das eine Weile so weitergegangen war, sagte der Oberlehrer plötzlich: »Aber Herr Jessen! Sie sind bestimmt begabt!«

»Ich? Nein – wie meinen Sie das?«

»Haben Sie nicht viele Verwandte?«

»Doch, das schon«, antwortete Herr Jessen verwirrt. »Meine Mutter hat eine sehr große Familie – sie ist dänischer Herkunft.«

»Ah!«, rief der Oberlehrer überrascht. »Und es gibt keine Begabungen in der Familie?«

»Nein, nicht dass ich wüsste.«

»Überaus erstaunlich«, sagte der freundliche alte Herr und betrachtete Herrn Jessen voller Interesse.

»Meine Mutter spielt ein bisschen«, sagte dieser ängstlich.

»Das kann ich mir vorstellen, aber sehen Sie, jede größere Familie besitzt heutzutage doch irgendeine Begabung – einen Maler oder jedenfalls einen Schriftsteller, und Sie wissen niemanden in Ihrer Verwandtschaft?«

»Nein – nein, ich glaube nicht.«

»Das ist doch wirklich auffällig«, sagte der Oberlehrer voller Ernst. »Aber halt! Was, wenn Sie selbst dieser Mann wären?«

Jessen wurde es ganz heiß.

»Und Sie wissen es nicht – ja, so kommt es oft«, sagte der alte Herr und erhob sich. »Da läuft man als ganz normaler Mensch mit einer unbekannten Begabung durch die Gegend, doch eines schönen Morgens – schwupp, schon ist sie da!« Er tippte Herrn Jessen vielsagend an die Stirn, dann machte er weiter mit seiner Runde.

Ziemlich beglückt blieb Herr Jessen auf dem Sofa sitzen und vergaß den Lärm des Balles, während er über die neue und überraschende Tatsache nachdachte, dass er aller Wahrscheinlichkeit nach ein Talent besaß. Und je länger er darüber nachdachte, desto wahrscheinlicher kam es ihm vor.

War es nicht das Talent, das hervorkommen wollte, wenn er sich immer wieder nach etwas Höherem sehnte, war es nicht immer das Talent, das nicht gewürdigt wurde? Das alles hatte der kluge alte Herr gesehen. Wenn er nur selbst noch herausfinden könnte, was für ein Talent in ihm schlummerte.

Der Nächste, der dem Oberlehrer über den Weg lief, war Tørres Wold, der Alte grüßte freundlich, er kannte ihn ja so halbwegs, ob er sich gut unterhalte?

»Tausend Dank – hervorragend«, antwortete Tørres, entzückt von dieser neuen Auszeichnung, und griff nach der Hand des anderen, was nicht erwartet worden war. Der Oberlehrer ging rasch weiter und gab Krøger darin recht, dass dieser Bursche einfach eine traurige Gestalt sei.

Während Tørres nun auf seinen Tanz mit Fräulein Julie wartete, der, das wusste er, zum Wendepunkt in seinem Leben werden sollte, stärkte er sich mit einigen Gläsern von Krøgers berühmtem selbstgemischten Punsch, doch das kräftige Getränk stieg ihm nur so weit zu Kopfe, dass es seinen Mut steigerte und etwas von der Vorsicht dämpfte, die ihm sonst doch im Blut saß.

Einer seiner Freunde stellte ihm den neuen Pastor vor.

»Wir kommen so ungefähr aus demselben Ort«, sagte der Geistliche freundlich. »Mein Vater war ebenfalls Kätner und hat den Namen des Hofes angenommen – Opstad – den kennen Sie sicher?«

»Nein«, sagte Tørres kurz; jetzt war wirklich nicht der richtige Augenblick, um an Snørtevold zu denken.

Der Pastor, der jung und vorsichtig war, wandte sich ab, Tørres dagegen leerte noch ein Glas und eilte dann in den Ballsaal. Jetzt begann der Walzer.

XI

Den ganzen vorherigen Tanz über war Julie mit Jolla Blom auf ihrem Zimmer geblieben. Sie war müde, und sie musste ihr Herz ausschütten. Jolla Blom aber war schon lange nicht mehr zu Julies Vertrauter auserwählt worden.

»Wie findest du ihn, Jolla? Ganz ehrlich, meine ich.«

»Bist du wirklich in ihn verliebt, Julie?«, fragte Jolla Blom, statt zu antworten.

»Ich weiß nicht.«

»Dann bist du es.«

»Nein, wirklich nicht. Es ist nur so, dass sie ihn nicht zum Narren halten soll.«

»Frau Steiner hält alle zum Narren – sogar ihre besten Freunde, habe ich gehört.«

»Das soll sie mal versuchen!«

»Wenn du nur wüsstest, was über sie erzählt wird.«

Sonst ließ Julie sie nicht weiterreden, wenn sie auf den vielen Klatsch zu sprechen kam, der in der Stadt über Frau Steiner im Umlauf war, an diesem Abend aber durfte Jolla Blom alles sagen, was sie auf dem Herzen hatte.

»Und stell dir vor, es heißt auch, dass sie in Christiania einen hat – also richtig.«

»Ihren Mann, meinst du.«

»Nein, so einen Richtigen, du weißt schon.«

»Ach Unsinn, Jolla!«

»Ja, und es heißt auch«, fuhr Jolla eifrig fort, »dass sie auch etwas mit diesem Wold hat, während sie so tut, als wolle sie ihn zum Narren halten, damit ihr niemand auf die Schliche kommt.«

»Wer sagt das?«, rief Julie heftig aus.

»Das habe ich eben gehört, mehr weiß ich auch nicht«, erwiderte Jolla Blom unschuldig.

Als sie in den Saal zurückkehrten, sollte gerade der Tanz beginnen, den Julie Tørres versprochen hatte, und er hielt schon Ausschau nach ihr – er war so groß, dass er über die Köpfe der meisten hinwegschauen konnte.

Nach einer Runde setzten sie sich im Saal auf ein kleines Sofa, und Tørres spürte, wie sein Herz voller Erwartung dessen schlug, was jetzt passieren würde, nur konnte er leider keinen Anfang finden.

Es war Julie, die das Schweigen brach.

»Haben Sie sich bei der Française gut unterhalten?«

»Oh ja.«

»Sie ist bezaubernd?«

»Frau Steiner? Ach, jeder nach seinem Geschmack«, sagte Tørres und sah ihr plötzlich tief in die Augen.

Julie errötete ein wenig und rutschte unwillkürlich etwas zur Seite.

»Sie ist sehr gefährlich …«

»Nicht für jeden«, erwiderte Tørres. Julie erhob sich, und sie tanzten weiter. Sie hätte fast lachen müssen, während er sie leicht und sicher führte, sie hatte geglaubt, er zapple in Lullis Netzen, und das glaubte Lulli ja wohl auch!, aber in Wirklichkeit ging es ihm also um sie selbst. Er stand ja kurz vor einem Antrag, aber den wollte Julie nicht hören, das nun wirklich nicht, noch nicht jedenfalls.

Vergeblich versuchte Tørres, weiterzukommen, sie ließ ihn nicht ausreden und wechselte das Thema, und deshalb kam das Gespräch nicht über Belanglosigkeiten hinaus, über die sie beide lachten.

Nach dem Tanz war Tørres unruhig und nervös und wollte sie nicht aus den Augen lassen. Sie sagte, sie müsse kurz zu Tante Sofie in die Küche. Er wollte sie begleiten, sie konnte ihn nicht abschütteln, er folgte ihr durch das Zimmer der alten Damen hindurch bis an die Küchentür, sie lachte noch immer, aber fürchtete ihn jetzt auch ein bisschen.

»Hier trennen sich nun unsere Wege«, rief sie und reichte ihm die Hand.

»Aber – aber wir sind uns doch einig?«, brachte er endlich heraus.

»Sicher doch!«, rief Julie lachend und verschwand in der Küche.

Tørres begab sich in das kleine Zimmer zu Frau Steiner; strahlend vor Glück rief er ihr zu: »Stellen Sie sich vor, sie hat gedacht, ich meinte Sie, gnädige Frau!«

Die gnädige Frau begriff und schaute mit einem Blick zu ihm auf, den Tørres in seiner Erregung nicht verstand. Doch jetzt war das Maß voll, sie wollte mit diesem Trottel nichts mehr zu tun haben.

»Hatten Sie nicht gesagt, Sie wollten meinen Rat befolgen?«

»Habe ich das nicht getan? Und stellen Sie sich vor …«

Sie fiel ihm ins Wort: »Aber wagen Sie es noch immer?«

»Ich wage alles Mögliche«, erwiderte er.

»Es ist doch so, verstehen Sie, so, wie Sie lospreschen, können Sie leicht alles verderben. Bei unseresgleichen darf man nicht …«

»Aber Sie haben mir doch eben erst geraten, zuzugreifen, und jetzt versichere ich Ihnen …«

»Ja, verstehen Sie, aber …« Sie war jetzt selbst ein wenig verwirrt, doch dann riss sie sich zusammen. »In unseren Kreisen sichert man sich zuerst – man sichert sich zuerst das Einverständnis der Familie.«

Tørres Wold konnte sich sehr gut vorstellen, dass man sich zuerst bei den Eltern bewarb, deshalb sagte er ein wenig niedergeschlagen: »Sie meinen, ich hätte zuerst den Alten fragen sollen?«

»Ich glaube nicht, dass er sich über eine Überraschung freuen würde«, sagte Frau Steiner. Sie fand nun selbst, das hier gehe zu weit, und erhob sich.

»Ja – Sie dürfen nicht glauben, ich hätte Angst«, rief Tørres aus. »Warten Sie nur, Sie werden schon sehen.«

Er sprang auf, an diesem Abend traute er sich alles zu, bei Julie war er sich schließlich sicher, so konnte kein Mädchen sich verhalten, wenn sie nicht einverstanden war. Feurig und glücklich machte er sich auf die Suche nach seinem zukünftigen Schwiegervater.

Frau Steiner wollte ihn zurückhalten, das hier könnte noch böse enden, aber er war zu schnell, und außerdem – was konnte sie denn dafür, wenn dieser eingebildete Patron Dummheiten machte? Alle Menschen hatten ihn doch verwöhnt und ihm Grillen in den Kopf gesetzt. Sie selbst hatte ihn weiß Gott immer nur zum Narren gehalten.

Aber sie fragte sich nun, wie es denn um Julie stand, ob dieses Gänschen sich wirklich einbildete, einen Sieg errungen zu haben, der etwas taugte?

Und plötzlich überkam die schöne Frau mitten im Ballgetümmel Mutlosigkeit, sie spürte den Abstand zu ihrem Leben in der Hauptstadt, als Dame der Gesellschaft, als junge Ehefrau, die keine Rücksichten zu nehmen brauchte, in einer Umgebung, die ihr in diesem Augenblick doppelt glanzvoll erschien, da sie nun mit einem Mädchen aus der Kleinstadt um einen Ladenburschen vom Lande kämpfen musste – sie ballte die Faust um ihr Taschentuch, winkte den Leutnants Filtvedt und Tuftemo, einem auf jeder Seite, die angestürzt kamen, doch sie lief davon, um Julie zu finden und sich auf alles vorzubereiten, was kommen würde.

Tørres dagegen machte unverdrossen durch alle Räume hindurch Jagd auf seinen Schwiegervater. Das Glück, das ihm in letzter Zeit und auch an diesem Abend hold gewesen war, berauschte ihn mehr als das, was er getrunken hatte. Deshalb hatte er nur einen Gedanken: Er würde es ihnen zeigen! Er würde es ihnen zeigen! Allen zusammen!

Als wäre er plötzlich ein anderer, der nichts mehr mit dem vorsichtigen Bauern zu tun hatte, sah er nur noch freundliche Bilder: den Bankdirektor, die beginnende Achtung der anderen, sein gutes Geld, Julie selbst, ihre Freundlichkeit – er würde es ihnen allen zeigen! –, bis er plötzlich den Gastgeber entdeckte, der am Eingang zum Kontor mit Konsul With und einigen anderen Herren in ein Gespräch vertieft war.

Für einen Moment zuckte Tørres zurück beim Anblick dieses Mannes, der ihm seit ihrer ersten Begegnung auf seltsame Weise so verhasst war, aber er trat trotzdem auf ihn zu, um den passenden Moment zu nutzen und mit Krøger im Kontor zu sprechen, dessen Tür geöffnet war, um den Rauch entweichen zu lassen.

Konsul With wurde an den Kartentisch gerufen, die Gesprächsrunde löste sich auf und der Gastgeber ging ins Kontor, um Zigarren zu holen.

Tørres folgte ihm. Drinnen brannte kein Licht, ein Fenster zum Wasser hin stand offen, es war frisch und still, der Lärm des Balles schien von weit her zu kommen. Eine kühle Besinnung erfüllte ganz plötzlich den jungen Mann, er blieb stehen und wollte sich schon wieder davonschleichen, als Krøger ihn plötzlich hinter sich bemerkte und auffuhr:

»Wer zum Teufel – hu! Schon wieder Sie?«

Jetzt gab es kein Zurück mehr; Tørres riss sich zusammen, eine Sekunde lang war er weit weg gewesen.

»Es wird Sie sicher überraschen, Herr Konsul«, begann er ein wenig unsicher. »Aber ich habe Ihnen eine Mitteilung von großer Wichtigkeit zu machen und möchte bitten um …«

»Geschäfte müssen bis morgen warten«, sagte Krøger mit einer abwehrenden Handbewegung, er stand vor einem hohen Schrank und auf einem Stuhl suchte nach den Zigarren.

»Es geht nicht um Geschäfte, es ist privat – geradezu privatissima«, sagte Tørres nun mutiger.

»Hm«, erwiderte Krøger und stieg mühsam vom Hocker.

Tørres zögerte, aber er war keiner, der sich so leicht geschlagen gab.

»Ich wollte mit Ihnen sprechen, Herr Krøger, denn der Brauch verlangt doch, dass man das Einverständnis der Eltern einholt.«

»Hä?«, fragte Krøger und dachte: Er ist betrunken, dieser Esel!

»Das Einverständnis Ihrer Tochter ist mir so gut wie sicher.«

»Sicher, sicher ist das so«, sagte Krøger und versuchte, so geschickt wie möglich an diesem Betrunkenen vorbeizukommen.

»Nein, nein! Jetzt müssen Sie mir zuhören!«, sagte Tørres scharf und hielt ihn am Revers fest. »Ich bin mit Ihrer Tochter Julie so gut wie verlobt.«

Gustav Krøger ließ nur ein entsetztes Grunzen vernehmen und starrte den anderen an. Das Licht aus dem Kartenzimmer fiel Tørres ins Gesicht. Es war nicht das Gesicht eines Betrunkenen, sondern es zeigte eine dermaßen angespannte Entschlossenheit, einen so furchtbaren Ausdruck unerbittlichen Willens, dass der arme Krøger sich losriss und davonstürzte. Er stürzte aus dem Kontor und rief: »Julie! Wo steckt Julie?«, zum großen Erstaunen der im nächsten Raum sitzenden Kartenspieler.

Schon im nächsten Zimmer fand er seine Tochter in Gesellschaft von Frau Steiner und einigen anderen Gästen.

»Da ist Vater! Wir sind Gesandte, du sollst den Cotillon tanzen – aber Vater, ist etwas passiert?«

Er konnte nicht antworten; er packte sie am Handgelenk und zog sie mit sich. Dort stand Tørres Wold mitten in der offenen Tür zum Kontor, sein blonder Schopf, das jetzt bleichere Gesicht und die weiße Hemdbrust zeichneten sich scharf vor dem dunklen Hintergrund ab, aller Blicke richteten sich auf ihn, als Krøger atemlos ausrief: »Antworte, Julie! Bist du wirklich verlobt mit diesem …«

»Nein! Aber Vater!«, rief Julie und wurde glühend rot.

»Ja – oder nein?« Er war vollkommen außer sich.

»Nein, nein. Das muss ein Missverständnis sein. Warum tust du das, Vater?« Julie warf sich um seinen Hals und brach in Tränen aus.

In dem nun folgenden Moment der Stille war ein kleiner Schrei zu hören, von Frau Steiner; sie trat unwillkürlich einen Schritt hinter einen Herrn zurück, denn sie hatte gesehen, wie Tørres Wold die Fäuste ballte und ein Zucken über seinen Leib lief. Die anderen aber sahen nur, dass er plötzlich davonstürzte, leichenblass im Gesicht, durch alle Räume hindurch – die Menschen wichen ihm aus –, hinaus, fort; in weniger als einer Minute war er aus dem Haus verschwunden.

Krøger ging mit Julie in das dunkle Kontor und schloss die Tür, während sich der Skandal im ganzen Haus verbreitete wie ein durchdringender Geruch, den alle mit drei oder vier Atemzügen in sich aufnahmen.

Herr Jessen fuhr aus den Träumen über seine Begabung hoch und sammelte eine Menge Bosheiten und Spott über seinen gefallenen Feind. Die Leutnants triumphierten; es stellte sich heraus, dass alle Männer sich über diesen Bauernkavalier geärgert hatten, während die Damen vor allem an Julie dachten, die für ihre hemmungslose Kokettiererei mit diesem begriffsstutzigen Tollpatsch diese Strafe wirklich verdient hatte.

Doch als sich die erste Aufregung gelegt hatte und die Musik unverdrossen wieder einsetzte, begann der Cotillon mit einer Munterkeit wie wenn ein ländliches Fest nach einem furchtbaren Gewitter in der gereinigten Luft zu neuem Leben erwacht.

Gustav Krøger begab sich bald wieder zu seinen Gästen. Obwohl er sich ärgerte und schämte, weil er den verdammten Auftritt auf so ungeschickte Weise provoziert hatte, war er zu sehr Gastgeber und Mann von Welt, um den Abend aufzugeben und seine Pflicht zu versäumen. Die alten Herren spielten weiter im Qualm und Dampf ihre Partien, die Jugend im Saal amüsierte sich, als sei nichts passiert, und Krøger ließ die glanzvolle Bewirtung bis ganz zum Schluss weitergehen. Aber dennoch ließ es sich nicht verbergen, dass ein Schatten über das Fest gefallen war, der sich nicht mehr entfernen ließ.

Julie lag auf ihrem Bett und weinte, Frau Steiner verschwand ohne ein Wort, einige der Damen brachten eine widerstrebende Tochter nach Hause, die Stimmung flaute ab und der Ball nahm ganz von selbst ein Ende – und zwar früher, als man es gewohnt gewesen war.

Als Bankdirektor Christensen auf den Platz vor Brandt trat, drehte er sich um und betrachtete die hell erleuchteten Fenster, während er sich nachdenklich seine große Nase rieb. Schon längst waren Krøgers Geschäfte ihm seltsam vorgekommen, dazu dieser große, viel zu üppige Ball, der mit einer Beleidigung einer der jungen Kräfte der Stadt geendet hatte – das kleine Fräulein Julie würde für diesen Abend vielleicht noch bitterlich büßen müssen.

Tørres Wold lag inzwischen schon längst in seinem Bett und starrte mit offenen Augen in die Dunkelheit.

Der eine Augenblick der Wut, als es in seinen Ohren gerauscht hatte und ihm der Gedanke durch den Kopf gejagt war, in diesem Raum Ordnung zu schaffen und alles in Grund und Boden zu schlagen – der war ein Funke gewesen, der in der Dunkelheit erloschen war, später erinnerte er sich an nichts, er hatte keine Ahnung, wie er aus dem Haus und in sein Bett gekommen war.

Aber wie er da zusammengekrümmt unter der Decke lag und starrte, hatte er alles wieder vor Augen, und eine vage Angst erfüllte ihn – als sei mit ihm etwas Grauenhaftes und Unbegreifliches passiert, als sei die ganze Zeit ein anderer neben ihm hergegangen – der echte Tørres Wold – wie ein Narr, ein Narr für die ganze Stadt.

Er überlegte, ob er wohl betrunken war, aber nichts drehte sich vor seinen Augen, er war ziemlich klar im Kopf, er war niemals klarer gewesen. Es war schlimmer, er war verrückt; er lag zitternd im Bett und lauschte atemlos darauf, ob sie ihn schon holen kämen; zweifellos hatte er den Verstand verloren. Wie sollte es sonst möglich gewesen sein, dass er, der sonst so scharf beobachtete, den ganzen Abend unter Menschen verbracht hatte, die ihn so offen zum Narren hielten? Sie hatten ihn ja gar nicht angelächelt, sie hatten ihm offen ins Gesicht gelacht – allesamt. Die Herren, die ihn über Bankangelegenheiten hatten faseln lassen, und die Damen erst – er presste den Kopf ins Kissen und glaubte fest daran, dass er sich niemals wieder unter Menschen wagen würde.

Er war und blieb der Bauerntrottel, der nicht den Mund aufmachen konnte, ohne Dummheiten und Grobheiten von sich zu geben: Wort für Wort war alles wieder da, was er auf dem Ball gesagt hatte, eines nach dem anderen, bis er sich selbst sah – ob er das nun wollte oder nicht, er sah sich selbst wie einen fremden Wechselbalg vor dem feinen Gustav Krøger in der Kontortür stehen und sagen, er sei so gut wie verlobt – es trieb ihn zur Verzweifelung und er wollte es nicht hören, aber wieder und wieder war es so weit, immer wieder wurde er in das halbdunkle Kontor versetzt, aus dem er wie ein toller Hund verjagt worden war.

Er hatte sich blindlings auf eine kleine Geldsumme verlassen und den trennenden Abgrund vergessen; jetzt lag er am Boden und würde nie wieder auf die Beine kommen. Niemals würde er die Welt erreichen, in der es hell und schön war, wo niemand grob und dumm war, wo man es wagte, fröhlich zu sein, und wo es begehrenswerte Frauen gab.

Schon Fräulein Thorsen war ein zu schönes Spielzeug für ihn, nein, Bertha, die dicke Bertha, war genau die Richtige für einen groben Klotz wie ihn. Er würde niemals nach oben gelangen; wenn er nicht selbst gefallen wäre, hätte der Bankdirektor ihn bald zerschmettert, er hatte nur Feinde.

So versank er immer tiefer in sich selbst, so, wie er war, der vorsichtige, misstrauische Bauernjunge, der schon seinen Weg machen würde, der aber niemals auf die Idee gekommen wäre, sich einfach in die lose Luft zu erheben.

Und plötzlich sah er vor sich das alte Bild aus seiner Kindheit, Jakob, der von der Leiter stürzte und sich die Hüfte brach.

Ja, auch er war gefallen, aber sein Sturz war viel schlimmer. Auch er hatte sich in die Luft erheben wollen, wie Jakob, nur noch wahnsinniger.

Doch dieses Gleichnis brachte doch ein wenig Ruhe in seine Gedanken, es führte ihn aus Traum und törichter Einbildung zu dem festen Fundament nüchterner Berechnungen, die nicht fehlschlagen können.

Sein Sturz war natürlich, kein Mensch – nicht einmal der große Patriarch – kann durch die lose Luft wandeln. Deshalb war dieser Tag wie Jakobs Traum eine Warnung und ein Zeichen, das trotz aller Peinlichkeit vielleicht Gutes für die Zukunft verhieß.

Mit diesem Gedanken schlief er endlich ein.

XII

Die Jahre, in denen sich Tørres Wold in der Stadt hocharbeitete, waren gekennzeichnet von der allgemeinen Mattigkeit, die das Land prägte. Wie schwere, giftige Luft atmeten die Menschen noch immer die alten Gedanken ein, während die neuen gefesselt, totgeschwiegen oder verleumdet wurden.

Die Geistlichkeit hatte schon lange nicht mehr solche Macht besessen, überall waren die Pastoren am Werk, nicht nur wie bisher in Schulen und Privathäusern, sondern überall im öffentlichen Leben, in der Politik hatte jede Partei ihren Geistlichen, und die Scheinheiligkeit durchtränkte das gesamte Leben, hob das Niedrige hoch und entstellte das Gesunde.

Die Wissenschaft kroch feige dahin, mit kleinen, vorbehaltsvollen Notizen, jegliches höhere geistige Leben geriet in Verdacht. Literatur und Kunst wurden verhöhnt, weil sie neu waren, und alles wurde für die Allgemeinheit vereinfacht.

Deshalb wurde die Lebenslust grell und versoffen, wenn sie sich also Bahn brach, während das Frische und Volkstümliche im Leben und das Denken überhaupt mit Schlamm beworfen wurden. Denn wenn die höchste Leistung von Geist und Denken im Vergleich zu den platten »Bekenntnissen« kein Senfkorn mehr wert war, bestand kein Grund zur Zurückhaltung, und die Niedrigsten und Unkultiviertesten gaben im Land den Ton an.

Für diese Entwicklung hatte die alte, sogenannte Intelligenz gesorgt. Über Geistlichkeit und Presse hatte sie so viel Hohn über moderner Kultur und modernem Geistesleben ausgeschüttet, dass sie bei den Sklavengemütern ganz unten auf Verständnis gestoßen war. Übrig geblieben war dann nur die offizielle Religiosität, bei der alle mitmachen mussten, wenn sie nicht ausgestoßen werden wollten.

Und nun war die Gesellschaft also den niedrigsten Kräften preisgegeben. Alle geistigen Werte außerhalb des »Bekenntnisses« waren auf null gestellt worden, und am Ende war nur noch Geld übrig geblieben. Mit diesem Ziel nun: Geld in der Tasche und das »Bekenntnis« auf der Zunge, wurde von oben her gelenkt und von unten her geschoben.

Nachdem Brandts Weihnachtsball mitsamt Skandal in zahllosen Versionen und Meinungsäußerungen abgehandelt war, kam die öffentliche Moral zu einem Urteil, das man zuerst nicht erwartet hätte.

Alle, die sich über diesen Ladenburschen empört und Fräulein Krøger bedauert hatten – »dass ihr so etwas zugemutet werden konnte!« – und die Gustav Krøgers entschiedenes Auftreten nicht genug hatten rühmen können – sie alle verstummten schließlich. Drei Monate nach dem Ball stand fest: Es war einfach lächerlich, wie wichtig diese Krøgers sich nahmen; wieso sollte die Tochter eines Krämers keinen Krämerburschen heiraten? Es wäre vielleicht viel besser gewesen, wenn Gustav Brandt seinerzeit einen jungen Mann vom Fach für seine Tochter ausgesucht hätte und nicht diesen Krøger, hinter dessen angeblicher Bildung doch nur die Tatsache steckte, dass er ein Freidenker war und in Saus und Braus leben wollte.

Der junge Wold galt als argloses Kind aus dem Volke, das von den Feinen schändlich behandelt worden war. Der Tag jedoch könnte kommen – man hatte so etwas schon erlebt –, an dem Fräulein Krøger einen solchen Bewerber mit Kusshand nehmen würde.

Bankdirektor Christensen rieb sich die Nase – so, wie man einen guten Jagdhund streichelt – und schlug bei der Generalversammlung vor, Herrn T. Wold in den Aufsichtsrat der Bank zu wählen. Dieser Antrag wurde fast einstimmig angenommen.

Für Tørres war diese Wahl eine gewaltige Überraschung. Seit dem Ball hatte er kaum einem Menschen in die Augen geschaut. Er war sofort aus Frau Knudsens Haus in eine in der Nähe gelegene Wohnung gezogen. Aber den ganzen Tag arbeitete er in ihrem Laden, ruheloser denn je. Er vermied es jedoch nach besten Kräften, als Verkäufer am Tresen zu stehen, vor allem fürchtete er die Damen.

Simon Varhoug musste sich abermals bei seinem Freund und Glaubensbruder Halvor Røidevaag beklagen, weil es keinen Frieden in der Herberge gab. Denn der junge Wold füllte allen Raum mit solchen Mengen an weltlichen Dingen, die unablässig herein- und hinausgetragen wurden, dass man darüber einfach den Verstand verlieren konnte.

Tørres hatte dabei aber doch das Gefühl, dass er nach und nach gleichsam zurück in die Form glitt, aus der er in Hochmut und Einbildung herausgequollen war. Das quälende Gefühl, zwei Personen zu sein, verschwand, und abermals verspürte er das alte angeborene und tief verwurzelte Vertrauen zum Geld – das bedeutete ja doch alles. Doch man brauchte viel davon; viel mehr, als er hatte, war nötig, damit die Rede davon sein könnte, den Abgrund zu überspringen.

Nach seinem tiefen Fall entschied er sich jetzt für einen anderen Weg. Es sollte nun ebenso schnell gehen, ja, schneller noch als bisher, aber im Verborgenen. Er glaubte nicht mehr, dass er jemals einen Platz zwischen den Fröhlichen und Sicheren finden könnte, als einer, der dort hingehörte; aber er konnte doch hoch genug steigen, um für etliche unter jenen den munteren Tanz zu beenden. Und dann würde Tørres Wold seinen eigenen Ball eröffnen – ob dann noch jemand wagen würde zu lachen?

Dazu allerdings brauchte er sehr viel Geld, und Tørres sammelte und scharrte zusammen, von früh bis spät. In seiner neuen Wohnung empfing er in der Mittagspause und am späten Abend Schuldner oder deren Boten. Der Sonntag jedoch war sein bester Geschäftstag. Sein Wohnzimmer wurde geradezu zum Kontor, er leistete sich einen feuerfesten Schrank und fing an, Aktien und kleine Schiffsanteile zu sammeln. Inzwischen war allgemein bekannt, dass Tørres Wold Geld hatte – es war unbegreiflich, aber es war zweifellos der Fall.

Frau Knudsen ihrerseits hatte keinen Grund zur Klage. Die gleichmäßige, methodische Art, auf die Tørres seinen Anteil abzweigte, fiel niemals auf. Der gesteigerte Umsatz, der seiner Tüchtigkeit zu verdanken war, brachte dagegen mehr Leben und höhere Einkünfte in den Laden. Jetzt führte er zudem die Bücher, und kein Auge hätte entdecken können, was er verbergen wollte.

»Aber sollten wir jetzt nicht versuchen «, fragte eines Tages Frau Knudsen, »uns von all diesen Wechseln zu befreien?«

»Das sind Geschäftswechsel, gnädige Frau«, erwiderte Tørres in dem Bankierstonfall, den er sich zugelegt hatte, um ihr zu verstehen zu geben, dass sie keine Ahnung hatte, und genau diesen Eindruck bekam sie und traute sich nicht mehr, sich in die intimsten Angelegenheiten der Männerwelt einzumischen.

»Sie wissen, ich habe Angst vor Wechseln«, sagte sie.

»Wir könnten unsere Indossamente für G. Krøger einschränken«, bemerkte Tørres.

»Nein, das ist eine alte Verbindung, das bin ich ihm schuldig, und es ist doch eine gegenseitige Hilfe.«

»Ja …«, antwortete Tørres. »Aber es könnte doch so weit kommen, dass wir diese nicht mehr benötigen.«

»Wir unterschreiben für G. Krøger – wie bisher«, sagte Frau Knudsen ein wenig heftig.

»Wie Sie wollen, gnädige Frau.«

Sie war beim Weihnachtsball nicht zugegen gewesen, weil sie nur ungern große Gesellschaften aufsuchte. Doch als ihr am Tag danach der noch frische Skandal zugetragen worden war, hatte sie sofort Partei für Tørres ergriffen. Sie kannte ihn als fleißigen jungen Burschen, der in ungeheuer kurzer Zeit zu einem tüchtigen Kaufmann geworden war. Und sie konnte gut verstehen, dass er so durchtriebenen Damen wie Frau Steiner und Fräulein Krøger nicht gewachsen war.

Deshalb hatte sie ihn in aller Gelassenheit verteidigt, als Krøger am nächsten Tag vorgesprochen hatte, um sich über diesen verdammten Bauerntrottel zu echauffieren. Und sie hatten sich in einer seltsamen Kälte getrennt, denn Krøger hatte gespürt, wie sich dieser Mensch zwischen ihn und seine gute Freundin gedrängt hatte.

Zu Tørres hatte sie kein Wort gesagt und getan, als wisse sie von nichts.

Auf diese Weise war er wieder zum Kaufmann geworden – ganz und gar, ohne irgendeinen anderen Gedanken.

Wenn es sich nicht vermeiden ließ, bediente er die Damen am Tresen aufmerksam, aber mit ausweichenden Blicken – nicht unterwürfig, aber auf seiner Hut. Niemals ließ er noch sein albernes Chi-Chi-Chi hören, doch es kam vor – zumeist, wenn er allein war –, dass er in ein kurzes, hartes Lachen ausbrach, ha! ha!, dann aber jählings aufhörte und sich verstohlen umschaute.

Er hatte Freunde und Freundinnen aufgegeben und lebte eigentlich sehr einsam, obwohl er von morgens bis abends mit vielen Menschen zusammen war und zudem seinen Bekanntenkreis ausweitete, als seine Geldgeschäfte zunahmen.

Aber die ganze Zeit glaubte er, dass er insgeheim ausgelacht und verachtet werde, und er übte sich ganz bewusst darin, diese Verachtung zu erwidern und zugleich seine geheime Macht auszubauen, um sich eines Tages zum Entsetzen seiner Feinde neu zu erheben.

Deshalb war er so überrascht, fast erschrocken, als er eines Abends in der Zeitung las, dass er in den Aufsichtsrat von Christensens Bank gewählt worden war. Er hatte nicht gewagt, an der Generalversammlung teilzunehmen, wo es so viele Augen gab; er starrte die Nachricht an und fragte sich, ob die Zeitung sich über ihn lustigmachte.

In diesem Moment wurde an die Wohnungstür geklopft. In dem Glauben, es sei ein armseliger Mensch in Geldnöten, ließ Tørres sich erst einmal Zeit, ehe er aufmachte.

»Guten Abend, Herr Wold. Entschuldigen Sie diese späte Störung, aber mir ist gesagt worden, dass Sie um diese Zeit am ehesten anzutreffen sind« – so begann der Besucher, in dem Tørres sofort den neuen Pastor erkannte, der ihm auf dem Ball vorgestellt worden war.

Das stürzte ihn in tiefste Verlegenheit, denn es erinnerte ihn an jenen Abend und die erste Begegnung mit dem Geistlichen, als sein Hochmut und seine Lächerlichkeit gerade ihren Zenit erreicht hatten.

Wie es seine Art war, wenn er in Verlegenheit geriet, konnte er nicht Haltung bewahren, sondern fragte barsch: »Was wollen Sie von mir?«

»Ich wollte Sie willkommen heißen«, erwiderte der Pastor und ging ruhig vor Tørres her in das erleuchtete Zimmer. »Willkommen in der Gemeinde – in meiner Gemeinde.«

Tørres hatte noch nie daran gedacht, dass er bei seinem Umzug auch die Straße überquert hatte, die eine Grenze zwischen den Pfarrgemeinden in der Stadt bildete. Deshalb bedankte er sich gleichgültig, in der Überzeugung, dass dieser Besuch einem ganz anderen Zweck diente.

»Das ist so eine Angewohnheit von mir«, sagte nun der Pastor. »Nicht, um mich aufzudrängen, das liegt mir wirklich fern, sondern um zu betonen, dass ich jedem Mitglied der Gemeinde, das mich braucht, gern zur Verfügung stehe.«

Tørres brachte abermals eine Art Dank heraus und fragte sich, worauf der andere wohl hinauswollte.

»Aber Sie wollte ich ganz besonders gern aufsuchen«, fuhr der Pastor mit einem aufmunternden Lächeln fort, »da wir beide aus Bauernfamilien stammen, noch dazu aus benachbarten Pfarrgemeinden. Da sind wir doch gewissermaßen verwandt, wenn uns das Schicksal in die Stadt verschlägt …«

Tørres antwortete nur »ja« oder »so wird es wohl sein« und verstummte dann wieder, um sich zu fragen, was das alles sollte. Deshalb fiel das Gespräch vage und gleichgültig aus, wie zwischen Bauern, die einander auf den Zahn fühlen wollen, und bald erhob sich der Pastor ein wenig enttäuscht.

»Ja, dann möchte ich Ihnen eine gute Nacht wünschen, lieber Herr Wold! Es wäre mir eine Freude, wenn unsere Wege sich häufiger kreuzten, wir sind ja fast Nachbarn, Sie wissen, ich wohne …«

Doch, Tørres wusste, wo der Pastor wohnte, und damit trennten sie sich, aber Tørres zerbrach sich noch lange den Kopf darüber, was der Sinn dieses Besuches gewesen war.

Er war inzwischen so misstrauisch und in seinem Misstrauen dermaßen auf der Hut, dass er gewissermaßen Verängstigung um sich verbreitete, niemand wagte, über ihn zu lachen, die meisten aber begannen, ohne dass Tørres ihnen das wirklich abgenommen hätte, ihn mit neuer Achtung und Rücksichtnahme zu behandeln.

Fräulein Thorsens armes Herz hatte in dieser Zeit sehr gelitten. Als sie nach Brandts Weihnachtsball, zu dem sie nicht eingeladen gewesen war – denn an Damen herrschte niemals Mangel –, von seiner Treulosigkeit erfahren hatte, hatte sie in seiner tiefen Niederlage zunächst Trost gefunden.

Aber ihr Herz ertrug es nicht lange, seine Veränderung mitanzusehen, die vor allem an den ersten Tagen deutlich wurde. Sie war fest entschlossen, ihm deutlich zu spüren zu geben, wie treulos er sich verhalten hatte, aber sie wollte sich doch versöhnen lassen, und danach würde sie zu ihm halten, auch wenn alle anderen ihn im Stich ließen.

Doch eine Nacht nach der anderen verstrich, in der sie vergeblich auf die vertrauten kleinen Geräusche an der Tür oder auf dem Dachboden horchte, wenn er angeschlichen kam: Er kam nicht mehr; er zog aus, ohne ihr auch nur ein Wort zu sagen, und im Laden zeigte er ein Steingesicht, dessen Anblick sie nicht ertragen konnte. Schließlich bekam sie richtige Angst vor ihm. Sie konnte es nicht fassen, dass er so sein konnte – wie in den Märchen, wo im Schutze der Dunkelheit ein wunderschöner Prinz zum Bett der Prinzessin kommt, der am Tag dann nur ein grauenhafter schwarzer Bär ist.

Die große Bertha dagegen hatte schon längst resigniert. Ihr war klar, dass Tørres zu groß und vornehm für sie war. Aber sie besuchte ihn an ihren freien Sonntagen in seiner neuen Wohnung, sie hatte ihm ihr Erspartes anvertraut.

Zwischen den Freundinnen Julie Krøger und Frau Steiner kam es nicht zum Bruch.

Die Stimmung, von der Frau Steiner auf dem Ball erfasst worden war, war durch dessen unangenehmes Ende noch verstärkt worden. Sie betrachtete die Geselligkeit in dieser kleinen Stadt nun als reine Albernheit, bei der sie sich nur wegwarf – sich selbst und ihre Kunst.

Es hatte zwar eine Zeit gegeben, in der sie erklärt hatte, sie wolle lieber am einsamsten Meeresufer wohnen als zu riskieren, ständig auf ihren widerwärtigen Mann zu stoßen. Doch das hatte sich geändert. In ihrer heftigen Sehnsucht nach der Hauptstadt kam es ihr nun einfach töricht vor, das muntere Treiben von Künstlern und jungen Begabungen, in dem sie und ihr Mann zu Hause gewesen waren, zu meiden, nur um einer eventuellen Begegnung mit einem Mann aus dem Weg zu gehen, mit dem sie doch nicht das Geringste zu schaffen hatte, abgesehen davon, dass sie von seinem Geld lebte.

Sie war die Geschädigte und sie hatte die Sittlichkeit hochgehalten, alle Sympathie musste also auf ihrer Seite sein. Wenn sie auf einem Fest auf Herrn Steiner stieße, würde sie das nicht mehr unsicher machen.

Sie wollte noch immer dazugehören, gerade das Pikante an ihrer Stellung wollte sie zur Gänze ausnutzen, eine Dame, die alles über die Männer wusste. Hier in der Kleinstadt hatte sie oft gespürt, dass die Männer sie für eine hielten, die mit dem Leben im Grunde fertig war, als ob sie darauf warteten, dass sie zum Symbol erstarrte, zu einer Art Siegessäule für die Sittlichkeit.

Sollte etwa die kleine Julie, die von Männern nicht mehr Ahnung hatte als ein neugeborenes Kätzchen, ein wirkliches Abenteuer erleben dürfen?

Nein. So hatte sie sich das nicht vorgestellt. Es war an der Zeit, dieses Kleinstadtleben aufzugeben.

Sie war ihre eigene Herrin, und sie befahl ihrem Mädchen, Kleider und Schmuck einzupacken; Atelier und Wohnung wollte sie vorerst noch behalten.

Es gab nur noch ein Problem: Wie sollte sie sich von Krøgers verabschieden? Einen Brief zu schreiben und zu verschwinden, wäre ungeheuer bequem gewesen. Aber das würde sofort mit dem Skandal auf dem Ball in Verbindung gebracht werden, und das wollte sie um jeden Preis vermeiden. An allem war doch nur Julies ungeschickter Versuch schuld gewesen, einen noch ungeschickteren Verehrer anzulocken. Mit einem so groben Spiel durfte sie, Frau Steiner, niemals in Verbindung gebracht werden.

Deshalb machte sie, geschmückt und munter und mit ihrer unschuldigsten Miene, zwei Tage nach dem Ball einen Besuch.

Im Wohnzimmer traf sie nur Krøger an, der, anders als sonst, verlegen dreinblickte, und nun kam auch noch Tante Sofie aus der Küche – auf eine Weise, dass Frau Steiner sich unsicher zu fühlen begann.

»Die kleine Julie ist seit dem Ball nicht mehr aufgestanden«, sagte Tante Sofie und setzte sich auf dem Sofa in Positur.

»Ach, das tut mir wirklich leid, ich hätte sie so gern gesehen.«

»Julie will niemanden sehen, nicht einmal Sie – das hat sie ausdrücklich gesagt.«

Gustav Krøger musste jetzt in das Gespräch eingreifen, er wusste, dass Tante Sofie so Einiges auf dem Herzen hatte.

»Sehen Sie«, sagte er, »es dauert immer einige Tage, bis ein großes Haus wieder in Ordnung gebracht ist.«

»Natürlich«, antwortete Frau Steiner freundlich und drehte sich zu ihm um.

»Das Haus ist schon längst wieder in Ordnung gebracht, was man von den Menschen leider nicht behaupten kann«, sagte Tante Sofie streng.

»Sie, gnädige Frau, sehen ebenso strahlend aus wie immer«, erklärte der galante Krøger.

»Ja, zum Glück bin ich gesund, jetzt, da ich verreisen will.«

»Sie verreisen?«

»Ja, ich fahre morgen nach Christiania, ich habe Briefe bekommen …«, sie wurde ein wenig verlegen.

»Für immer?«, fragte Tante Sofie mit unverhohlener Freude, weshalb Krøger eilig über Reisen und Reisewetter und Reisekleidung zu sprechen begann; er erwähnte zudem einige hervorragende Wolldecken, die er hatte – wenn er seinen Laden hier oben im Wohnzimmer und im Gesellschaftsleben auch nur ungern zur Sprache brachte.

»Ich werde Ihnen sofort einige zur Auswahl bringen lassen«, sagte er und erhob sich. »Ich sage nicht ›Leben Sie wohl‹, wir sehen uns doch noch vor Ihrer Abreise?«

Frau Steiner wollte jetzt so schnell wie möglich Tante Sofie entfliehen, aber die setzte sich noch aufrechter hin und bemerkte überaus offenherzig: »Es ist mir nicht unlieb, dass Sie uns verlassen.«

»Sieh an«, erwiderte Frau Steiner und zupfte an ihren Handschuhen, sie wollte lächeln, traute sich aber nicht so richtig.

»Ich glaube nicht, dass Sie einen guten Einfluss auf Julie gehabt haben.«

»Sie sollte wohl zur alten Jungfer erzogen werden?«

»Nein, im Gegenteil – sie soll heiraten, aber richtig, auf Dauer.«

»Habe ich Ihre Pläne durchkreuzt?«, fragte Frau Steiner, die um den Mund herum bleich geworden war.

»Sie haben ihr so viel Unsinn über die Männer erzählt, dass sie jetzt keinem mehr glaubt.«

Frau Steiner, die schon auf dem Weg zur Tür war, sagte scharf und entschieden: »Ich sage es Ihnen zum letzten Mal, Fräulein Krøger, dass ich mit alten Jungfern nicht über Männer spreche.«

Doch nun reichte es Tante Sofie, sie erhob sich zu ihrer ganzen kleinen, molligen Höhe und sagte: »Ja, alt, das bin ich wohl, aber Jungfrau, das bin ich so wenig wie Sie, Frau Steiner.«

Sie starrten einander für einen Moment gleichsam überrascht an, Tante Sofie ging in die Küche und Frau Steiner zur Haustür, sie versuchte zu lachen, doch das wollte ihr nicht gelingen.

Am nächsten Tag verließ sie die Stadt.

Julie war froh darüber, dass sie ihre Freundin, deren Treulosigkeit sie erahnte, nicht mehr sehen musste. Niemals hätte sich Herr Wold, der ein so anständiger und bescheidener Mensch war, so aufgeführt, wenn ihn nicht jemand aufgestachelt hätte. Und das hatte Lulli getan, die ihn zuerst zum Narren hatte halten wollen, und als ihr das nicht gelungen war, hatte sie diese schreckliche Szene in die Wege geleitet, um sich zu rächen.

Und niemals würde Julie den Augenblick vergessen, als er so verlassen dort gestanden hatte, während ihr Vater tobte, und sie – sie hatte ihn auch vor den Augen all seiner Feinde gekränkt. Sie hatte sich nicht anders verhalten können, denn sie waren ja nicht verlobt, aber dennoch …

Dann kam Jolla Blom und berichtete ihr alles, was in der Stadt gedacht und gesagt wurde, sie redete ununterbrochen, mit angespannter Miene und hochgezogenen Augenbrauen, um nicht über die Wörter zu stolpern, die geradezu aus ihr herauszusprudeln schienen.

Und dann nahm die Stadt Julie Krøger in Gnaden wieder auf, sie schämte sich selbst des liederlichen Tonfalls, den sie sich im Umgang mit Frau Steiner angewöhnt hatte, der war nicht das richtige für sie. Die besorgten Freundinnen aus den Lebzeiten der Mutter fassten neue Hoffnung für die kleine Julie.

XIII

Nachdem sich Tørres vergeblich den Kopf darüber zerbrochen hatte, was der Pastor von ihm gewollt haben mochte, machte er seinerseits einen Besuch, ebenfalls zur Abendstunde – und nun lud der Pastor ihn zum Abendessen ein, das er sich bringen ließ, da er noch unverheiratet war.

Diesmal kamen sie besser miteinander ins Gespräch, und Tørres konnte sich von seinem Misstrauen befreien. Sie standen einander doch so nahe, sie konnten in der gleichen Sprache miteinander sprechen, und beide hatten es in einer fremden Welt ein Stück weit gebracht – jeder auf seinem Weg, der Pastor allerdings weiter.

Als sie einmal darüber sprachen, sagte der Pastor mit einem Lächeln: »Sie sind seltsam, Sie! Sie haben vor nichts Angst und sind doch so leicht zu erschrecken.«

»Jeder muss sehen, was aus ihm wird, aber man darf nicht zu hoch steigen, denn dann stürzt man ab.«

Pastor Opstad schmunzelte, und da er einen dunklen Vollbart und eine Brille trug, war seine Miene nicht so leicht zu deuten. Tørres glaubte nun, er werde ausgelacht.

»Ich lache«, sagte der Pastor, »weil Sie offenbar noch immer an diese feinen Leute glauben – an die Bildung.«

Tørres sah ihn unsicher an, der Pastor trank einen Schluck aus seinem Glas – die beiden genehmigten sich immer einen Grog –, setzte sich in seinem Sessel zurecht und begann:

»Jetzt erzähle ich Ihnen, wie es mir ergangen ist – wie ich von der Dummheit geheilt wurde, die wir Bauern mit uns herumschleppen, dass uns also eine so breite Kluft von dieser sogenannten Bildung trennt. Ich habe mich zum Seminar vorgearbeitet – demütig, auf dem Bauch vor allem und jedem, vor allem aber vor der Bildung, denn nichts stand doch höher als Bildung und Gelehrsamkeit, hm!«, sagte der Pastor und wechselte dann den Tonfall: »Natürlich nach der Frömmigkeit.«

»Natürlich«, stimmte Tørres ihm ebenso ernsthaft zu, worauf der Pastor sozusagen einen halben Seufzer hören ließ und dann mit seiner Mischsprache weitermachte, ohne sich der eingefügten bäuerlichen Redeweise zu schämen:

»Dann wurde ich Hauslehrer bei einem Amtsrichter im Osten, es gab viele Höfe in der Nähe des Kirchdorfes, und ich hatte alle Kinder der Staatsbeamten – eine über alle Maßen unartige Bande! Aber die Erwachsenen waren noch viel schlimmer. Die Herren, wenn sie zusammen kamen, oder die Damen in der Küche und den Dienstboten gegenüber – Bildung, ha, ha, ha! Ja, da hätteste mal ne schöne Bildung hören können!«

Tørres sah den anderen an, der über seinem Bericht deutlich in Erregung geriet.

»Ich will nicht von der Rohheit sprechen, wenn Vogt und Schreiber und die ganze Bagage fluchten, dass die Karten Funken sprühten, und wenn sie die übelsten Zoten rissen. Aber selbst, wenn sie anständig bei den Damen saßen und ernsthaft sprachen, gab es nie etwas anderes zu hören als Verachtung für alles, von dem ich bisher geglaubt hatte, dass es zur Bildung dazugehörte.«

»Ach?«, fragte Tørres ungläubig.

»Es gab nichts, was diese Menschen, die ich bisher immer so bewundert hatte, nicht in den Mund genommen und heruntergemacht und verspottet hätten; wenn von Kunst und Literatur die Rede war, gab es nur Grobheiten und Unsittlichkeit. Wurde Wissenschaft erwähnt, galt die als etwas absolut Unzuverlässiges, mit dem sich nur einige wenige Auserwählte befassen konnten, ohne in die Irre zu gehen. Aus der weiten Welt, die keiner von ihnen je besucht hatte, kam alles Böse, das wir hier uns vom Leib halten müssten; Bücher, Bilder, Gedanken und Ideen – alles erschien ihnen gefährlich, die Zeit selbst war gefährlich, sogar die Luft! Jeder Sonnenaufgang machte ihnen mit seinem neuen Licht Angst, sie schlossen die Fenster und verkrochen sich in ihren stickigen Ofenecken.«

Tørres konnte dem Pastor nur mit Mühe folgen, wenn dieser sich in Rage redete, aber dennoch prägte er sich jedes Wort genau ein.

»Ich war damals selbst sehr religiös«, sagte Opstad nun, riss sich aber sofort zusammen, »das heißt, das bin ich jetzt noch genauso, wenn auch auf andere Weise, verstehen Sie?«

Tørres verstand das gut und der andere redete weiter.

»Deshalb habe ich unter dem Pastor am meisten gelitten.«

»Machte der auch mit?«

»Ja, und er war der Schlimmste, er konnte sich und die anderen dermaßen in Wut versetzen, dass sogar die Frauen den Verstand verloren und seine Predigt weiterführten wie einen Kreuzzug, sie schimpften über Bücher und verdammten Menschen, die sie nur vom Hörensagen kannten. Ich sagte damals nie ein Wort, doch einmal stand ich auf und verließ das Zimmer. Das reichte schon, ich galt jetzt als verdächtig und musste nach Christiania übersiedeln, um mich dort zum theologischen Examen durchzuhungern und -zuwinseln.«

»Sehen Sie«, sagte Tørres lächelnd, »Lehrgeld muss man eben immer zahlen.«

»Lehrgeld!«, rief Opstad und sprang auf. »Zwang und Verfinsterung! Das heißt, Gottes Wort lernten wir ja rein und lauter, rein und lauter!«

Diese abrupten Übergänge hatte er so gut trainiert wie ein Zirkuspferd, das ohne Befehl in eine andere Gangart überwechselt, sowie sich in der Musik ein Taktwechsel andeutet, und Tørres seinerseits hatte die passende Miene parat, sooft der ›Geistliche‹ hervorschaute; es gab zwischen ihnen die schweigende Übereinkunft, dass alles, was mit Religion zu tun hatte, von beiden Seiten unangetastet blieb; was sie miteinander verband, war die gemeinsame Herkunft und der jeweilige Respekt vor dem Geschäftssinn des anderen.

»Du solltest lesen«, sagte der Pastor einmal, später, als sie sich nähergekommen waren.

Tørres machte eine ungeduldige Kopfbewegung.

»Nein, ich rede nicht von Büchern, aber du solltest Zeitungen und so etwas lesen, dann könntest du sehen, wie wenig die Bildung sogar den Gebildeten gilt.«

Von da an bekam Tørres von Pastor Opstad Zeitungen und christliche Zeitschriften aus der Hauptstadt, und als er sich schließlich an die Lektüre gewöhnt hatte, begriff er, dass der Pastor die Wahrheit sagte. Überall wurde das bekämpft, was Tørres bisher für den eigentlichen Abgrund gehalten hatte.

Wie dumm er in seiner Demut gewesen war! Was die Leute zu wissen glaubten, bestand doch zumeist aus Unsinn und vagen Vermutungen, all die großen Reden darüber, selbst zu denken und frei zu denken, waren Humbug, die ewige Wahrheit lag im Kinderglauben, und alle Weisheit der Welt konnte sich nicht mit dem kleinen Katechismus messen, und den kannte er, ha, ha, ha, er musste über sich selbst lachen.

Da hatte er nun Gustav Krøger und Oberlehrer Hamre und alle anderen bewundert, die alles gelesen hatten, was in den Büchern stand, und dann waren sie doch allesamt nur Freidenker, die in der Hölle enden würden und die eigentlich gar nicht frei herumlaufen dürften.

Und die Geistlichen, die ihm bisher als unbegreifliche Zauberer vorgekommen waren, vor deren Macht es kein Entkommen gab, die wurden jetzt doch Geschäftsleute wie er selbst, sie predigten und empfahlen, warnten vor den gefährlichen fremden Waren und behielten die Macht über die Opferscharen mit Versprechungen und Drohungen. Tørres fand es nur recht und billig, dass es eine Hölle gab, aber ihm war auch klar, dass es mit den schönen Geschäften der Geistlichkeit eben bald zur Hölle gehen würde, wenn es den Leuten gestattet würde, an der Existenz der Hölle zu zweifeln.

In seiner Freundschaft zu Pastor Opstad spürte er bereits das gemeinsame Interesse, erkannte er, wie das eine Gewerbe das andere am Leben erhielt.

In dieser Zeit nahm das Leben für Tørres Wold endlich die Gestalt an, die er selbst mit ruhiger Überlegung als sicher und zuverlässig erkannte, nach der man sich einrichten konnte, ohne von Leitern zu stürzen oder vor Abgründen stehenbleiben zu müssen. Er plante nun seine Zukunft, ohne mit etwas anderem zu rechnen als mit seinem Geld und seinem Willen.

Während dieser ganzen Zeit kümmerte er sich mit unverminderter Energie um Frau Knudsens Geschäft und gewann immer mehr Einfluss auf sie, während er in aller Stille seine langfristigen Pläne vorbereitete und sich im allgemeinen Bewusstsein als jemand verankerte, aus dem noch etwas Großes werden würde.

Die Konkurrenz zwischen den beiden benachbarten Geschäften wurde immer erbitterter, auch wenn sie weiterhin unter freundschaftlichen Vorzeichen stattfand. Tørres suchte Jessen auf, lud ihn ein, als sei zwischen ihnen nicht das Geringste vorgefallen, und eines Abends begegneten Herr Jessen und Fräulein Thorsen einander auf einer kleinen Abendgesellschaft bei Tørres Wold. Der legte inzwischen ein solches Tempo vor und hatte ein dermaßen überwältigendes Auftreten, dass niemand Zeit zum Nachdenken fand, und ehe die beiden wussten, wie ihnen geschah, hatte der Gastgeber sie lachend am Tisch nebeneinander gesetzt.

Fräulein Thorsen hatte längst jede Hoffnung aufgegeben, dass Tørres jemals zu ihr zurückkehren würde, aber dennoch hatte sie das Gefühl, in seiner Gewalt zu sein. Doch als ihr nun aufging, dass er sie zu Herrn Jessen zurückführen wollte, erschien ihr das unmöglich, und das wollte sie ihm auch sagen – am nächsten Tag.

Doch am nächsten Tag und an allen weiteren Tagen versuchte Fräulein Thorsen vergeblich, genug Mut aufzubringen; er las ihre Gedanken, wich aus und schob sie vor sich her dorthin, wo er sie haben wollte. Es war eine entsetzliche Zeit für sie, als Herr Jessen unsicher und fieberhaft die alten Annäherungsversuche wieder aufnahm – er musste es doch wissen!, natürlich!, sie hatten doch gar nicht versucht, es zu verbergen! Und nun kam Herr Jessen, der alles wusste, und Tørres unterstützte ihn auch noch! Abermals war sie diesen beiden Männern hilflos ausgeliefert, und diesmal hilfloser denn je.

Herrn Jessen gegenüber war Tørres jetzt der ernsthafte Kollege, der darüber sprach, wie traurig es doch sei, dass sie, die Einzigen in der Stadt, die Ahnung von der Branche hätten, sich in einem sinnlosen Konkurrenzkampf abmühen müssten. Weder Brandt noch Cornelius Knudsen taugten etwas, nein, der Zeitgeist stehe aufseiten des Einzelhandels.

»Aber die großen Warenhäuser …«, wandte Jessen ein.

»Passen nicht für uns«, erwiderte Tørres kurz und voller Überzeugung.

Doch Herr Jessen war in Geldangelegenheiten ein vorsichtiger Mann. Er hatte sich ebenfalls Einiges zurückgelegt, aber ein vornehmes Geschäft für Seide, Samt, Möbelstoffe und Teppiche – wie Tørres es ihm empfahl –, das kam ihm doch zu kühn vor.

Tørres dagegen begnügte sich nicht mit Ratschlägen und Ermunterungen, er brachte auch den Bankdirektor dazu, sich für die neue Kraft zu interessieren, denn der Bankdirektor hatte in seinem Haus einen sehr teuren Laden zu vermieten, der, so stellte er nun fest, genau das Richtige für Herrn Jessen wäre.

Die Bank war also zu einem Anfangskredit bereit, Tørres meinte, er werde weitere Darlehen beschaffen können, und kaum hatte Jessen angefangen, sich das alles zu überlegen, rannten ihm auch schon sämtliche Handelsreisenden die Tür ein, gratulierten ihm und boten ihm alles an, was er wollte, und das zu immer längeren Zahlungsfristen.

»Wenn du dich jetzt etablierst, machst du aus der Sache mit Fräulein Thorsen ja wohl Ernst«, bemerkte Tørres eines Tages.

Anton Jessen fuhr zusammen und war nicht sicher, ob er hier verspottet wurde. Aber Tørres fuhr ganz unschuldig fort: »Sie ist unbedingt die erste Dame im Fach – hier in der Stadt.«

»Ich will aber nicht, dass meine Frau hinter dem Tresen steht«, sagte Herr Jessen.

»In allen feinen Geschäften in Paris steht die Frau im Laden, wenn sie hübsch ist«, sagte Tørres und sah dem anderen an, dass sein langgehegter Plan nun bald Wirklichkeit werden würde.

»Dann hat auch der Klatsch ein Ende«, fügte er hinzu und erhob sich, denn jetzt wurde an seiner Wohnungstür geklingelt.

»Wie meinst du das?«, fragte Jessen zaghaft.

»Du hast natürlich auch gemeinen Klatsch über Fräulein Thorsen und mich gehört, wenn man zusammen arbeitet, heißt es ja immer … aber das ist alles nur böses Gerede … das kannst du dir ja denken.«

Tørres ging aufmachen.

Anton Jessen saß mit glühenden Wangen da. Er wusste, dass Tørres log, ihm offen ins Gesicht log. Aber warum konnte er nicht einfach auf den Tisch hauen und sagen: Du lügst!, warum spürte er bereits, dass er sich beugen müsste, bei dieser Komödie mitspielen, vorgeben, Tørres zu glauben, denn dieser Lügner war so frech und so stark. Warum besaß er nie die Kraft, das zu tun, was er tun wollte?

Nachdem er den neuen Besucher abgefertigt hatte, kehrte Tørres zurück und sagte ganz beiläufig: »Wo waren wir noch gleich? Ach ja, du willst heiraten, ja, das ist das einzig Vernünftige, wenn man seinen eigenen Laden aufmacht.«

Diese vielen Ermunterungen waren zu viel für Anton Jessen, der geheime Glaube an das Talent, das sich Bahn brechen würde, und jetzt auch noch das hier, dass er zu einem eigenen feinen Laden getrieben wurde, dem Ziel seiner Wünsche, und zu Fräulein Thorsen, dem Mittelpunkt seiner Phantasien – das alles stieg ihm zu Kopfe und gab ihm für eine gewisse Zeit mehr Rückgrat, als er je besessen hatte. Er kündigte seine Stelle bei Brandt, mietete Christensens Ladenlokal, kaufte Waren ein und machte Fräulein Thorsen freimütig einen Antrag.

Ihr Herz, das für kurze Zeit ganz bei Tørres gewesen war, musste sich nun wieder auf schmerzliche Weise teilen, denn obwohl jetzt ihre alte jungfräuliche Bewunderung für den hübschen Herrn Jessen wieder auflebte, gab es da auch einen düsteren Schatten, der sie anzog, eine Hingabe ohne Widerstand, die er spürte, sowie er winkte – er, der die Macht besaß.

Doch er störte sie nicht – nicht mit einem einzigen Blick. Er führte sie dem anderen zu, bahnte ihnen den Weg, und als die Verlobung verkündet wurde, schien es ihm die größte Freude zu machen, die beiden zusammengeführt und das Geschäft in Gang gebracht zu haben. Nur ein seltenes Mal, wenn sie zu dritt zusammen waren, konnte das gemeinsame Wissen, mitten in Scherz und Freundschaft, kalt vorübergleiten, wie ein Spuk, den sie alle sahen.

An einem Donnerstagnachmittag im zeitigen Frühling standen viele Frauen vor der Kirche, und die Menge wurde vergrößert durch Vorüberkommende, die stehenblieben, um sich die prachtvolle Hochzeit anzusehen.

Es war Herrn Anton Jessens Hochzeitstag, und vieles an dieser Hochzeit interessierte die ganze Stadt. Obwohl das Brautpaar keine Verwandten hatte und auch nicht zur feinen Gesellschaft gehörte, hatten Herrn Jessens neues elegantes Geschäft und die großartigen Hochzeitsvorbereitungen die Gemüter erregt. Alle wussten, was für die Braut aus Hamburg bestellt worden war und dass die kleine Frau Jessen von ihrem Sohn ein fertiggenähtes Seidenkleid aus Paris bekommen hatte – perlgraues Moiré Antique mit breiten Spitzen.

Die Verwunderung war allgemein und bitter, vor allem ereiferte Frau Bankdirektor Christensen sich über die Verschwendungssucht dieser Leute. Aber sie verstummte, als sie selbst eingeladen wurde und als sie hörte, dass Christensen sogar in der Kirche zugegen sein wollte. Herr Jessen war eine junge Kraft in der Stadt und hatte zudem von ihnen den großen Laden gemietet.

Die kleine Frau Jessen trieb mit der Strömung wie ein weggeschwemmtes Stück Hausrat bei einer Überschwemmung. Schon am ersten Abend, als ihr Sohn ihr mit großartiger Miene verkündet hatte, dass er nun der Sache ein Ende machen und heiraten wollte, war sie aus dem Gleichgewicht geraten, und in der bewegten Zeit bis zur Hochzeit hatte sie es nicht wiedergewonnen.

Anton Jessen hatte sich in gutem Einvernehmen von seinem Chef getrennt. Gustav Krøger hatte ihm zwar vorausgesagt, dass er sich innerhalb von drei Jahren ruinieren würde, aber Krøger war der fieberhafte Drang, auf eigene Beine zu kommen, der junge Menschen zu einem gewissen Zeitpunkt unwiderstehlich packt, nur zu vertraut; er war zudem gutmütig genug, seinen Namen auf eine Garantieerklärung zu setzen, auf der schon die von Cornelius Knudsen und Bankdirektor Christensen standen.

Das alles hatte Tørres in die Wege geleitet, so wie es auch sein Werk war, dass es Geld für alles und Kredit für noch mehr gab und dass deshalb ein Glanz und eine besondere Erwartung über dem Tag und dem feierlichen Moment schwebten, in dem Bankdirektor Christensen wie ein vorzüglich dressierter Elefant die kleine Frau Jessen im perlgrauen Moiré Antique durch den Mittelgang der Kirche führte.

Die Braut war entzückend, wenn auch ein bisschen blass, fanden die Damen. Aber alle Männer, die sie in der weißen, glatten Seide und dem über den Rücken fallenden Schleier sahen, mit ihrer wohlgeformten kleinen Figur, so zart, so weich – alle Männer fanden sie einfach zum Anbeißen. Tørres sah sie ganz bewusst nicht an, obwohl auch er bei der Trauung zugegen war.

Er achtete auch nicht auf die Aufmerksamkeit, die es erregte, dass er Frau Knudsen zur Dame hatte, er dachte überhaupt nicht daran, wie viele Witze über ihn und die Braut gerissen wurden und was alles über ihn und Frau Knudsen prophezeit wurde. Er hatte mit aller Kraft diesen ersten Teil seines Planes in die Tat umgesetzt, ohne an etwas anderes zu denken. Erst in dem Moment, als er durch die Kirche schritt und vor sich einen Myrtenkranz, einen weißen Schleier und einige fein gekräuselte Locken in einem weißen Nacken sah, erst da hatte er das Gefühl, sich in einem Traum zu befinden, aus dem es kein Erwachen gab.

Der Gemeindepfarrer predigte so lange über ›Ihr sollt ein Fleisch sein‹, dass die armen Brautjungfern, die mit dem Gesicht zur Hochzeitsgesellschaft saßen, am Ende nicht mehr wussten, wohin sie blicken sollten. Doch als Tørres hörte, dass die beiden nun unwiderruflich Mann und Frau waren, fuhr er zusammen und sah den Pfarrer an, als ob er Einspruch erheben wollte, das aber ging vorüber und alle kamen wohlbehalten im Festsaal an.

Der Bräutigam hatte sich in der Kirche gut gehalten, wenngleich er arg blass war. Allgemein hieß es, er sei reizend anzusehen, von Kopf bis Fuß wie aus dem Ei gepellt und in einem feinen neuen Frack, winzigen Lackschuhen mit Schleifchen, hochgeschlossenem englischen Kragen und modischer Frisur, als sei sein Schädel vom Scheitel abwärts mit dunkler Ölfarbe angemalt. Aber als er nach Hause kam, musste er sich auf das Bett seiner Mutter legen, und sie brachte ihm eine Bouillon mit Ei, während die frischgebackene Gattin die Glückwünsche entgegennahm.

Tørres ließ sich nicht blicken. Er war ins Hotel hinübergegangen, wo das Essen serviert werden sollte und wo er selbst Jessen bei diesem großartigen Arrangement geholfen hatte. Sowie sich die Gäste versammelt hatten und der Bräutigam wieder einigermaßen auf den Beinen war, setzte man sich in dem großen Speisesaal zu Tisch.

Bei Tisch ging es recht steif zu. Tørres verhielt sich auch ganz ruhig, nicht so sehr aus Angst, denn er hatte bereits viel von seiner Sicherheit zurückgewonnen, und außerdem war er hier von seinesgleichen umgeben; die jungen Damen aus den Läden wollten sich fast ausschütten vor Lachen, wenn Herr Wold den Mund auch nur aufmachte, und alle in diesem Kreis beugten sich vor ihm. Aber sie verwirrte ihn immer mehr – die Braut, so wunderschön, wie sie dort saß, neben diesem – Jessen!

Im Gedränge nach dem Essen wurde Tørres mit seiner Dame zu den Jungvermählten geschoben, und ehe er wusste, wie ihm geschah, stand sie vor ihm, warm nach der Mahlzeit, mit einem lieblichen Lächeln für Freunde und Gäste. Aber plötzlich war ihr Gesicht wie versteinert, denn als er auf sie herabblickte, wurden seine Augen wild, so, wie sie ihn in ihrer heißesten Leidenschaft erlebt hatte, sie spürte, dass seine großen Hände bereit waren, sie aus der Menge zu heben. Sie packte eilig seine Handgelenke und zwang sich zu einem Lachen: »Wir wollen uns doch bei Wold bedanken, Anton, für seine viele Hilfe.«

Tørres holte tief Luft und schien zu erwachen, er schüttelte dem Bräutigam die Hand und bahnte sich dann einen Weg in den Rauchsalon, wo er nur Kaffee, Tabak und Herrengesellschaft vorfand.

Als die vornehmen Gäste gegangen waren, gab es ein fröhliches Tanzvergnügen für die vielen Freundinnen und Freunde des Brautpaars, die nach dem Essen eingeladen waren, es kam zu einem ungezwungenen Ball unter jungen Ladenangestellten und ihren Damen, nur der alte Konsul With war noch geblieben und amüsierte sich vorzüglich.

Da keine Hochzeitsreise geplant war, war unter den nächsten Angehörigen abgesprochen worden, dass das Brautpaar um halb eins in aller Stille verschwinden und nach Hause fahren sollte, ohne das fröhliche Fest zu unterbrechen. Und je später es wurde, desto unruhiger wurde Tørres, der jedoch zugleich der eifrigste Tänzer war. In Wirklichkeit registrierte er jede Minute, die verging, und er wusste immer, wo sich die Braut aufhielt, auch wenn er nicht mit ihr tanzte.

Der Braut ihrerseits hatte der Aufruhr, den sie bei Tørres bemerkt hatte, eine solche Angst gemacht, dass sie ihren Mann schon vor der abgemachten Zeit bat, den Wagen zu holen. Jetzt fürchtete sie das erste Alleinsein mit Jessen weniger als Tørres Wold mitten in der Menschenmenge.

Ihr Mann hatte sich inzwischen kräftig Mut angetrunken, so dass er jetzt schielte und lächelte, und auf seiner eher ungelenken Zunge hatte sich ein Wort festgesetzt, das er nun mit wichtiger Miene dauernd wiederholte: »Schwupp! Meine Damen. Alles ist bezahlt!«

Eine andere Antwort hatte er auch für seine kleine Frau nicht, doch jetzt war der Wagen da, und sie schlüpfte unbemerkt aus dem Saal.

Aber Tørres spürte es doch, und seine Unruhe wurde noch größer, während sie oben im Haus ihren Mantel anzog. Er stand mit einem Fuß im Saal und mit einem auf dem Gang; wegen der Hitze standen die ganze Zeit die Türen offen. Er führte gerade einen Tanz an, und die Damen rissen sich um ihn, aber als er oben auf der Treppe ein Paar kleiner weißer Seidenschuhe erspähte, verlor er jegliche Besinnung.

In den Türen standen einige junge Herren, und draußen auf dem Gang stand Anton Jensen mit seiner Mutter, sie wollte im letzten Augenblick noch ein Wort mit ihrem Sohn sprechen, doch dieser antwortete nur ungeheuer höflich: »Schwupp, Mutter. Alles ist bezahlt!«

Als die Braut kam, dick eingepackt, nur die weißen Schuhe nicht, drängte Tørres sich zur Treppe vor, packte sie, ehe sie es verhindern konnte, und trug sie hoch über dem Kopf durch den erleuchteten Gang, wo Gäste und Hotelbedienstete lächelnd auswichen, bis hinaus auf die Straße, wo der Wagen wartete; sein einziger Gedanke war, mit ihr hineinzuspringen, wegzufahren und alle anderen zum Teufel zu schicken.

Sie durchschaute ihn und flüsterte in ihrer tiefen Not: »Nein, Tørres, nein! Du bist verrückt! Nachher … Lieber …, nachher!«

In diesem Moment kam Jessen angelaufen, die anderen hatten ihn losgeschoben, er stolperte und stieß mit Wold zusammen, der soeben die Braut in den Wagen gesetzt hatte.

»Schwupp, meine Damen!«, rief der Bräutigam zufrieden aus.

Tørres riss sich ein weiteres Mal zusammen. Er packte den kleinen Bräutigam und stopfte ihn auf eine solche Weise in den Wagen, dass Herr Jessen plötzlich auf einen äußerst gekränkten Tonfall umstieg, indem er höflich, aber kühl den Herrn Handelsangestellten Wold darauf aufmerksam machte, dass alles bezahlt sei.

Tørres schlug die Tür zu und befahl dem Kutscher mit wütender Stimme: »Fahren Sie!«

Und als ob seine Leidenschaft auf die Pferde übergegriffen hätte, liefen sie los und die Brautkutsche mit ihren weichen Stahlfedern rollte lautlos davon.

Tørres aber stürzte wieder ins Haus, brachte den Ball zu neuem Leben und trank bis in den hellen Morgen hinein.

XIV

Als er spät am folgenden Tag erwachte, hatte Tørres zuerst das entsetzliche Gefühl, schon wieder durch einen Skandal alles ruiniert zu haben. Aber als sie sich dann verzogen, die schweren Nebel der Nacht, und die Dinge in ihrem richtigen Zusammenhang sichtbar wurden, verspürte er eine unbeschreibliche Erleichterung, weil nichts passiert war, oder jedenfalls nur solche Belanglosigkeiten, die bald als Scherz und Ausgelassenheit vergessen sein würden.

Doch er zitterte, wenn er daran dachte, wie leicht es hätte passieren können – fast wäre er in die Brautkutsche gesprungen! Lange saß er nun im Bett und überlegte. Und er kam zu diesem Schluss: dass das Gefährliche und Furchtbare an den Frauen eben ihre absolute Unersetzlichkeit sei. Auf keine Berechnung, bei der Frauen eine Rolle spielten, sei Verlass, und sie spielten bei jeder Berechnung eine Rolle.

Da hatte er seinen Plan so langfristig angelegt, hatte viele Monate durchgehalten und sich nach allen Seiten versichert und jetzt sein erstes Zwischenziel erreicht: Jessens Geschäft und Vermählung, aber er selbst war doch nicht weiter gekommen, als dass er um Haaresbreite alles wieder ruiniert hätte. Und das wegen einer Frau, mit der er eigentlich fertig war und die außerdem ihm gehören würde, wann immer er wollte. Zutiefst beschämt dachte er an Jakob, der ohne zu jammern sieben Jahre lang um Rachel gedient hatte.

Wenn er sich die Sache nun überlegte, sah er alles wieder genau so wie zwei Tage zuvor und während seiner ganzen Arbeit mit Jessen – nämlich, dass es sehr angenehm war, Kaja Thorsen mit einem solchen Weichling verheiratet zu wissen.

Und er dachte an Julie Krøger; jetzt konnte er an sie denken und dabei Ruhe bewahren, eher tat sie ihm ein bisschen leid. Aber die andere – diese wunderbare Geschiedene –, ob er sich an der wohl jemals rächen könnte?

Tørres zog sich an und brachte dabei Gott immer größere Dankbarkeit entgegen, denn Gott hatte in letzter Sekunde verhindert, dass er sich ins Verderben stürzte. Danach nahm er sich Bücher und Unterlagen hervor, notierte Wechsel und Darlehen, die in den kommenden Tagen fällig sein würden, und machte eine Liste der Schuldner, die sein Bote an diesem Tag aufsuchen musste.

Lange vertiefte er sich in seine eigene Buchführung, in der alle Wechsel von Cornelius Knudsen verzeichnet waren, die eigenen wie die, die mit Brandt zu tun hatten, sowie der kleine neue für Anton Jessen – neben der Bürgschaft gab es noch zwei kleine Beträge, die Frau Knudsen ihrem ehemaligen leitenden Angestellten nicht hatte verwehren mögen.

Er wurde ernst und verzehrte tief in Gedanken zwischen den vielen Papieren und Berechnungen sein Frühstück. Es könnte durchaus noch lange dauern, aber er musste an Jakob denken und an die sieben Jahre – ganz so lange würde er jedenfalls nicht mehr warten müssen.

Als er dann zur Bankzeit den Laden betrat, war er noch immer rechtzeitig. Im Laden arbeitete jetzt eine Kusine von Fräulein Thorsen, die ebenfalls Fräulein Thorsen hieß, zusammen mit einer weiteren jungen Dame, während der Laufbursche Reinert zum Verkäufer mit Pomade in den Haaren befördert worden war. Der Umsatz stieg immer weiter, dazu gab es im Kontor genug zu tun, und dort verbrachte Tørres inzwischen seine gesamte Arbeitszeit, auch wenn Frau Knudsen als eigentliche Chefin noch immer ihren Platz am Pult innehatte.

Aber mehr und mehr stand sie nun unter dem Einfluss seiner Arbeitskraft und seiner Jugend. Sie konnte jeden Tag ruhig und kühl, als wäre alles so wie früher, ihren Platz im Kontor einnehmen, und doch brachte dieser großgewachsene Bursche immer eine nervöse Unruhe mit sich, immer beschäftigte er sich mit ihren Angelegenheiten, arbeitete für sie wie ein Diener, schien sich all ihren Anweisungen zu fügen, und doch hatte sie im tiefsten Herzen das Gefühl, dass er über sie bestimmte.

Es war dahin gekommen – ohne dass sie auf irgendeine Weise hätte sagen können, wieso, aber es war seine Schuld –, dass sie nun gar nichts mehr mit ihrem alten Freund und Berater Gustav Krøger zu tun hatte. Sie hatten sich durchaus nicht zerstritten, nie war zwischen ihnen ein böses Wort gefallen, aber sie konnten ihren alten kameradschaftlichen Umgangston einfach nicht wiederfinden, Krøger hatte es versucht, doch es war ihm misslungen, sie hörten beide die Misstöne, etwas stand zwischen ihnen und hatte für sie beide das Verhältnis zerstört.

Es kam nun nie mehr vor, dass Krøger hereingelaufen kam – oft barhäuptig, entweder, um eine Runde zu plaudern, oder mit einem Papier zur Unterschrift. Jetzt wurden die Wechsel von einem Boten gebracht, und das war immer ein peinlicher Augenblick. Denn Herr Wold notierte alles überaus gewissenhaft im Wechselbuch – selbst, wenn es nur Indossamente waren; er wies auf die Verlängerungstermine hin und fragte bei jedem neuen Papier ausdrücklich, ob sie auch das hier unterschreiben sollten. Und bei allem machte er ein Gesicht, das sie kränkte und ihr Angst machte; einmal sagte er: »Die wachsen, diese Brandt'schen Wechsel«, und sie zuckte dabei zusammen, sie wusste es ja selbst, die Wechselpapiere raschelten, dauernd wurde zu den Banken gelaufen, alles war ganz anders als zu Lebzeiten ihres Mannes. Er hatte sicher recht, der Herr Wold, dass die neue Zeit es eben so wollte, und Krøger sah es ja auch so. Wenn sie ihn doch nur um Rat fragen könnte!

Schon viele Male, seit er hier ihm Haus war, hatte sich Tørres Wolds brennendes Verlangen auf die hochgewachsene Frau Knudsen gerichtet – die so ganz anders war als das kleine Fräulein Thorsen und seine übrigen kleinen Freundinnen. Und es hatte auch eine Zeit gegeben, in der es das große Ziel in seinem Lebensplan gewesen war, Frau Knudsen zu heiraten und den Laden nach oben zu bringen, bis Brandt ruiniert und die Rache vollzogen wäre.

Aber jetzt gingen seine Pläne viel weiter, und er durfte sich von keiner Frau ablenken lassen. Er begegnete ihr jeden Morgen ebenfalls kühl und gelassen, doch später am Tag erfasste ihn dann die Unruhe, deshalb wusste er sich oft keinen anderen Rat, als hinunter zum Hafenspeicher zu gehen und Simon Varhoug mit seinen Änderungswünschen in den Wahnsinn zu treiben.

Wenn sie sich über ihr Pult beugte und wenn er dann nur die klare Stirn mit den glatten, schwarzen Haaren, die kräftigen Augenbrauen und die sanft gewölbten Lider über den großen Augen sehen konnte, überkam ihn bisweilen die schwindelerregende Lust, von seinem Hocker zu springen, hinüber zu stürzen und sie in die Arme zu reißen. Und wenn sie zusammen, wie jetzt im Frühling, bis spät in den Abend arbeiteten, da immer wieder neue Waren abgerechnet und sortiert werden mussten, fiel es ihm immer schwerer, am Ende seinen Hut zu nehmen, trocken gute Nacht zu sagen und durch den hellen, frischen Frühlingsabend allein nach Hause zu gehen.

In seiner Not verfiel er darauf, seinen Freund Pastor Opstad im Haus einzuführen. Und das war durchaus ein kluger Zug, da Frau Knudsen jetzt, da sie zu dritt waren, ihren leitenden Angestellten mehr zum Scherzen aufgelegt und munterer kennenlernte, als ihre ernsthafte Geschäftsbeziehung es bisher ermöglicht hatte, und so entlud sich die Luft zwischen ihnen nach und nach ein wenig, während die Geschäfte immer umfangreicher und einträglicher wurden.

In Krøgers Haus war es nun wieder still. Für Julie war der Ball noch mehr zu einem Wendepunkt geworden als für Tørres. Ihre Freundin, die sie mit dem freien Leben und den kühnen Ansichten bekannt gemacht hatte, für die sie nur bis zu einem gewissen Punkt geeignet war, war nun verschwunden, und stattdessen kam Jolla Blom und hatte viel zu erzählen; die ganze Stadt richtete jetzt ihre Stacheln gegen Julie und ihren Vater.

Und Tante Sofie sah, wie Julies Gesicht immer bleicher und spitzer wurde, wie Julie ihre ärmlichsten Kleider hervorsuchte und immer häufiger zu den Freundinnen ihrer Mutter ging – zu Andachten oder zum Tee.

»Du schwindest dahin, das tust du, Julie.«

»Glaub mir, Tante, ich bin nicht krank.«

»Doch, du bist krank, und ich weiß, was dir fehlt!«, sagte Tante Sofie voller Überzeugung.

Julie wich aus, denn sie wusste, worauf die Tante hinauswollte.

Aber Tante Sofie kannte keine Hemmungen, beim nächsten Mal fragte sie: »Kannst du ihn nicht vergessen?«

»Wen?«, fragte Julie mit zitternder Stimme.

»Ach! Du kannst mir doch die Wahrheit sagen. Du hast ihn in der Stunde der Not im Stich gelassen!«, sagte Tante Sofie energisch.

Julie wandte sich ab, es war dasselbe, was Jolla Blom sagte, und es war dasselbe, mit dem sie in ihrer Einsamkeit immer wieder kämpfte.

»Aber es kann noch alles gut werden«, meinte die Tante. »Man könnte sich treffen und erklären …«

»Niemals, Tante!«

»Oder du könntest ihm zu verstehen geben …«

»Bist du verrückt, Tante?« Julie floh auf ihr Zimmer.

»Ja, entweder du selbst oder eine andere«, sagte Tante Sofie zu sich selbst. Ihre Lebenserfahrung sagte ihr, dass die Leidenschaft der Jugend gehörte, und sie konnte es nicht mit ansehen, dass sich zwei junge Menschen das Leben sauer machten, nur weil die eine dem anderen nicht als Erste ein gutes Wort sagen wollte.

Gustav Krøger hatte ebenfalls seine gute Laune eingebüßt; er ging mit schweren Schritten die Treppe zwischen Laden und Wohnung hinauf und hinunter, und er hatte nicht einmal Lust auf größere Geselligkeiten als eine Partie Schach und einen Grog mit dem

Oberlehrer. Aber auch diese Abende hatten ihren Reiz verloren; Krøger hörte ohne Interesse von den Fortschritten, die der Oberlehrer mit seinem Buch machte, und wenn dieser die Suppenküche für die Schulkinder erwähnte, wechselte Krøger das Thema und widmete sich seinem Glas.

Doch eines Abends, als es schon ziemlich spät war und sie ihre Partie beendet hatten und noch bei ihrem guten heißen Grog saßen, machte der Oberlehrer der Sache schließlich ein Ende und sprach ganz offen: »Nein, jetzt sag mir endlich, was los ist, Krøger! Dich belastet doch etwas, doch, das tut es, nie mehr sprichst du über deinen Plan, den Fonds!«

»Den Fonds?«, fragte Krøger und lächelte vage, so dass der Oberlehrer einen Moment lang glaubte, der Rum sei an diesem Abend zu stark gewesen.

Aber Krøger erhob sich, lief im Zimmer hin und her, als ob er hinter den Möbeln etwas suchte, horchte an der Tür und blickte hinaus in die Dunkelheit hinter den Vorhängen; dem Oberlehrer wurde immer besorgter zumute.

»Ja, denn du hast ja keine Ahnung, wie er ist«, sagte Krøger. »Er kann sich an den seltsamsten Stellen verstecken.«

»Wer? Wen meinst du?«, fragte der Oberlehrer.

»Ihn – den Bauernburschen, den Vampir!«, rief Krøger mit furchtbar verzerrtem Gesicht.

»Ach, was für ein Gerede!«, erwiderte der andere und lachte. »Du bist von diesem Menschen ja geradezu besessen!«

»Ja, das bin ich – besessen! Da siehst du, wozu er mich schon getrieben hat. Hier zu Hause, in diesem Zimmer, hat er einen Skandal verursacht, über den Julie niemals hinwegkommen wird ...«

»Du übertreibst, Krøger.«

»Über den sie niemals hinwegkommen wird. Von Frau Knudsen hat er mich getrennt, hat unsere gute, alte Freundschaft zerstört, er hat uns in diesen Wettbewerb gezwungen, der uns beide ruinieren wird, er hat mich dazu gezwungen, Jessen zu nehmen, um mich zu schützen, und nun hat er sich Jessen zurückgeholt, um uns alle nur umso schneller zur Schlachtbank führen zu können.«

»Aber du bist doch wahnsinnig, Krøger, dieser eine Mensch!«

Doch Krøger sprach in heftiger Erregung weiter: »Und der Fonds, den du erwähnt hast – der ist weg, weg bis auf den letzten Schilling. Ich musste von überallher Geld zusammenscharren, um den Laden am Laufen zu halten, und dennoch geht es bergab – in wildem Tempo, und wenn er eines Tages Frau Knudsen dazu überreden kann, mir ein Indossament zu verwehren, dann bin ich am selben Tag ruiniert.«

»Aber, Gott soll mich schützen, ist das wahr?«, rief der Oberlehrer, der jetzt ernst geworden war.

»Und ich«, fuhr Krøger fort, ließ sich in den Sessel sinken und legte die Arme auf den Tisch, »ich habe mir eingebildet, ich könnte das Geschäft hochbringen und Julies Zukunft sichern und vielen helfen! Jetzt wird sie vielleicht recht behalten, meine Frau, als sie verbittert vorausgesagt hat, dass ich alles ruinieren würde. Sie werden recht behalten, sie und die anderen, die ganze Stadt wird mir gegenüber recht behalten!«

Er sank im Sessel in sich zusammen, und der Oberlehrer saß stumm da und vergaß seine Zigarre. Es wurde sehr still in dem alten Haus, es gab kein Geräusch auf der Straße und kein Geräusch in der Stube, nur ab und zu einen tiefen Seufzer von Krøger, aber diese Seufzer verhallten unter der hohen Decke, von der alte Engelsköpfe verwundert auf ihn herabstarrten.

Die Stadt dagegen interessierte sich vor allem für Anton Jessen und seinen eleganten Laden. Es war ein Geschäft, wie man es noch nie gesehen hatte – eher ein Salon mit angrenzenden Kabinetten, in denen die Frischvermählte und zwei weitere junge Damen die Kundschaft bedienten, während Herr Jessen umherwanderte und gute Ratschläge und Anweisungen erteilte.

Die beiden waren ein reizendes Paar und passten perfekt zueinander – er war so dunkel und immerhin groß genug, um neben seiner kleinen, hellblonden Frau eine gute Figur zu machen, deren hübsche Gestalt in dem schwarzen Seidenkleid von den Lampen im Laden und den kostbaren Stoffen mit den lebhaften Farben noch betont wurde. Ihr Gesicht nahm ein wenig Farbe an, und in ihrem Blick lag, wenn sie ihn hob, eine zaghafte Liebkosung.

Es gelang ihr bereits recht gut, ihn zu umhegen und darauf zu achten, dass er sich nicht überanstrengte, denn das vertrug er nicht. Schon am Tag nach der Hochzeit hatte die alte Frau Jessen ihre Schwiegertochter liebgewonnen, als sie diese vollständig angezogen in der Stube vorgefunden hatte, während der arme Anton, der nicht an große Gesellschaften gewöhnt war, mit Kopfschmerzen und Haferschleim im Bett gelegen hatte.

Er war glücklich über ihre ruhige Zärtlichkeit, und sie war dankbar, weil er sie nicht mit Fragen quälte. Sie schwärmte bald wieder für ihn wie in ihrer Jugend, wie für einen hübschen Puppenmann – der andere war die Sünde, düster und unwiderstehlich.

Es war Tørres Wold, der dieses Geschäft gegründet und so eingerichtet hatte, wie er das wollte. Herr Jessen hatte sich zwischen seinem Laden und seinem Talent aufteilen wollen, das er nun mit ziemlicher Sicherheit in der Literatur gefunden hatte. Er liebte es jetzt, seiner Frau Gedichte vorzulesen; an den guten alten Versen wollte er seinen Geschmack und sein Gehör ausbilden und auf diese Weise das Talent hervorholen, das bedauerlicherweise schon so lange ungenutzt in ihm ruhte.

Doch ehe er wusste, wie ihm geschah, war sein kleines Heim zum Sammelpunkt für Jugend und Freude geworden, zu einem Ort, wo man sich zwar amüsierte, wo es aber keinen Platz für die Literatur gab, keinen Boden, in dem ein Talent sprießen konnte.

Er beklagte sich bei seiner Frau, und zwei Tage später sagte Tørres Wold so nebenbei: »Du Jessen! Ich finde es seltsam, dass du, mit deinen vielen höheren Interessen, dich mit solchen Gesellschaften zufriedengibst, wo man nur Witze reißt und isst.«

»Wer sagt, dass ich mich damit zufriedengebe?«, fragte Jessen bitter und fuhr sich mit der Hand über die Stirn.

»Aber mein Lieber – das hast doch du zu entscheiden. Du musst dir doch etwas ausdenken können, das die anderen auf ein höheres Niveau hebt!«

»Anton liest wunderschön vor …«, sagte die Gattin, ohne von ihrer Näharbeit aufzuschauen.

»Er liest vor? Was liest er vor?«, fragte Tørres überrascht.

»Vor allem Gedichte.«

»Ach, warum musstest du das verraten?«, rief Jessen verärgert aus.

Aber Tørres ließ nicht locker, bis Jessen ihm probeweise vorgelesen hatte, und noch am selben Abend musste er einem bewundernden Zuhörerkreis den ganzen »Terje Vigen« vortragen. Von nun an widmete Herr Jessen seine gesamte Freizeit dem Erwerb eines abwechslungsreichen Repertoires, und wenn jemand bei ihm oder anderswo eine gesellige Runde vorschlug, war er sofort bereit. Seine Mutter war begeistert von seinem Talent.

So verging das Frühjahr in Freude und Sonnenschein, und so sicher, wie ein Monat dem anderen folgte, liefen auf den Tag genau die Wechsel ein, um eingelöst zu werden oder sich auf allerlei Weisen zu verpuppen und zu verwandeln.

Doch Herrn Jessen fehlte es nie an Auswegen. Der erste Zustrom in den neuen Laden hatte nicht nur seine Bücher gefüllt, sondern auch seine Kasse, und so konnte er den teuren Haushalt bestreiten und die erste Welle der Wechsel bedienen. Geschmackvoll und ohne an etwas zu sparen, bereitete er sich auf Herbst- und Wintersaison vor.

Es vergingen sechs Monate, und es vergingen zwölf Monate, und es vergingen noch drei, diese aber ein wenig beschwerlich. Die Gesichter der Handelsreisenden wurden immer länger und sie ließen sich immer seltener sehen, doch es gab so viele von ihnen, man konnte noch immer bekommen, was man wollte, und man konnte auch die Fristen verlängern, wenn man neue Kredite aufnahm. Bis Bankdirektor Christensen sich eines Tages die Nase rieb und den Aufsichtsrat für den nächsten Samstagnachmittag zu einer Besprechung hinter verschlossenen Türen bat.

XV

Am Tag davor, also am Freitag, hatte Tørres Wold im Laden frühzeitig Feierabend gemacht. Frau Kndusen hatte ihn eingeladen, mit ihr und Pastor Opstad zu Abend zu essen, er hatte dankend und ohne nachzudenken angenommen und war dann nach Hause gegangen.

Dort saß er vor vielen Papieren, und seine Hände zitterten, wenn er etwas berührte, und als an die

Wohnungstür geklopft wurde, fuhr er zusammen und wurde sehr blass.

Aber ehe er aufmachte, überzeugte er sich vor dem Spiegel davon, dass ihm nichts anzusehen war, und sagte halblaut zu sich: Ich hatte mir ja gedacht, dass es keine sieben Jahre dauern würde.

Der Besucher war Anton Jessen, bleich und verstört. Er ließ sich auf das Sofa fallen und rief: »Ich kann es jetzt nicht mehr!«

Tørres blickte auf, ohne Verwunderung, ohne Fragen, und musterte den anderen mit kühlem Blick.

»Ich hatte so fest auf dich gerechnet«, sagte Jessen und schlug die Augen nieder.

Tørres zuckte mit den Schultern und widmete sich wieder seinen Papieren. In Anton Jessen kämpften widerstreitende Gefühle. Er fand, der andere sei verpflichtet, ihm zu helfen – er konnte nicht sagen, wieso, er wusste, dass er keine Sicherheiten mehr zu bieten hatte, aber er hatte doch das Gefühl, Entschädigung für jegliche Hilfe liefern zu können, wenn er auch nicht wusste, in welcher Form; alter und neuer Groll und schwerfällige Wut sammelten sich in ihm, während er diesen breiten, soliden Kerl unter der Lampe, der diese vielen verdammten Papiere vor sich liegen hatte, unverwandt anstarrte.

»Willst du uns nicht helfen?«, fuhr er plötzlich auf.

»Doch, nachher«, erwiderte Tørres gelassen.

»Nachher, nachher!, ja, vielen Dank auch«, murmelte Jessen und lief nervös im Zimmer auf und ab, er dachte an Ruin und Schande und seine kleine Frau, die wusste, wo er war und was auf dem Spiel stand, und die jetzt zitternd auf ihn wartete.

»Andere sind noch schlimmer dran als du, Jessen«, sagte Tørres nun. »Aber zuerst müssen wir über diese Bürgschaft reden.«

»Die du bekommen hast, du hast dich also abgesichert, stelle ich mir vor.«

»Das hoffe ich«, antwortete Tørres, »auch wenn niemand sagen kann, was passieren wird, wenn die ersten Konkurse losgehen.«

»Gibt es noch weitere?«, fragte Jessen gespannt.

»Ich weiß nicht, ob wir – ob Frau Knudsen sich halten kann.«

»Aber mein Lieber! Das ist doch eine Belanglosigkeit …«

»Ja, ein bisschen hier und ein bisschen dort … wenn die Banken erst durch einen Bankrott nervös geworden sind, weiß man nie, und dann sind da ja noch Brandts viele Wechsel, die wir unterschrieben haben.«

»Auch Gustav Krøger!«, rief Jessen fast entzückt aus.

»Ich weiß ja eigentlich nichts«, sagte Tørres und blätterte mit ernster Meine in seinen Papieren, »aber ich habe den Eindruck …«

Doch Anton Jessen hörte ihm nicht mehr zu, sondern war mit seinen Gedanken woanders. Sein Fall kam ihm jetzt ganz anders vor, wenn er mit dem von so großen und soliden Häusern einherging; seine kleinen Zahlen würden von den großen verschlungen werden, und im Schatten der allgemeinen Bestürzung darüber, dass Häuser wie das des alten Brandt und Cornelius Knudsen stürzen konnten, würde er mit seinem eigenen kleinen Konkurs vielleicht einigermaßen ungeschoren davonkommen.

»Aber das ist doch eine ganze Reihe …«, begann er.

»Es ist eine Krise«, sagte Tørres mit der Stimme des Bankdirektors.

»Eine Krise, ja, genau das ist es«, rief Anton Jessen beinahe fröhlich aus, und er eilte zurück zu seiner kleinen Frau, mit diesem kostbaren Wort, das fast besser war als Hilfe.

Tørres saß noch eine Weile über seinen Papieren, ehe er zu Frau Knudsen ging, und als er schon den Mantel angezogen hatte, musste er noch zur Kredenz laufen und ein großes Glas Cognac trinken. Sein langgehegter Plan, dessen Erfüllung jetzt vor der Tür stand, wies nur einen dunklen Flecken auf. Auf alles andere freute er sich geradezu, aber Frau Knudsen …

Wenn er so weit gedacht hatte, hatte er sich die Zukunft sonst immer so vorgestellt, dass er, wenn er alles nach seinem Gutdünken erledigt hätte, zu Frau Knudsen gehen und auf irgendeine Weise etwas für sie tun würde. Wenn er je daran gedacht hatte, sie zu heiraten, war klar, dass das nach ihrem Konkurs unmöglich sein würde, und wenn er daran dachte, ihr Geld zu geben, war das noch unmöglicher, denn das würde nur zu Verdächtigungen und Gerede führen. Aber er dachte doch die ganze Zeit, dass er etwas für sie tun würde.

Während er sich langsam ihrem Haus näherte, war Pastor Opstad schon in ein lebhaftes Gespräch mit der jungen Witwe vertieft. Und als Tørres eintrat und die beiden zusammen sah, kam ihm dieser Gedanke: Was, wenn er diese beiden rechtzeitig zusammengebracht hätte? Jetzt war es zu spät, dazu kannte er seinen Freund zu gut.

»Und mit Herrn Jessen geht es noch immer gut?«, fragte der Pastor als Fortsetzung des Gesprächs.

»Ich glaube schon«, antwortete Frau Knudsen. »Das hoffe ich jedenfalls.«

»Aber er ist doch ein Konkurrent?«

»Wir sind alle Konkurrenten und gute Freunde, nicht wahr? Herr Wold, wir helfen doch dem kleinen Jessen, uns so gut wie möglich Konkurrenz zu machen?«

Tørres erwiderte: »Man darf niemandem mehr helfen, als man es vermag, nicht einmal einem Konkurrenten.«

»Nein, da haben Sie vielleicht recht«, sagte Frau Knudsen lachend und führte die Gäste ins Esszimmer; sie hatten nur auf Tørres gewartet.

Er schwankte eine Weile zwischen allerlei Stimmungen. Sollte er versuchen, während ein Zeuge dabei war, den Vorsichtigen zu spielen, der immer schon gewarnt hatte? Aber so spät wäre das doch lächerlich, am nächsten Morgen würden Anton Jessens Wechsel platzen und am Montag würde der Konkurs allgemein bekannt sein.

Dann wurde er munter und brachte die beiden dazu, zu lachen und sich den ganzen Abend lang zu amüsieren.

Doch ins Bett ging er schließlich mit einem ungewöhnlich beklommenen Gefühl, und er konnte sich nicht von dem Bild seiner ersten Nacht in Frau Knudsens Haus befreien, als er die ersten zehn Öre aus der Schublade bei sich versteckt hatte.

Die eigentliche Leitung der Bank bestand damals aus drei Herren. Zuerst war da Bankdirektor Christensen zu nennen, danach Konsul With, dem gute Freunde zu dieser Würde verholfen hatten, nachdem er das Vermögen seiner Frau bei dem schweren Konkurs der Firma Carsten Løvdal verloren hatte, und erst vor Kurzem war Tørres Wold nach mehreren Jahren im Aufsichtsrat in das eigentliche Direktorium berufen worden.

In dieser kurzen Zeit hatte er das Urteil des Bankdirektors über die Fähigkeiten dieser jungen Kraft in kleinen Dingen bestätigt, aber bei größeren und wichtigeren Anliegen konnte dieser sich nicht vorstellen, dass Tørres Wold schwieriger zu überreden sein würde als Konsul With, der ihm den Posten verdankte und ein gebrochener Mann war. Er ließ seine beiden Kollegen deshalb zuerst eine Weile im Besprechungszimmer sitzen, dann trat er mit einem Stapel Wechsel zwischen den Fingern ein.

»Wie Sie vielleicht wissen, meine Herren, scheint sich die Firma Anton Jessen derzeit in gewissen Schwierigkeiten zu befinden.«

»Man hat seine Wechsel doch wohl abgewiesen?«, fragte Tørres.

»Nein, das habe ich nicht, es waren doch nur geringe Beträge, hier sind sie, ich habe die ganze Zeit auf eine Mitteilung von Jessen gewartet.«

»Doch inzwischen ist die Sonne untergegangen«, sagte Konsul With und schaute auf seine Uhr.

Der Bankdirektor verkniff sich ein Lächeln über den armen Konsul, der es einfach nicht lassen konnte, sich wichtig zu machen.

»Ich kann keine Verantwortung dafür übernehmen, die Wechsel bis Montag liegen zu lassen«, sagte Tørres Wold.

Der Bankdirektor hob die Nase, als wollte er in der Luft schnuppern: »Es entspricht nicht den Traditionen dieser Bank, alten Kunden gegenüber hastig oder übereilt zu handeln. Indem wir ihnen ein wenig Zeit geben, eine angemessene …«

Tørres Wold fiel ihm ins Wort, während er in seine eigenen Unterlagen schaute: »Neben den Banken stehen nur zwei Häuser hier in der Stadt in Verbindung mit Anton Jessen.«

»Brandt und C. Knudsen«, sagte Konsul With.

Der Bankdirektor sah ihn an und hob dann seine Lorgnette, um sich die Papiere anzusehen, die Wold ihm nun hinschob.

»Um so mehr Grund für eine Bank von unseren Traditionen, Mäßigung zu zeigen, wenn es, wie es aussieht, größere Schwierigkeiten gibt …«

Die anderen beiden schwiegen, jetzt waren sie zur Sache gekommen, denn es war bekannt, dass auch Bankdirektor Christensen auf eigene Faust ein kleines Diskontogeschäft betrieb, das sich jedoch, wenn etwas schiefging, immer als der Bank unterstellt erwies, jedenfalls tauchte der Verlust dann durch irgendeine Hintertür in den Büchern der Bank auf, ehe es zu spät war. Bei den drei gefährdeten Häusern hatte er nicht wenig zu verlieren, er hatte schon lange vorgehabt, sich zu retten, doch bisher hatte er immer geglaubt, noch ausreichend Zeit zu haben.

»Natürlich«, sagte er herablassend, »sind mir diese Umstände schon lange bekannt, aber ich glaube, oder ich habe geglaubt, dass man vor allem versuchen sollte, Zeit zu gewinnen, nicht zu sehr zu drängen, mit Vorsicht an die Abwicklung heranzugehen …«

Zu seiner großen Überraschung stieß Tørres Wold ein hartes kleines Lachen aus und sagte: »Ich verlange, dass die verfallenen Wechsel spätestens am Montag abgelehnt werden!«

Der Bankdirektor setzte sich gerade auf, es war an der Zeit, die junge Kraft ein wenig zu bremsen.

»Das ist jedenfalls eine Angelegenheit der Bankleitung – und sie wird auf die übliche Weise entschieden. Wie sehen Sie die Sache, Herr Konsul With?«

Der Bankdirektor sah den Konsul nicht einmal an, so sicher war er sich der Antwort.

»Ich muss mich Herrn Wolds Votum vollständig anschließen«, sagte Konsul With mit unsicherer Stimme.

Der Bankdirektor fuhr zusammen. Er wusste nicht, dass Konsul With, dessen Einnahmen für den alten Lebemann nicht ausreichten, schon lange Tørres Wold in die Klauen gefallen war und dass dieser zum ersten Mal seine Macht über den Konsul ausnützte. Dann ließ Christensen seinen Blick vom Konsul weiter zu der neuen Kraft wandern, die er selbst herangezogen hatte. Und er spürte, dass seine ganze Gewichtigkeit, das gesamte bürgerliche Auftreten, der große Elefantenapparat, dass das alles an diese Bauernsicherheit vergeudet war und wirkungslos an ihr abprallte, denn der Bauer saß dort sicher mit seinem Geld und ohne einen anderen Gedanken im Kopf.

Er fing an zu sprechen, er beklagte die unseligen Verhältnisse, bedauerte die Stadt und die einzelnen Personen, doch Tørres, der sich diesen langen Rückzug nicht anhören mochte, wandte sich an Konsul With, der Protokoll führte: »Mein Vorschlag wird also angenommen?«

»Einstimmig«, sagte Bankdirektor Christensen mit seiner tiefsten Amtsstimme.

Am Sonntagvormittag sprach Frau Knudsen nach der Kirche mit einer Dame, und die sagte, es stehe wohl fest, dass Anton Jessen Konkurs anmelden müsse, ihr Mann habe es am Vorabend im Club von Konsul With gehört.

Frau Knudsen ging von der Kirche aus geradewegs zu Wolds Wohnung, wo sie noch nie gewesen war, doch die dicke Bertha, die nun hier diente, erklärte, Herr Wold sei ausgegangen und werde zu Mittag nicht nach Hause kommen und vielleicht erst am späten Abend.

Frau Knudsen aß allein zu Mittag, aber sie rührte die Mahlzeit nicht an, sie zerbrach sich nur den Kopf – oder sie lief wartend zwischen ihren Zimmern hin und her. Wenn so etwas bevorstand, musste Wold doch davon wissen, und dann musste er doch sofort zu ihr kommen, damit sie gemeinsam überlegen könnten, was zu tun sei.

Wie stand es eigentlich? Und wie weit war sie in Jessens Geschäfte verwickelt? Ihr kam die peinliche Erinnerung, dass ihr Mann, der sie immer gelobt hatte, doch gesagt hatte, ein richtiger Kaufmann werde nie aus ihr werden. Aber sie war doch damals, als Krøger sie noch beraten hatte, viel ruhiger gewesen, jetzt wusste sie sich wirklich keinen Rat mehr.

Sie brachte Tørres Wold jedoch keinerlei Misstrauen entgegen. Sie erklärte sich sein Verhalten so, dass er sich jetzt, wo sein Freund, dem er immer so rührend geholfen hatte, ins Unglück geraten war, der Ungelegenheiten schämte, die er ihr bereitet hatte, und sich deshalb nicht sehen ließ. Aber sie fand das feige von ihm, und je später es wurde, desto weniger schien es zu seinem Charakter zu passen, so, wie sie ihn kannte. Er hätte diese neue Situation mutig als gemeinsamen Unglücksfall betrachten müssen, bei dem sie beide zusammenhielten, und dann, dann könnte vieles besser und alles ertragen werden.

Doch dass er sie den ganzen Tag allein ließ, das belastete sie mit jeder Stunde mehr, bis nachmittags das Mädchen kam, um die Lampe anzuzünden. Frau Knudsen drehte sich um und sagte, nein danke, sie lief vor den Fenstern auf und ab. Der Regen peitschte gegen die Fensterscheiben, und die Gaslaternen, die soeben angezündet worden waren, flackerten unsicher über den verschlammten Pfützen auf dem Straßenpflaster.

Zu Krøger konnte sie nicht gehen, zwischen ihnen stand einfach zu viel. Und sie wusste nur zu gut, was er für ein Gesicht machen würde – er, der sie vom ersten Tag an vor Wold gewarnt hatte. Sie spürte, dass sie den Verdacht nicht ertragen konnte, der nun trotz allem wuchs, der sich in der Dunkelheit aus allen Ecken herauswagte, während die Zeit verging und die Türglocke stumm blieb.

Plötzlich riss sie sich zusammen, ging ins Büro und drehte das Gaslicht an. So viel Geschäftssinn musste sie doch besitzen, um sich ein Bild von ihrer Lage zu machen.

Aber als sie die schweren Bücher aus dem feuerfesten Schrank geholt und zum Pult geschleppt hatte, sank sie darüber dann doch zusammen – als hätten diese Männer sie am Ende mit etwas im Stich gelassen, das sie nicht begriff.

Am Montagmorgen in aller Frühe saß sie noch immer bleich und verstört im Kontor, sie hatte in dieser Nacht kaum ein Auge zugetan. Vor ihr lag der mühsame Versuch, sich einen Überblick über die Geschäftslage zu verschaffen, doch sie hatte nicht alles erfassen können, sie hatte nur Zahlen zu Beträgen anwachsen sehen, von denen sie keine Ahnung gehabt hatte.

Auch Tørres Wold war früh zur Stelle, sie hörte seine langen Schritte im Laden und wollte ins Wohnzimmer laufen. Sie wagte nicht, mit ihm allein zu sein, wagte nicht, ihm in die Augen zu schauen, um nicht das Entsetzliche darin zu entdecken – und doch blieb sie wie angewachsen an ihrem Platz sitzen, über die Bücher gebeugt.

Tørres war davon ausgegangen, dass er noch eine Weile allein im Kontor sein würde, aber als er sie dort erblickte und als er ihre Blässe und ihre ganze Gestalt sah, sagte er: »Ich sehe, Sie wissen alles, gnädige Frau!«

Er staunte über seine Stimme, er hatte zudem etwas ganz anderes sagen wollen, aber sie, die die Unsicherheit hörte, erfasste in einem Augenblick seine ganze Falschheit, und in ihrer tiefen Hilflosigkeit bat sie leise, ohne den Kopf zu heben: »Würden Sie zu Herrn Krøger hinübergehen und ihn bitten, herzukommen?«

Tørres war froh über diese Fluchtmöglichkeit. Zu Gustav Krøger zu gehen, bewaffnet, wie er an diesem Tag war, das war Abrechnung und Sieg, der große Tag der Rache war da, dem er sich durch jahrelange Arbeit genähert hatte.

Im Kontor über dem Laden saß Krøger, allein, gealtert und schwerfällig, mit schlaffen Falten in dem breiten roten Gesicht, in dem sich auf Wangen und Stirn eine gelbliche Blässe zeigte. Auch er hatte bereits von Anton Jessens bevorstehendem Konkurs gehört, und obwohl zwischen beiden Häusern keine andere Verbindung bestand als die Bürgschaft, die er unterzeichnet hatte, war er an diesem Morgen doch überwältigt gewesen, denn er wusste, dass Cornelius Knudsen Jessen näherstand, und wenn Frau Knudsens Kredit durch Jessens unerwarteten Konkurs ins Wanken geriet, war es aus mit Brandt, er hatte keine anderen Beziehungen, zu denen er Zuflucht hätte nehmen können, die ausländischen hatten sich inzwischen zurückgezogen, der einzige Name auf all seinen Papieren war C. Knudsen.

Aber das Schlimmste von allem, das, was ihn in Angst und ohnmächtigem Zorn auffraß, war dieser Satan von Bauernbursche, der an allem schuld war, und in dem Moment, als Krøger mit der Hand auf seine Geschäftsbücher schlug und den Satan verfluchte, stand dieser höchstpersönlich in der Tür.

Krøger riss sich zusammen, knurrte nur leise, als der andere ihm einen guten Morgen wünschte, und Tørres Wold legte Hut und Stock ab wie ein bedächtiger Geschäftsmann, nahm am Tisch Platz und zog seine Brieftasche hervor, die mit Papieren gefüllt war.

»Sie wissen natürlich, dass Anton Jessen die Geschäfte eingestellt hat?«

Krøger nickte.

»Aber Sie wissen vielleicht nicht, dass dieser Konkurs ein harter Schlag für unsere gemeinsame Freundin ist – für Frau Knudsen?«

Gemeinsame Freundin! So weit war es nun gekommen, dass er seinen alten Schwarm zur gemeinsamen Freundin hatte, mit diesem – mit diesem – hm! Er zwang sich zur Ruhe, aber innerlich kochte er.

Tørres registrierte das alles, und mit einer Zufriedenheit, die zu verbergen er sich nicht die geringste Mühe gab, zog er gelassen seine Papiere hervor. Es waren dieser Moment und diese Szene, in eben diesem Zimmer, aus dem er an jenem Abend wie ein Hund hinausgejagt worden war – es war die langersehnte Rache, die er nun in aller Ruhe auskostete.

»Wir wüssten gern, mit welcher Unterstützung Ihrerseits wir in diesem Fall rechnen können.«

Krøger hob nur die Hände, er konnte niemanden unterstützen, wenn er sich selbst halten könnte, dann …

»Denn ohne sofortige Hilfe müssen wir heute Nachmittag schließen«, sagte Tørres.

Krøger fuhr auf. »Heute Nachmittag?«

»Wenn es für Sie auf einen Tag ankommt, kann ich als stellvertretender Bankdirektor die Katastrophe sicher noch bis morgen aufhalten«, sagte Tørres lächelnd.

»Das ist Ihre Schuld, Sie – Sie …!«

»Aber ohne sofortige Hilfe – Zuschuss von Barem – können wir den Konkurs nicht verhindern. Wie Sie sehen werden, sind unsere Indossamentsverpflichtungen Brandt gegenüber – Sie werden sehen, die Summe ist in letzter Zeit angewachsen.« Tørres schob die Papiere über den Tisch, aber Krøger warf nur einen kurzen Blick auf die Summe, er wurde rot im Gesicht und brauste ein letztes Mal auf: »Sie haben Frau Knudsen und uns alle ruiniert, haben gestohlen, geraubt, geplündert …«

»Ich kann mein Vorgehen durchaus verantworten«, sagte Tørres und starrte ihm herausfordernd ins Gesicht. »Kümmern Sie sich lieber darum, wie Sie überleben können.«

Krøger sank in sich zusammen, was sollte es auch bringen, noch einmal aufzufahren, alles war verloren, das Ende war da, und er vergaß fast, wer da vor ihm saß.

»Die arme Julie«, seufzte er und wandte sich ab.

Tørres hielt die ganze Zeit ein weiteres Papier in der Hand, das er überreichen wollte, aber er wartete, er sparte sich den Moment auf – wie Kinder, wenn sie die Suppe zuerst verzehren und die Backpflaumen bis ganz zuletzt aufbewahren. Er hatte sich noch nie so froh und stark gefühlt. Und als er hörte, wie der andere Julies Namen nannte, fuhr ihm ein glücklicher Gedanke durch den Kopf.

»Ja, man kann niemals wissen, was man abweist«, sagte er ziemlich leise, um die Reaktion seines Gegenübers zu testen.

Krøger schlug die Hände vor's Gesicht. Auch ihm war dieser Gedanke gekommen. Er hatte Julies Geld verspielt und ihre Zukunft ruiniert. Schon einmal hatte er, genau in diesem Kontor, auf eine Weise in ihr Schicksal eingegriffen, für die ihm niemals Dank zuteil geworden war. Doch bis zu diesem Moment hatte er sich glücklich gepriesen, weil ihm ein solcher Schwiegersohn erspart geblieben war. Jetzt hatte sich das innerhalb weniger Minuten geändert. Der junge Mann, der hier saß, hatte Geschäftssinn und auch

Geld – woher, wusste niemand, aber wer hatte jetzt die Zeit, sich solche Fragen zu stellen? Und vielleicht, wenn man die Sache genauer betrachtete, dachte Julie gerade an diesen Mann, während sie immer bleicher und elender wurde.

Für ihn selbst würde es eine ungeheure Überwindung bedeuten, doch hatte er das Recht, das Glück seines Kindes ein weiteres Mal zu opfern – vor allem jetzt, wo alles, was er besaß, auf dem Spiel stand und wo dieser Mann die einzige Rettung war, die Rettung für sie alle?

Tørres ließ ihm Zeit, diesen Gedankengang bis zum Ende zu verfolgen, und sagte nur, wie an sich selbst gerichtet: »Es gibt so vieles, das man gern ungeschehen machen würde.«

»Ja, das stimmt!«, murmelte Gustav Krøger mit großer Anstrengung. »Wenn es nicht zu spät ist.«

»Es ist nie zu spät, das zu tun, was klug und richtig ist«, sagte Tørres vorsichtig, sein Herz hämmerte vor Spannung.

»Ja«, sagte Krøger endlich und rutschte unruhig in seinem Sessel hin und her, während er unsicher zu Tørres hinüberblickte. »Dann wäre es ja vielleicht nicht unmöglich – wenn alle Seiten sich einig wären, zu einem – einem besseren – Verständnis zu gelangen …«

»Ach, jetzt verstehe ich«, sagte Tørres und holte tief Luft. »Sie denken an Ihre Tochter; wie Sie sehen werden, hat es in dieser Angelegenheit bereits Annäherungsversuche gegeben«, er hielt ihm das Papier hin, »aber ich hatte ja an etwas anderes gedacht, ich dachte an … etwas ganz anderes«, sagte er und genoss jedes seiner Worte.

Gustav Krøger stieß einen Schrei aus und starrte das Papier an, es war ein Brief an T. Wold von Tante Sofie – er erkannte ihre Schrift; die Zeilen tanzten vor seinen Augen, »eventuelle Missverständnisse aufklären«, »Annäherung von beiden Seiten« las er, und er begriff, dass das Ende da war, die Demütigung vollendet, sie boten sie ihm an, seine eigene Tochter!, und dieser Mensch trat sie alle in den Staub.

Tørres beobachtete ihn, als ob er Angst hätte, auch nur eine einzige Miene zu verpassen. Nun wurde hinter ihm die Tür geöffnet, und als er sich umdrehte, sah er Frau Knudsen hereinkommen, hochgewachsen und bleich, wie eine Schlafwandlerin. Sie glitt an ihm vorbei, ohne ihn anzusehen, beugte sich über Krøger und flüsterte: »Verzeihen Sie mir – es ist alles meine Schuld!«

Krøger hatte seine Arme über dem Tisch ausgestreckt und zerdrückte den Brief in seiner Hand, sie legte ihm den Arm um den Hals und flüsterte weiter auf ihn ein – gute Worte über ihre alte Freundschaft.

Sie so zu sehen, bedeutete einen Wermutstropfen in Tørres' Triumph. Aber er dachte sofort, wenn sie auf diese Weise Partei für seinen Feind ergriff, brauchte er sich auch keine Hemmungen mehr aufzuerlegen.

Vor sich hinsummend, griff er nach Hut und Stock und ging seiner Wege.

XVI

Noch nie hatte die Stadt erlebt, dass Konkursmassen so schnell aufgelöst oder Waren und Grundstücke in einem solchen Tempo veräußert wurden wie nach dem Unglück, das Anton Jessen, Cornelius Knudsen und den alten Brandt getroffen hatte. Und alle lobten die ungewöhnliche Tüchtigkeit, mit der der stellvertretende Bankdirektor T. Wold diese Angelegenheiten geregelt hatte, es konnte fast so aussehen, meinten einige, als habe er alles schon im Voraus bereitgelegt.

Natürlich gehörte er zu den Konkursverwaltern – schließlich wusste er alles über die Bankrotteure und ihre Verbindungen und war neben den Banken ihr größter Gläubiger. Und dabei stellte sich heraus, dass er sich dermaßen mit Sicherheiten gepanzert hatte, dass er keinerlei Verluste erlitt. An den Grundstücken hatte er sich bereits vorher Anteile gesichert, was niemand geahnt hatte, und er besaß so viele Pfandbriefe und Schuldscheine, dass ihm schon jetzt alles gehörte, was bei Jessen zu finden war, selbst dessen Ehebett. Auch große Teile der Schulden von Krøger und Knudsen befanden sich in seiner Hand.

Auf der ersten Auktion kaufte er beide Häuser – Brandts alten Prachtbau und Cornelius Knudsens weitläufige Sammlung von Hafenspeichern und anderen Häusern, und am Ende besaß er fast einen ganzen Block.

Danach gab er über einen Mittelsmann ein Gebot auf die drei Warenlager ab und setzte sein Angebot durch, deshalb kamen nur noch Möbel und kleinere Gegenstände zur Versteigerung. Hier kaufte er das meiste der Herrlichkeiten des alten Brandt, die deshalb an ihrem alten Platz bleiben konnten. Alle Erinnerungen an Familie Krøger und Frau Knudsen wurden weggeräumt, und der neue Besitzer richtete alles nach seinem Geschmack neu ein.

Tørres war nun ein voll ausgewachsener, großer Kerl, grob und stark und ohne Empfindungen für andere, abgesehen von seinem Interesse an ihren Schwächen. Jetzt sah er noch besser aus als in seiner Jugend. Die Sommersprossen waren verschwunden, und der rötliche Bart war an der Spitze sorgfältig geschnitten; sein lebhafter, scharfer Blick gab ihm ein distinguiertes Äußeres, vom Bauern waren nur noch wenige Spuren übrig.

Er führte nun Krøgers alten Plan aus, ließ in die Mauer, die beide Häuser verband, einen Durchgang brechen und verband so die Läden miteinander; danach richtete er sich Frau Knudsens alte Wohnung als Kontor ein. Wohnen wollte er in den Brandt'schen Sälen.

Ihm schwebte noch immer etwas im Stil der großen Pariser Warenhäuser vor. Die hatte er zwar nicht gesehen, aber das war auch nicht nötig, denn er hatte sie gewissermaßen im Kopf – so, wie es für seine Stadt geeignet war.

Schon im zeitigen Frühling konnte er sein Geschäft eröffnen, und die ganze Stadt strömte zusammen.

Es war dasselbe, was er in kleinerem Maßstab durchgeführt hatte, als er und Fräulein Thorsen über Nacht Frau Knudsens Laden umgestaltet hatten. Auch jetzt hatte sie ihm geholfen.

Jetzt saß sie hinter einem feinen Gitter an der Zentralkasse – wie ein seltener Vogel in einem goldenen Käfig. Sie lächelte diskret und schaute mit ihren warmen Augen auf, nickte bisweilen zu ihrem kleinen Mann hinüber, der nun einen gutbezahlten Posten als Erster Verkäufer bekleidete. Und zu Hause hatte sie einen prächtigen Jungen, über dessen Wiege die Stadt so viele Witze riss, wie es rote Haare auf seinem Köpfchen gab.

Über den Herrn stellvertretenden Bankdirektor Großkaufmann T. Wold wurden keine Witze mehr gerissen. Es wäre als geschmacklos betrachtet worden, wenn jemand jetzt noch »Frau Knudsens Schublade« erwähnt hätte. Es musste doch auf ganz andere Weise zugegangen sein, wenn man sich erklären wollte, wie innerhalb weniger Jahre ein solches Vermögen zusammengescharrt worden war; es war ein Grund, diesen ›Selfmademan‹ zu bewundern, auf dem offenbar Gottes Segen ruhte.

In seiner jetzigen Stellung konnte er der kleinen Stadt jeden Schaden zufügen, der mit rücksichtslosem und gierigem Kapital einhergeht, das Bank und Kredit beherrscht. Seine Augen waren überall; wo es einen Schilling zu verdienen gab, schlug er sofort zu und vertrieb die Kleinen von der Beute. Wenn ein kleines Unternehmen in Schwierigkeiten geraten war, erschwerte er den Kredit, verleumdete den Inhaber bei dessen ausländischen Geschäftspartnern, nahm selbst Verbindungen zu ihnen auf und sorgte dafür, dass die früheren eingestellt wurden. Überall war er aktiv, weit über seine ursprünglichen Aktivitäten im Schiffshandel hinaus, in allen möglichen Spekulationen – auch zwei Kronen waren ihm willkommen, wenn er sie nur einem anderen wegnehmen konnte.

Deshalb wurde er wie ein Moloch verehrt – noch mehr sogar als der Bankdirektor, denn gar so brutal war dieser niemals vorgegangen. Alle Kaufleute verbeugten sich vor ihm und verkrochen sich mit ihren kleinen Knochen in den Winkeln, wagten kaum, Anzeigen aufzugeben, damit der große Mann nicht merkte, dass sie irgendwelchen Umsatz machten, und ihnen das Essen vom Mund wegstahl.

Und deshalb wurde er auch in alle möglichen Ämter gewählt, in der Gemeinde, in allerlei Gesellschaften und Vereinen, ohne seinen Namen konnte selbst das beste Geschäft mit dem Untergang rechnen; wenn jemand ihn beleidigt hatte, konnte dieser auch gleich mit seinen Büchern zum Konkursrichter gehen.

Als er so nach einigen Jahren alles aus der Stadt herausgesaugt hatte, was sich nur holen ließ, an Verehrung und Vorteilen, beschloss er, dass er jetzt, mit über dreißig Jahren, ins Parlament gewählt werden wollte.

Es war so üblich in der Stadt – wenn jemand reich geworden war, wurde er auch ins Parlament geschickt.

Zu den Konservativen sagte er nichts, aber sein Freund der Pastor zwinkerte einmal mit den Augen, wenn er ihn empfahl. Den Liberalen sagte er, er sei selbständig, ein »Selfmademan«, aus der Tiefe des Volkes aufgestiegen, und solche Dinge, die die Liberalen hervorragend fanden. Er war dazu ein Mann ohne gefährliche Bildung, ein reicher Mann, der in die Kirche ging.

Nur der ›Arbeiterring‹ wollte nicht für ihn stimmen. Dort war Simon Varhoug der Vorsitzende, und er warnte vor Tørres Wold. Aber da ging Tørres eines Tages hinab zum Hafenspeicher und sagte so laut, dass mehrere andere es hörten: »Du, Simon, du als Sozialist …«

Voller Entsetzen widersprach der brave Simon; doch es sprach sich in der Stadt herum, schließlich stand in der Zeitung, dass sich im ›Arbeiterring‹ starke sozialistische Strömungen geltend machten, und als Simon Varhoug außer sich zu einer Sondersitzung kam, um sich und seine Kameraden von diesen furchtbaren Anschuldigungen reinzuwaschen, musste sein lieber Freund und Glaubensbruder Halvor Røidevaag ihm mitteilen, dass sämtliche Mitglieder aus dem ›Arbeiterring‹ ausgetreten waren und der Saal leer war, so dass, wie die Zeitung nun kommentierte, am nächsten Morgen von dem prachtvollen Ring nur noch zwei Edelsteine übrig waren, Simon Varhoug und Halvor Røidevaag.

Und so wurde Tørres Wold mit großer Mehrheit gewählt.

Anfangs bereute er es und fühlte sich im Parlament absolut nicht wohl in seiner Haut. Er glaubte lange, die anderen machten sich über ihn lustig. Ein Gefühl wie das, das er in seiner Jugend angesichts des gesellschaftlichen Abgrundes verspürt hatte, beunruhigte ihn zwischen diesen gewichtigen Herren, die sich über die Anträge des Protokollkomitees und viele andere Dinge verbreiteten, von denen er nichts begriff.

Doch als er sich dann nach diesen Burschen mit den großen Worten und den mutigen Mienen erkundigte, erfuhr er, dass sie arm waren, einer ärmer als der andere – ha! –, arm wie die Kirchenmäuse, allesamt!, ha, ha, ha, was interessierten ihn da ihr gerolltes R und ihre Specknacken? Zwei oder drei Reiche waren auch dabei, er suchte ihre Gesellschaft, tat sich mit mehreren aus der Stadt zusammen und stieg im Gesellschaftsleben auf, ohne jemals abzustürzen.

Im Saal und bei den Komitee-Verhandlungen langweilte er sich unsäglich. Aber auf den Gängen, auf den Treppen, tief unten in den Kellergewölben und hoch oben auf den Galerien – dorthin ging er zu gern. Vor allem nachmittags, wenn alle Lampen brannten und das ganze Gebäude angewärmt war – dann fand Tørres Wold ein großes Vergnügen darin, lautlos auf weichen Teppichen von Gang zu Gang zu wandern, sich in ein Zimmer zu begeben und in einem behaglichen Sessel niederzulassen, sich im Restaurant zu erfrischen, sich eine Zeitlang hier zu zeigen und sich dann nach dort zu begeben, und das alles in dem Bewusstsein, dass seine Mittel es ihm erlaubten!

Und diese Bauern, die ihm hier begegneten, die er jedoch in seiner Eigenschaft als städtischer Großkaufmann doch etwas auf Distanz hielt – die konnte er ja so gut verstehen, schließlich kannte er die beengten Verhältnisse, aus denen sie stammten, wusste, dass sie eher bereit waren, ihre Seele zu verkaufen und den letzten Rest Anstand aufzugeben, als das behagliche Leben in diesem weiträumigen Palast und das Gefühl schwindelerregender Wichtigkeit zu verlieren.

Vor allem nachdem er seine erste Rede gehalten hatte, kam er in seinem Parlamentsleben zur Ruhe.

Er verdankte seine Idee Pastor Opstad und wartete nur auf eine passende Gelegenheit. Eines Vormittags, als Saal und Galerie vollbesetzt waren, erhob er sich in einer Debatte um eine Frage des Schulwesens und sagte, was ihn betreffe, so stehe er fest auf der Grundlage seines Kinderglaubens. Es sei ihm nicht unbekannt, dass man dergleichen heutzutage nicht mehr sagen dürfe, wenn man als gebildeter Mann gelten wolle, als fortschrittlicher Mann, aber er müsse es nun doch sagen – offen und geradeheraus, wie er nun einmal sei, ein Mann aus der Tiefe des Volkes –, ja, es sei ihm sogar lieb, das in diesem Saal zu bekennen, denn weiter sei er nicht gekommen, nein, das sei er wirklich nicht, nicht weiter als bis zur demutsvollen Grundlage seines Kinderglaubens, und er hoffe doch inständig, dass er auch niemals weiterkommen werde.

Seine Rede erregte Aufsehen, da er mit solchem Freimut sprach, und man staunte darüber, dass dieser junge Mann, der so rasch ein Vermögen angehäuft hatte, zugleich so stark von der Religion geprägt sein konnte, und obwohl er sich nie mehr dazu äußerte, galt er von nun an als einer der wertvollsten Unterstützer von Thron und Altar.

Zu Hause in seiner Stadt zwinkerten die Konservativen Pastor Opstad zu und drückten ihm warm die Hand. Die Liberalen standen wie üblich daneben, rieben sich ihre langen Nasen und fluchten: Der schon wieder! Aber Simon Varhoug flüsterte seinem Freund und Glaubensbruder Halvor Røidevaag zu: »Was hab' ich gesagt? Der Mensch hat den Teufel im Leib!«

Doch das größte Aufsehen erregte es, als die Zeitung melden konnte, und zwar auf eine Weise, dass alle wussten, dass es sich um eine offizielle und zuverlässige Mitteilung handelte, dass Herr Parlamentsabgeordneter Großkaufmann und stellvertretender Bankdirektor T. Wold bei der nächsten Gelegenheit zum Ritter des St. Olavsordens ernannt werden würde – von dieser Mitteilung waren einfach alle überwältigt.

Selbst die, die zu gern über solchen Glitzerkram spotteten, wurden nachdenklich; die Frauen sahen ihre Männer von der Seite an und dachten, so weit wirst du es nie bringen, ja, auch kleine Leute und die, die in der Gesellschaft am machtlosesten waren, setzten sich, allein und zu mehreren, zusammen, Mann und Frau an den Betten der Kinder – sie setzten sich zusammen und starrten dieses an: dass ein Mann, von dem alle wussten, dass er in seinem ganzen Leben anderen nur Böses angetan hatte, dass dieser Mann nun erhoben und ausgezeichnet werden sollte.

Dass dieser ungeheure Haufen Geld, auf unsaubere und unanständige Weise zusammengerafft, inzwischen bis nach Stockholm stank, darüber staunten sie, und sie machten sich ihre Gedanken. War es dann im Grunde nicht sinnlos für sie selbst und ein Unrecht ihren Kindern gegenüber, diese zu der Ehrlichkeit zu erziehen, die angeblich am längsten währte? Denn das alles stimmte doch überhaupt nicht. Und nahm man den Kindern nicht die Möglichkeit, im Leben nach oben zu kommen, wenn man sie zwang, zu lesen und zu lernen, und ihnen Achtung vor dem Wissen beibrachte, während man ihnen vorenthielt, dass der Weg von unten nach oben in der Gesellschaft den Gierigen offenstand, die sich niemals schämten, den Heuchlern, die nie mit der Wimper zuckten.

Doch vor dem großen Mann selbst zogen alle ihre Stacheln ein, und die Stadt lag ziemlich einhellig vor ihm auf dem Bauch, als er im Sommer aus dem Parlament zurückkehrte. Alle Geschäftsleute, die in der Zwischenzeit etwas gefunden hatten, woran sie nagen konnten, versteckten ihre Fleischknochen sorgfältig und traten schwanzwedelnd zu dem großen Bankett an, das im Club zu Ehren des heimgekehrten Herrn Wold arrangiert wurde.

Bei diesem Fest sollten auch Damen zugegen sein, und hier sollte Tørres die schöne Frau Steiner wiedersehen, die sich seit einigen Monaten wieder in der Stadt aufhielt.

Während er sich ankleidete und eigentlich an seine vielen Dankesreden hätte denken müssen, schlich sich unwillkürlich der Gedanke an sie in seinen Text und lenkte ihn ab.

Er hatte gehört, dass sie in die Stadt zurückgekehrt war, um ihr Atelier auszuräumen, das in all diesen Jahren leer gestanden hatte, sie wollte alles zu Geld machen und die Stadt wieder verlassen. Ihm kam das plausibel vor, da er aus der Hauptstadt wusste, dass ihr Mann bankrott war und sie vermutlich nicht länger unterhalten konnte.

Er hatte das Gefühl, dass, egal, wie er sich wappnete, alles davon abhängen würde, wie sie sich ihm gegenüber verhielt. Noch in diesem Moment, nachdem er alles und alle aus dem Weg geräumt hatte, spürte er, dass diese Frau seine letzte Prüfung darstellen würde.

Sie hatte ihn zum Narren gehalten, hatte ihn lachend an den Rand des Abgrundes geführt. Ob sie noch immer diese Macht besaß? Oder war das hier eine Gelegenheit zur Rache?

Ehe man sich zu Tisch setzte, war der große Mann dermaßen umlagert, dass er sie nur für einen Moment in einer Gruppe von Damen erblickte. Aber im selben Moment verspürte er den heißen Stoß im Herzen, als verschlage der immer noch überwältigende Anblick der Frau, deren Macht die gleiche zu sein schien, ihm den Atem.

Nun begannen die Reden, der große Mann wurde mit den prachtvollsten Wörtern beklebt, die ihnen nur einfallen wollten. Zuerst sprach Bankdirektor Christensen über die jungen Kräfte, die sie nach und nach ablösen, die Last auf ihre Schultern nehmen würden, und so weiter.

Danach überbrachte Rechtsanwalt Dreyer einen Gruß von den kleinen Leuten in der Gesellschaft, für die Herr Wold ein Vater und ein Wohltäter sei.

Dann kam ein Parlamentsabgeordneter vom Lande und sprach über den »Selfmademan«, der aus der Tiefe des Volkes emporgestiegen sei, und so weiter.

Die beste Rede aber hielt Pastor Opstad. Er wolle nicht, dass die Sache mit dem *selfmade*, wie es also heiße, zu sehr betont würde. Denn von sich aus vermöge der Mensch nichts, was niemand besser wisse als sein Freund T. Wold. Dieser Mann habe sich in der Erkenntnis, dass jeder Segen von oben komme, aus seinen bescheidenen Verhältnissen heraus emporgearbeitet, und deshalb habe Gott seine Herde gemästet und ihm so viel irdisches Gut geschenkt. Und wie er es angenommen habe, so werde er es auch verwalten – da war sich der Pastor sicher.

Tørres hatte auf alle diese Reden mit großer Würde geantwortet, er hatte bei dem Bankdirektor gute Vorstudien gemacht und seine Ausbildung dann im Parlament vervollständigt, deshalb konnte er leere Phrasen dreschen und die klebrigsten Schmeicheleien vorbringen wie ein Ehrenmann, dem alles von Herzen kommt.

Frau Steiner saß weit unten am Tisch mit einem ihrer alten Anbeter, sie konnte den Ehrengast immer dann sehen, wenn er sich zu einer Rede erhob, sie hörte, was er sagte und was die anderen zu ihm sagten. Und das war nun jener Kramladenbursche, der ihr einmal zu Füßen gelegen und den sie zum Narren gehalten hatte!

Seit damals hatte sie viele Enttäuschungen erlebt. Die Hauptstadt hatte sie schon verändert vorgefunden, als sie damals zurückgekehrt war. Die Menschen hatten sich vage an einen Skandal oder eine Scheidung erinnert, aber ansonsten hatte es neue und viel schlimmere Geschichten gegeben, die jetzt die Gemüter erregte hatten. Sie hatte gespürt, dass sie noch mit einem gewissen Interesse betrachtet worden war, aber doch als eine, deren Leben eigentlich zu Ende war, und als ihr Mann, der sich nicht im Geringsten gebessert hatte, sich finanziell nicht mehr hatte halten können, da, wie er in seiner Schamlosigkeit erklärt hatte, seine Geschäfte nicht eine Geschiedene und eine Illegitime ernähren könnten, hatte sie sich zur Rückkehr in die kleine Stadt entschlossen, in ziemlicher Verzweiflung und ohne irgendeine Vorstellung, was jetzt werden sollte.

Schön war sie noch immer, und keine andere im Saal kleidete sich so wie sie. Und während das großartige Bankett seinen Lauf nahm und der Eine mit Ehren überhäuft wurde, leuchteten Frau Steiners Augen auf, und sie fragte sich, ob es nicht vielleicht doch die Möglichkeit gäbe, hier das zu finden, was sie suchte: sorglosen Reichtum und einen Mann.

Sie verspürte noch immer eine gewisse Angst vor seiner Grobheit, aber alle Welt lag ihm doch zu Füßen, da hatte er sich sicher verändert.

Schlimmer wäre es, wenn er begriffen hätte, und bestimmt hatte er es später begriffen, welche Schuld sie an jenem Abend trug. Ob er ihr verziehen hatte? Ob sie ihn dazu bringen könnte, zu vergessen?

Und so waren sie beide unsicher, als sie sich später an diesem Abend gegenüberstanden, nachdem er lange um sie gekreist war, und wie auf eine Verabredung hin nahm sie sofort seinen Arm, und sie begaben sich in ein Nebenzimmer, wo sie allein waren.

Sein Herz schlug wie in seiner Jugend, als sie sich setzten, sie lachten beide ein wenig, fanden keinen richtigen Anfang.

»Sie haben sich wirklich sehr verändert, Herr Wold!«

»Aber Sie nicht, nicht im Geringsten«, sagte er und blickte ihr ins Gesicht, ließ seine Augen über ihre weißen Schultern wandern, auf diese gierige Weise, die sie erkannte und vor der sie unwillkürlich zurückwich.

»In Christiania sind wir uns nie begegnet«, sagte sie.

»Ich habe mich in den vornehmsten Salons nach Ihnen erkundigt, aber niemand dort hatte je von Ihnen gehört.«

Er war doch noch derselbe, sie wechselte das Thema. »Wie hat Ihnen das Leben im Parlament denn gefallen?«

»Sehr gut«, antwortete Tørres.

Auch diese Keckheit kannte sie an ihm.

»Aber – aber war es nicht ein bisschen schwierig, einfach so dazuzukommen?«

»Ach, da hatte ich keine Hemmungen, ich war doch reicher als alle anderen zusammen«, sagte er und lachte sie mit seinen starken Zähnen an, weshalb sie abermals ein wenig zurückwich.

Doch er war nun in Fahrt, und er erzählte ihr, wie einer vertrauten Freundin, alles, was er in diesen Jahren erreicht hatte. Ihm war jetzt schon klar, dass nicht mehr die Rede davon sein konnte, ihn zum Narren zu halten, es galt jetzt, die Vergangenheit ruhen zu lassen und sie auf diese Reise mitzunehmen, während er in seinem Glanz vor ihr stand und ihr die Stütze fehlte.

Und er fühlte sich sehr mächtig bei dem Gedanken, dass er sich nun dem allerunmöglichsten Traum näherte, dieser Frau, die für ihn die Blendendste gewesen war und noch immer war, die so schwindelerregend hoch über ihm gestanden hatte, dass es jetzt die Möglichkeit gab, sie sich zu unterwerfen; er wollte diesen weißen Nacken küssen – und ihn beugen; die Leidenschaft loderte in ihm auf, zusammen mit der Rachsucht, denn so musste er die Frauen lieben.

Sie hatte ihre Berechnungen vergessen und fühlte sich entwaffnet. Die Kraft, die sie schon bei dem Bauernjungen in gewisser Weise bewundert hatte, überwältigte sie, sie wurde immer bleicher, während er auf sie einsprach, sie hatte schon überlegt, ob sie ihn nehmen sollte, aber jetzt spürte sie, dass er am Ende sie nehmen würde.

Mehrmals hielten besorgte Herren vom Festkomitee Ausschau nach dem Ehrengast, zogen sich dann aber diskret zurück.

Tørres Wold griff nach ihrer Hand und sagte: »Jetzt habe ich alles, nur nicht das Höchste. Erlauben Sie mir, Sie in die Säle zu führen, aus denen Sie mich einst vertrieben haben, und dann werden wir quitt sein – und doppelt glücklich.«

Ein Schauer durchfuhr sie, aber nun näherte sich vorsichtig Bankdirektor Christensen.

»Man kommt vielleicht nicht so recht zur Einigung?«, fragte er taktvoll.

»Nein, jetzt sind wir uns einig«, rief Tørres Wold strahlend. »Nicht wahr, gnädige Frau?« Sie erhob sich, Hand in Hand standen sie vor dem lächelnden Bankdirektor. Sie lehnte ihren Kopf an Tørres Wolds starke Schulter und flüsterte: »Ja, wir wollen uns einig sein.«

Als er spät in dieser Nacht von seinem Fest nach Hause ging, das zu einer stürmischen Verlobungsfeier geworden war, machte Tørres einen Umweg, nachdem er seine Verlobte zu ihrer Tür gebracht hatte.

In der warmen, hellen Sommernacht trieb der Duft von Feldern und Heidekraut über die Stadt. Tørres blieb an einer Ecke stehen und atmete tief ein. Und mit der vertrauten Landluft tauchten in seinen Gedanken Kindheit und Jugend wieder auf – Zeiten, an die er in diesen geschäftigen Jahren sonst nicht gedacht hatte. Auch seiner Familie hatte er nicht viele Gedanken gewidmet; wenn jemand von seiner Verwandtschaft in die Stadt gekommen war, hatte er sofort versucht, diese Person wieder loszuwerden.

Aber in dieser Nacht passten sich die Erinnerungen seiner Stimmung an, die sanft und von Glück erfüllt war wie niemals zuvor, und er dachte an die Worte des Pastors, dass Gott seine Arbeit gesegnet habe. Schließlich war es ihm doch genauso ergangen wie Jakob – und jetzt, nach diesen sieben Jahren, würde er auch noch seine Rachel bekommen, die wunderschönste Rachel, die je ein Mann gewonnen hatte.

Vor seinem Haus blieb er stehen und betrachtete die goldenen Buchstaben mit seinem großen *selfmade* Namen; doch als er dann in seinen Zimmern stand, liefen seine Gedanken weiter in die Zukunft, zu der schönen Frau in diesen Zimmern, zu den bewundernden Gästen und zu seiner Macht über alle.

Und als er sich ausgezogen hatte und zu Bett ging, dachte er an die Kinder, und er fragte sich schon jetzt, wie er seinen erstgeborenen Sohn nennen sollte.

Plötzlich, wie durch eine Offenbarung, wusste er den Namen, und er sprach ihn in der Dunkelheit halblaut, gleichsam voller Dankbarkeit aus.

Jakob – das war der Name!, *Jakob*, so sollte sein Sohn heißen, und er würde ihn lehren, diesem Namen alle Ehre zu machen!

Anmerkungen

Die biblische Geschichte, auf die sich Tørres immer wieder bezieht, lautet in den relevanten Ausschnitten wie folgt (1. Mose 25,19 – 41,46):

Esau und Jakob – Dies ist das Geschlecht Isaaks, des Sohnes Abrahams: Abraham zeugte Isaak. / Isaak aber war vierzig Jahre alt, als er Rebekka zur Frau nahm, die Tochter Bethuels, des Syrers, von Mesopotamien, Labans, des Syrers, Schwester. / Isaak aber bat den Herrn für sein Weib, denn sie war unfruchtbar. Und der Herr ließ sich erbitten, und Rebekka, sein Weib, ward schwanger. / Und die Kinder stießen sich miteinander in ihrem Leib. Da sprach sie: Da mir's also sollte gehen, warum bin ich schwanger geworden? Und sie ging hin, den Herrn zu fragen. / Und der Herr sprach zu ihr: Zwei Völker sind in deinem Leibe, und zweierlei Leute werden sich scheiden aus deinem Leibe; und ein Volk wird dem andern überlegen sein, und der Ältere wird dem Jüngeren dienen. / Da nun die Zeit kam, daß sie gebären sollte, siehe, da waren Zwillinge in ihrem Leibe. / Der erste, der herauskam, war rötlich, ganz rauh wie ein Fell; und sie nannten ihn Esau. / Danach kam heraus sein Bruder, der hielt mit seiner Hand die Ferse des Esau; und sie hießen ihn Jakob. Sechzig Jahre alt war Isaak, als sie geboren wurden. / Und da nun die Knaben groß wurden, ward Esau ein Jäger und streifte auf dem Felde, Jakob aber ein sanfter Mann und blieb in den Hütten. / Und Isaak hatte Esau lieb und aß gern von seinem Weidwerk; Rebekka aber hatte Jakob lieb. – *Esau verkauft sein Erstgeburtsrecht* – Und Jakob kochte ein Gericht. Da kam Esau vom Felde und war müde / Und sprach zu Jakob: Laß mich kosten das rote Gericht; denn ich bin müde. Daher heißt er Edom. / Aber Jakob sprach: Verkaufe mir heute deine Erstgeburt. / Esau antwortete: Siehe, ich muß doch sterben; was soll mir denn die Erstgeburt? / Jakob sprach: So schwöre mir heute. Und er schwur ihm und verkaufte also Jakob seine Erstgeburt. / Da gab ihm Jakob Brot und das **Linsengericht**, und er aß und trank und stand auf und ging davon. Also verachtete Esau seine Erstgeburt.

26 – *Verheißung an Isaak. Wanderschaft.* – Es kam aber

eine Teuerung ins Land nach der vorigen, so zu Abrahams Zeiten war. Und Isaak zog zu Abimelech, der Philister König, gen Gerar. / Da erschien ihm der Herr und sprach: Ziehe nicht hinab nach Ägypten, sondern bleibe in dem Lande, das ich dir sage. / Sei ein Fremdling in diesem Lande, und ich will mit dir sein und dich segnen; denn dir und deinem Samen will ich alle diese Länder geben, und will meinen Eid bestätigen, den ich deinem Vater Abraham geschworen habe, / Und will deinen Samen mehren wie die Sterne am Himmel, und will deinem Samen alle diese Länder geben. Und durch deinen Samen sollen alle Völker auf Erden gesegnet werden, / Darum daß Abraham meiner Stimme gehorsam gewesen ist und hat gehalten meine Rechte, meine Gebote, meine Weise und mein Gesetz. / Also wohnte Isaak zu Gerar.

[…]

Jakob gewinnt mit List den Erstgeburtssegen – 27 – Und es begab sich, da Isaak alt war geworden und seine Augen dunkel wurden zu sehen, rief er Esau, seinen älteren Sohn, und sprach zu ihm: Mein Sohn! Er aber antwortete ihm: Hier bin ich. / Und er sprach: Siehe, ich bin alt geworden und weiß nicht, wann ich sterben soll. / So nimm nun dein Geräte, Köcher und Bogen, und geh aufs Feld und jage mir ein Wildbret / Und mache mir ein Essen, wie ich's gern habe, und bringe mir's herein, daß ich esse, daß dich meine Seele segne, ehe ich sterbe. / Rebekka aber hörte solche Worte, die Isaak zu seinem Sohn Esau sagte. Und Esau ging hin aufs Feld, daß er ein Wildbret jagte und heimbrächte. / Da sprach Rebekka zu Jakob, ihrem Sohn: Siehe, ich habe gehört deinen Vater reden mit Esau, deinem Bruder, und sagen: / Bringe mir ein Wildbret und mache mir ein Essen, daß ich esse und dich segne vor dem Herrn, ehe ich sterbe. / So höre nun, mein Sohn, meine Stimme, was ich dich heiße. / Gehe hin zu der Herde und hole mir zwei gute Böcklein, daß ich deinem Vater ein Essen davon mache, wie er's gerne hat. / Das sollst du deinem Vater hineintragen, daß er esse, auf daß er dich segne vor seinem Tode. / Jakob aber sprach zu seiner Mutter Rebekka: Siehe, mein Bruder Esau ist rauh, und ich glatt; / So möchte vielleicht mein Vater mich betasten, und ich würde vor ihm geachtet, als ob ich ihn betrügen wollte, und brächte über mich einen Fluch und nicht einen Segen. /

Da sprach seine Mutter zu ihm: Der Fluch sei auf mir, mein Sohn; gehorche nur meiner Stimme, gehe und hole mir. / Da ging er hin und holte und brachte es seiner Mutter. Da machte seine Mutter ein Essen, wie es sein Vater gerne hatte, / Und nahm Esaus, ihres älteren Sohnes, köstliche Kleider, die sie bei sich im Hause hatte, und zog sie Jakob an, ihrem jüngeren Sohn; Aber die Felle von den Böcklein tat sie ihm um seine Hände, und wo er glatt war am Halse. / Und gab also das Essen mit dem Brot, wie sie es gemacht hatte, in Jakobs Hand, ihres Sohnes. / Und er ging hinein zu seinem Vater und sprach: Mein Vater! Er antwortete: Hier bin ich. Wer bist du, mein Sohn? / Jakob sprach zu seinem Vater: Ich bin Esau, dein erstgeborener Sohn; ich habe getan, wie du mir gesagt hast; steh auf, setze dich, und iß von meinem Wildbret, auf daß mich deine Seele segne. / Isaak aber sprach zu seinem Sohn: Mein Sohn, wie hast du so bald gefunden? Er antwortete: Der Herr, dein Gott, bescherte mir's. / Da sprach Isaak zu Jakob: Tritt herzu, mein Sohn, daß ich dich betaste, ob du mein Sohn Esau bist oder nicht. / Also trat Jakob zu seinem Vater Isaak; und da er ihn betastet hatte, sprach er: Die Stimme ist Jakobs Stimme, aber die Hände sind Esaus Hände. / Und er kannte ihn nicht, denn seine Hände waren rauh wie Esaus, seines Bruders, Hände; und er segnete ihn / Und sprach zu ihm: Bist du mein Sohn Esau? Er antwortete: Ja, ich bin's. / Da sprach er: So bringe mir her, mein Sohn, zu essen von deinem Wildbret, daß dich meine Seele segne. Da brachte er's ihm, und er aß; und trug ihm auch Wein hinein, und er trank. / Und Isaak, sein Vater, sprach zu ihm: Komm her und küsse mich, mein Sohn! / Er trat hinzu und küßte ihn. Da roch er den Geruch seiner Kleider und segnete ihn und sprach: Siehe, der Geruch meines Sohnes ist wie ein Geruch des Feldes, das der Herr gesegnet hat. / Gott gebe dir vom Tau des Himmels und von der Fettigkeit der Erde und Korn und Wein die Fülle. / Völker müssen dir dienen, und Leute müssen dir zu Fuße fallen. Sei ein Herr über deine Brüder, und deiner Mutter Kinder müssen dir zu Fuße fallen. Verflucht sei, wer dir flucht; gesegnet sei, wer dich segnet. / Als nun Isaak vollendet hatte den Segen über Jakob, und Jakob kaum hinausgegangen war von seinem Vater Isaak, da kam Esau, sein Bruder, von seiner Jagd / Und machte auch ein Essen und trug's hinein zu seinem Vater und sprach zu ihm: Steh auf, mein Vater, und iß von dem Wildbret deines Sohnes, daß mich deine Seele segne. / Da antwortete ihm Isaak, sein Vater: Wer bist du? Er sprach: Ich bin Esau, dein erstgeborener Sohn. / Da entsetzte sich Isaak über die Maßen sehr und sprach: Wer ist denn der Jäger, der mir gebracht hat, und ich habe von allem gegessen, ehe du kamst, und habe ihn gesegnet? Er wird auch gesegnet bleiben. / Als Esau diese Rede seines Vaters hörte, schrie er laut und ward über die Maßen sehr betrübt und sprach zu seinem Vater: Segne mich auch, mein Vater! / Er aber sprach: Dein Bruder ist gekommen mit List und hat deinen Segen hinweg. / Da sprach er: Er heißt wohl Jakob; denn er hat mich nun zweimal überlistet. Meine Erstgeburt hat er dahin; und siehe, nun nimmt er auch meinen Segen. Und sprach: Hast du mir denn keinen Segen vorbehalten? / Isaak antwortete und sprach zu ihm: Ich habe ihn zum Herrn über dich gesetzt, und alle seine Brüder habe ich ihm zu Knechten gemacht, mit Korn und Wein habe ich ihn versehen; was soll ich doch dir nun tun, mein Sohn? / Esau sprach zu seinem Vater: Hast du denn nur einen Segen, mein Vater? Segne mich auch, mein Vater; und hob auf seine Stimme und weinte. / Da antwortete Isaak, sein Vater, und sprach zu ihm: Siehe da, du wirst eine Wohnung haben ohne Fettigkeit der Erde und ohne Tau des Himmels von oben her. / Von deinem Schwerte wirst du dich nähren und deinem Bruder dienen. Aber es wird geschehen, daß du auch ein Herr sein und sein Joch von deinem Halse reißen wirst. – *Esau trachtet seinem Bruder nach dem Leben* – Und Esau war Jakob gram um des Segens willen, mit dem ihn sein Vater gesegnet hatte, und sprach in seinem Herzen: Es wird die Zeit bald kommen, da man um meinen Vater Leid tragen muß; dann will ich meinen Bruder Jakob erwürgen. / Da wurden Rebekka angesagt diese Worte ihres älteren Sohnes Esau; und sie schickte hin und ließ Jakob, ihren jüngeren Sohn, rufen und sprach zu ihm: Siehe, dein Bruder Esau droht dir, daß er dich erwürgen will. / Und nun höre meine Stimme, mein Sohn: Mache dich auf und fliehe zu meinem Bruder Laban gen Haran / Und bleib eine Weile bei ihm, bis sich der Grimm deines Bruders legt, / Und bis sich sein Zorn wider dich von dir wendet und er vergißt, was du an ihm getan hast; so will ich danach schicken und dich von dannen holen lassen. Warum sollte ich euer beider beraubt werden auf e i n e n Tag? / Und Rebekka sprach zu Isaak: Mich verdrießt zu leben vor den Töchtern Heth. Wo Jakob ein Weib nimmt von den Töchtern Heth wie diese, von den Töchtern des Landes, was soll mir das Leben?

28 – *Flucht nach Haran.* – Da rief Isaak seinen Sohn Jakob und segnete ihn und gebot ihm und sprach zu ihm: Nimm nicht ein Weib von den Töchtern Kanaans; / Sondern mache dich auf und ziehe nach Mesopotamien zum Hause Bethuels, des Vaters deiner Mutter, und nimm dir ein Weib daselbst von den Töchtern Labans, des Bruders deiner Mutter. / Aber der allmächtige Gott segne dich und mache dich fruchtbar und mehre dich, daß du werdest ein Haufe Völker; / Und gebe dir den Segen Abrahams, dir und deinem Samen mit dir, daß du besitzest das Land, darin du Fremdling bist, das Gott de Abraham gegeben hat. / Also fertigte Isaak den Jakob ab, daß er nach Mesopotamien zog zu Laban, Bethuels Sohn, in Syrien, dem Bruder Rebekkas, Jakobs und Esaus Mutter. / Als nun Esau sah, daß Isaak Jakob gesegnet hatte und abgefertigt nach Mesopotamien, daß er daselbst ein Weib nähme, und daß er, indem er ihn segnete, ihm gebot und sprach: Du nicht ein Weib nehmen von den Töchtern Kanaans, / Und daß Jakob seinem Vater und seiner Mutter gehorchte und nach Mesopotamien zog, / Sah auch, daß Isaak, sein Vater, nicht gerne sah die Töchter Kanaans: / Ging er hin zu Ismael und nahm zu den Weibern, die er zuvor hatte, Mahalath, die Tochter Ismaels, des Sohnes Abrahams, die Schwester Nebajots, zum Weibe. – *Himmelsleiter.* – Aber Jakob zog aus von Beerscheba und reiste gen Haran / Und kam an einen Ort, da blieb er über Nacht; denn die Sonne war untergegangen. Und er nahm einen Stein des Orts und legte ihn zu seinen Häupten und legte sich an dem Ort schlafen. / **Und ihm träumte**; und siehe, eine Leiter stand auf der Erde, die rührte mit der Spitze an den Himmel, und siehe, die Engel Gottes stiegen daran auf und nieder; / Und der Herr stand oben darauf und sprach: Ich bin der Herr, Abrahams, deines Vaters, Gott und Isaaks Gott; das Land, darauf du liegst, will ich dir und deinem Samen geben. / Und dein Same soll

werden wie der Staub auf Erden, und du sollst ausgebreitet werden gegen Abend, Morgen, Mitternacht und Mittag; und durch dich und deinen Samen sollen alle Geschlechter auf Erden gesegnet werden. / Und siehe, ich bin mit dir und will dich behüten, wo du hinziehst, und will dich wieder herbringen in dies Land. Denn ich will dich nicht lassen, bis daß ich tue alles, was ich dir geredet habe. / Da nun Jakob von seinem Schlaf aufwachte, sprach er: Gewiß ist der Herr an diesem Ort, und ich wußte es nicht; /Und fürchtete sich und sprach: Wie heilig ist diese Stätte! Hier ist nichts anderes denn Gottes Haus, und hier ist die Pforte des Himmels. / Und Jakob stand des Morgen früh auf und nahm den Stein, den er zu seinen Häupten gelegt hatte, und richtete ihn auf zu einem Mal und goß Öl oben darauf / Und hieß die Stätte Beth-El; zuvor aber hieß die Stadt Lus. / Und Jakob tat ein Gelübde und sprach: So Gott wird mit mir sein und mich behüten auf dem Wege, den ich reise, und mir Brot zu essen geben und Kleider anzuziehen / Und mich mit Frieden wieder heim zu meinem Vater bringen, so soll der Herr mein Gott sein; / Und dieser Stein, den ich aufgerichtet habe zu einem Mal, soll ein Gotteshaus werden; und von allem, was du mir gibst, will ich dir den Zehnten geben.

29 – *Jakobs Dienst bei Laban und Ehestand.* – Da hob Jakob seine Füße auf und ging in das Land, das gegen Morgen liegt, / Und sah sich um, und siehe, da war ein Brunnen auf dem Felde, und siehe, drei Herden Schafe lagen dabei; denn von dem Brunnen pflegten sie die Herden zu tränken, und ein großer Stein lag vor dem Loch des Brunnens. / Und sie pflegten die Herden alle daselbst zu versammeln und den Stein von dem Brunnenloch zu wälzen und die Schafe zu tränken, und taten alsdann den Stein wieder vor das Loch an seine Stätte. / Und Jakob sprach zu ihnen: Liebe Brüder, wo seid ihr her? Sie antworteten: Wir sind von Haran. / Er sprach zu ihnen: Kennt ihr auch Laban, den Sohn Nahors? Sie antworteten: Wir kennen ihn wohl. / Er sprach: Geht es ihm auch wohl? Sie antworteten: Es geht ihm wohl; und siehe, da kommt seine Tochter Rahel mit den Schafen. / Er sprach: Es ist noch hoher Tag, und ist noch nicht Zeit, das Vieh einzutreiben; tränket die Schafe und gehet hin und weidet sie. / Sie antworteten: Wir können nicht,

bis daß alle Herden zusammengebracht werden und wir den Stein von des Brunnens Loch wälzen und also die Schafe tränken. / Als er noch mit ihnen redete, kam Rahel mit den Schafen ihres Vaters; denn sie hütete die Schafe. / Da aber Jakob sah Rahel, die Tochter Labans, des Bruders seiner Mutter, und die Schafe Labans, des Bruders seiner Mutter, trat er hinzu und wälzte den Stein von dem Loch des Brunnens und tränkte die Schafe Labans, des Bruders seiner Mutter. / Und er küßte Rahel und weinte laut / Und sagte ihr an, daß er ihres Vaters Bruder wäre und Rebekkas Sohn. Da lief sie und sagte es ihrem Vater an. / Da aber Laban hörte von Jakob, seiner Schwester Sohn, lief er ihm entgegen und herzte und küßte ihn und führte ihn in sein Haus. Da erzählte er dem Laban alle diese Sachen. / Da sprach Laban zu ihm: Wohlan, du bist mein Bein und mein Fleisch. Und da er nun einen Monat lang bei ihm gewesen war, / Sprach Laban zu Jakob: Wiewohl du mein Bruder bist, solltest du mir darum umsonst dienen? Sage an, was soll dein Lohn sein? / Laban aber hatte zwei Töchter; die ältere hieß Lea, und die jüngere Rahel. / Aber Lea hatte ein blödes Gesicht, Rahel war hübsch und schön. / Und Jakob gewann die Rahel lieb und sprach: Ich will dir **sieben Jahre** um Rahel, deine jüngere Tochter, dienen. / Laban antwortete: Es ist besser, ich gebe sie dir als einem andern; bleibe bei mir. / Also diente Jakob um Rahel sieben Jahre, und sie deuchten ihn, als wären's einzelne Tage, so lieb hatte er sie. / Und Jakob sprach zu Laban: Gib mir nun mein Weib, denn die Zeit ist hier, daß ich zu ihr gehe. / Da lud Laban alle Leute des Orts und machte ein Hochzeitsmahl. / Des Abends aber nahm er seine Tochter Lea und brachte sie zu ihm; und er ging zu ihr. / Und Laban gab seiner Tochter Lea seine Magd Silpa zur Magd. / Des Morgens aber, siehe, da war es Lea. Und er sprach zu Laban: Warum hast du mir das getan? Habe ich dir nicht um Rahel gedient? Warum hast du mich denn betrogen? / Laban antwortete: Es ist nicht Sitte in unserm Lande, daß man die jüngere ausgebe vor der älteren. / Halte mit dieser die Woche aus, so will ich dir diese auch geben um den Dienst, den du bei mir noch andere sieben Jahre dienen sollst. / Jakob tat also und hielt die Woche aus. Da gab ihm Laban Rahel, seine Tochter, zum Weibe. / Und gab seiner Tochter Rahel seine Magd Bilha zur Magd. / Also ging er auch zu Rahel ein und hatte Rahel lieber als Lea; und er diente bei ihm fürder die andern sieben Jahre. / […]

[…] Da nun Rahel den Josef geboren hatte, sprach Jakob zu Laban: Laß mich ziehen und reisen an meinen Ort und in mein Land. / Gib mir meine Weiber und meine Kinder, um die ich dir gedient habe, daß ich ziehe; denn du weißt, wie ich dir gedient habe. / Laban sprach zu ihm: Laß mich Gnade vor deinen Augen finden. Ich spüre, dass mich der Herr segnet um deinetwillen; / Bestimme den Lohn, den ich dir geben soll. / Er aber sprach zu ihm: Du weißt, wie ich dir gedient habe und was du für Vieh hast unter mir. / Du hattest wenig, ehe ich herkam; nun aber ist's ausgebreitet in die Menge, und der Herr hat dich gesegnet durch meinen Fuß. Und nun, wann soll ich auch mein Haus versorgen? / Er aber sprach: Was soll ich dir denn geben? Jakob sprach: Du sollst mir gar nichts geben; sondern so du mir tun willst, was ich sage, so will ich wiederum weiden und hüten deine Schafe. / Ich will heute durch alle deine Herden gehen und aussondern alle gefleckten und bunten Schafe und alle schwarzen Schafe und die bunten und gefleckten Ziegen. Was nun bunt und gefleckt fallen wird, das soll mein Lohn sein. / So wird mir meine Redlichkeit zeugen heute oder morgen, wenn es kommt, daß ich meinen Lohn von dir nehmen soll; also daß, was nicht gefleckt oder bunt unter den Ziegen und nicht schwarz sein wird unter den Lämmern, das sei ein Diebstahl bei mir. / Da sprach Laban: Sie da, es sei, wie du gesagt hast. / Und sonderte des Tages die sprenkligen und bunten Böcke und alle gefleckten und bunten Ziegen, wo nur was Weißes daran war, und alles, was schwarz war unter den Lämmern, und tat's unter die Hand seiner Kinder; / Und machte Raum drei Tagereisen weit zwischen sich und Jakob. Also weidete Jakob die übrigen Herden Labans. / Jakob aber nahm **Stäbe** von grünen Pappelbäumen, Haseln und Kastanien und schälte weiße Streifen daran, daß an den Stäben das Weiße bloß ward, / Und legte die Stäbe, die er geschält hatte, in die Tränkrinnen vor die Herden, die kommen mußten zu trinken, daß sie da empfangen sollten, wenn sie zu trinken kämen. / Also empfingen die Herden über den Stäben und brachten sprenklige, gefleckte und bunte. / Da schied Jakob die Lämmer und richtete die Herde mit dem Angesicht gegen die gefleckten und schwarzen in der Herde Labans und machte sich eine eigene Herde, die tat er nicht zu der Herde Labans. / Wenn aber der Lauf der Frühlingherde war, legte er die Stäbe in die Rinnen vor die Augen der Herde, daß sie über den Stäben empfingen; / Aber in der Spätlinge Lauf legte er sie nicht hinein. Also wurden die Spätlinge des Laban, aber die Frühlinge des Jakob. / Daher ward der Mann über die Maßen reich, daß er viele Schafe, Mägde und Knechte, Kamele und Esel hatte.

31 – *Jakobs Flucht mit den Seinen* – Und es kamen vor ihn die Reden der Kinder Labans, daß sie sprachen: Jakob hat alles Gut unsers Vaters an sich gebracht, und von unsers Vaters Gut hat er solchen Reichtum zuwege gebracht. / Und Jakob sah an das Angesicht Labans; und siehe, er war nicht gegen ihn wie gestern und ehegestern. / Und der Herr sprach zu Jakob: Zieh wieder in deiner Väter Land und zu deiner Freundschaft; ich will mit dir sein. / Da sandte Jakob hin und ließ rufen Rahel und Lea aufs Feld zu seiner Herde / Und sprach zu ihnen: Ich sehe an eures Vaters Angesicht, daß es nicht gegen mich ist wie gestern und ehegestern; aber der Gott meines Vaters ist mit mir gewesen. / Und ihr wisset, daß ich aus allen meinen Kräften eurem Vater gedient habe. / Und er hat mich getäuscht und nun zehnmal meinen Lohn verändert; aber Gott hat ihm nicht gestattet, daß er mir Schaden täte. / Wenn er sprach: Die bunten sollen dein Lohn sein, so trug die ganze Herde bunte. Wenn er aber sprach: Die sprenkligen sollen dein Lohn sein, so trug die ganze Herde sprenklige. / Also hat Gott die Güter eures Vaters ihm entwandt und mir gegeben. / Denn wenn die Zeit des Laufs kam, hob ich meine Augen auf und sah im Traum, und siehe, die Böcke, die auf die Herde sprangen, waren sprenklig, gefleckt und bunt. / Und der Engel Gottes sprach zu mir im Traum: Jakob! Und ich antwortete: Hier bin ich. / Er aber sprach: Hebe auf deine Augen und sieh, alle Böcke, die auf die Herde springen, sind sprenklig, gefleckt und bunt; denn ich habe alles gesehen, was Laban dir tut. / Ich bin der Gott zu Beth-El, da du den Stein gesalbt hast und mir daselbst ein Gelübde getan. Nun mache dich auf und zieh aus diesem Lande, und zieh wieder in das

Land deiner Freundschaft. / Da antworteten Rahel und Lea, und sprachen zu ihm: Wir haben doch kein Teil noch Erbe mehr in unsers Vaters Hause. / Hat er uns doch gehalten wie die Fremden; denn er hat uns verkauft und unsern Lohn verzehrt. / Darum hat Gott unserm Vater entwandt seinen Reichtum zu uns und unsern Kindern. Alles nun, was Gott dir gesagt hat, das tue. / Also machte sich Jakob auf und lud seine Kinder und Weiber auf Kamele / Und führte weg all sein Vieh und alle seine Habe, die er zu Mesopotamien erworben hatte, daß er käme zu Isaak, seinem Vater, ins Land Kanaan. / (Laban aber war gegangen, seine Herde zu scheren.) Und Rahel stahl ihres Vaters **Götzen**. / Also täuschte Jakob den Laban zu Syrien damit, daß er ihm nicht ansagte, dass er floh. / Also floh er und alles, was sein war, machte sich auf und fuhr über den Strom und richtete sich nach dem Berge Gilead. – *Versöhnung mit Laban* – Am dritten Tage ward Laban angesagt, daß Jakob geflohen wäre. / Und er nahm seine Brüder zu sich und jagte ihm nach sieben Tagereisen und ereilte ihn auf dem Berg Gilead. / Aber Gott kam zu Laban, dem Syrer, im Traum des Nachts und sprach zu ihm: Hüte dich, daß du mit Jakob nicht anders redest als freundlich. / Und Laban nahte zu Jakob. Jakob aber hatte seine Hütte aufgeschlagen auf dem Berge; und Laban mit seinen Brüdern schlug seine Hütte auch auf dem Berge Gilead. / Da sprach Laban zu Jakob: Was hast du getan, daß du mich getäuscht hast und hast meine Töchter entführt, als wenn sie durchs Schwert gefangen wären? / Warum bist du heimlich geflohen und hast dich weggestohlen und hast mir's nicht angesagt, daß ich dich hätte geleitet mit Freuden, mit Liedern, mit Pauken und Harfen? / Und hast mich nicht lassen meine Kinder und Töchter küssen? Nun, du hast töricht getan. / Und ich hätte wohl so viel Macht, daß ich euch könnte Übles tun; aber eures Vaters Gott hat gestern zu mir gesagt: Hüte dich, daß du mit Jakob nicht anders als freundlich redest. / Und weil du denn ja wolltest ziehen und sehntest dich so sehr nach deines Vaters Hause, warum hast du mir meine Götter gestohlen? / Jakob antwortete und sprach zu Laban: Ich fürchtete mich und dachte, du würdest deine Töchter von mir reißen. / Bei welchem du aber deine Götter findest, der sterbe hier vor unsern Brüdern. Suche das Deine bei mir und nimm's hin. Jakob wußte aber nicht, daß sie Rahel gestohlen hatte. / Da ging Laban in die Hütten Jakobs und Leas und der beiden Mägde, und fand nichts. Und ging aus der Hütte Leas in die Hütte Rahels. / Da nahm Rahel die Götzen, und legte sie unter den Kamelsattel und setzte sich darauf. Laban aber betastete die ganze Hütte und fand nichts. / Da sprach sie zu ihrem Vater: Mein Herr, zürne nicht, denn ich kann nicht aufstehen vor dir, denn es geht mir nach der Frauen Weise. Also fand er die Götzen nicht, wie sehr er suchte. / Und Jakob ward zornig und schalt Laban und sprach zu ihm: Was hab ich mißgehandelt oder gesündigt, daß du so auf mich erhitzt bist? / Du hast all meinen Hausrat betastet. Was hast du von deinem Hausrat gefunden? Lege das dar vor meinen und deinen Brüdern, daß sie zwischen uns beiden richten. / Diese zwanzig Jahre bin ich bei dir gewesen, deine Schafe und Ziegen sind nicht unfruchtbar gewesen; die Widder deiner Herde hab ich nie gegessen; / Was die Tiere zerrissen, brachte ich dir nicht, ich mußte es bezahlen; du fordertest es von meiner Hand, es mochte mir des Tages oder des Nachts gestohlen sein. / Des Tages verschmachtete ich vor Hitze und des Nachts vor Frost, und kam kein Schlaf in meine Augen. / Also habe ich diese zwanzig Jahre in deinem Hause gedient, vierzehn um deine Töchter und sechs um deine Herde, und du hast mir meinen Lohn zehnmal verändert. / Wo nicht der Gott meines Vaters, der Gott Abrahams und die Furcht Isaaks, auf meiner Seite gewesen wäre, du hättest mich leer lassen ziehen. Aber Gott hat mein Elend und meine Mühe angesehen und hat dich gestern gestraft. / Laban antwortete und sprach zu Jakob: Die Töchter sind meine Töchter, und die Kinder sind meine Kinder, und die Herden sind meine Herden, und alles, was du siehst, ist mein. Was kann ich meinen Töchtern heute oder ihren Kinder tun, die sie geboren haben? / So komm nun und laß uns einen Bund machen, ich und du, der ein Zeugnis sei zwischen mir und dir. / Da nahm Jakob einen Stein und richtete ihn auf zu einem Mal. / Und sprach zu seinen Brüdern: Leset Steine auf! Und sie nahmen Steine und machten einen Haufen und aßen auf dem Haufen. / Und Laban hieß ihn Jegar-Sahaduta; Jakob aber hieß ihn Gilead. /

Da sprach Laban: Der Haufe sei heute Zeuge zwischen mir und dir (daher heißt man ihn Gilead), / Und sei eine Warte; denn er sprach: Der Herr sehe darein zwischen mir und dir, wenn wir voneinander kommen, / Wo du meine Töchter bedrückst oder andere Weiber dazu nimmst über meine Töchter. Es ist hier kein Mensch mit uns; siehe aber, Gott ist der Zeuge zwischen mir und dir. / Und Laban sprach weiter zu Jakob: Siehe, das ist der Haufe, und das ist das Mal, das ich aufgerichtet habe zwischen mir und dir. / Derselbe Haufe sei Zeuge, und das Mal sei auch Zeuge, wenn ich herüberfahre zu dir, oder du herüberfährst zu mir über diesen Haufen und dieses Mal, zu beschädigen. / Der Gott Abrahams und der Gott Nahors, der Gott ihres Vaters sei Richter zwischen uns. / Und Jakob schwur ihm bei der Furcht seines Vaters Isaak. Und Jakob opferte auf dem Berge und lud seine Brüder zum Essen. Und da sie gegessen hatten, blieben sie auf dem Berge über Nacht.

32 – *Jakobs Begegnung mit Engeln* – Des Morgens aber stand Laban früh auf, küßte seine Kinder und Töchter und segnete sie, und zog hin und kam wieder an seinen Ort. / Jakob aber zog seinen Weg; und es begegneten ihm die Engel Gottes. / Und da er sie sah, sprach er: Es sind Gottes Heere; und hieß die Stätte Mahanaim. – *Seine Furcht vor Esau* – Jakob aber schickte Boten vor sich her zu seinem Bruder Esau ins Land Seir, in die Gegend Edoms, / Und befahl ihnen und sprach: Also sagt meinem Herrn Esau: Dein Knecht Jakob läßt dir sagen: Ich bin bis daher bei Laban lange außen gewesen / Und habe Rinder und Esel, Schafe, Knechte und Mägde; und habe ausgesandt, es dir, meinem Herrn, anzusagen, daß ich Gnade vor deinen Augen fände. / Die Boten kamen wieder Jakob und sprachen: Wir kamen zu deinem Bruder Esau, und er zieht dir auch entgegen mit vierhundert Mann. / Da fürchtete sich Jakob sehr, und ihm ward bange; und er teilte das Volk, das bei ihm war, und die Schafe und die Rinder und die Kamele in zwei Heere / Und sprach: So Esau kommt auf das eine Heer und schlägt es, so wird das übrige entrinnen. / Weiter sprach Jakob: Gott meines Vaters Abraham und Gott meines Vaters Isaak, Herr, der du zu mir gesagt hast: Zieh wieder in dein Land und zu deiner Freundschaft, ich will dir wohltun! / Ich bin zu ge-

ring aller Barmherzigkeit und aller Treue, die du an deinem Knechte getan hast; denn ich hatte nicht mehr als diesen Stab, das ich über diesen Jordan ging, und nun bin ich zwei Heere geworden. / Errette mich von der Hand meines Bruders, von der Hand Esaus; denn ich fürchte mich vor ihm, daß er nicht komme und schlage mich, die Mütter samt den Kindern. / Du hast gesagt: Ich will dir wohltun und deinen Samen machen wie den Sand am Meer, den man nicht zählen kann vor der Menge. / Und er blieb die Nacht da und nahm von dem, das er vor Handen hatte, ein Geschenk für seinen Bruder Esau: / […] / Also ging das Geschenk vor ihm her; aber er blieb dieselbe Nacht beim Heer / Und stand auf in der Nacht und nahm seine zwei Weiber und die zwei Mägde und seine elf Kinder und zog an die Furt des Jabbok, / Nahm sie und führte sie über das Wasser, daß hinüberkam, was er hatte, / Und blieb allein. Da rang ein Mann mit ihm, bis die Morgenröte anbrach. / Und da er sah, daß er ihn nicht übermochte, rührte er das Gelenk seiner Hüfte an; und das **Gelenk der Hüfte** Jakobs ward über dem Ringen mit ihm verrenkt. / Und er sprach: Laß mich gehen, denn die Morgenröte bricht an. Aber er antwortete: Ich lasse dich nicht, du segnest mich denn. – *Name Israel* – Er sprach: Wie heißest du denn? Er antwortete: Jakob. / Er sprach: Du sollst nicht mehr Jakob heißen, sondern Israel; denn du hast mit Gott und mit Menschen gekämpft und bist obgelegen. / Und Jakob fragte ihn und sprach: Sage doch, wie heißest du? Er aber sprach: Warum fragst du, wie ich heiße? Und er segnete ihn daselbst. / Und Jakob hieß die Stätte Pniel; denn ich habe Gott von Angesicht gesehen und meine Seele ist genesen. / Und als er an Pniel vorüberkam, ging ihm die Sonne auf; und er hinkte an seiner Hüfte. / Daher essen die Kinder Israel keine Spannader aus dem Gelenk der Hüfte bis auf den heutigen Tag, darum daß die Spannader an dem Gelenk der Hüfte Jakobs angerührt ward.

[…]

37. – *Josephs Träume* – Jakob aber wohnte im Lande, darin sein Vater ein Fremdling gewesen war, im Lande Kanaan. / Und das sind die Geschlechter Jakobs: Joseph war siebzehn Jahre alt, da er ein Hirte des Viehs ward mit seinen Brüdern; und der Knabe war bei den Kindern Bilhas und Silpas,

der Weiber seines Vaters, und brachte vor ihren Vater, wo ein böses Geschrei wider sie war. / Israel aber hatte Joseph lieber denn alle seine Kinder, darum daß er ihn im Alter gezeugt hatte; und machte ihm einen **bunten Rock**. / Da nun seine Brüder sahen, daß ihn ihr Vater lieber hatte als alle seine Brüder, waren sie ihm feind und konnten ihm kein freundlich Wort zusprechen. / Dazu hatte Joseph einmal einen Traum und sagte seinen Brüdern davon; da wurden sie ihm noch feinder. / Denn er sprach zu ihnen: Höret doch, was mir geträumt hat. / Mich deuchte, wir banden Garben auf dem Felde, und meine Garbe richtete sich auf und stand; und eure Garben umher neigten sich vor meiner Garbe. / Da sprachen seine Brüder zu ihm: Solltest du unser König werden und über uns herrschen? Und sie wurden ihm noch feinder um seines Traumes und seiner Rede willen. / Und er hatte noch einen andern Traum, den erzählte er seinen Brüdern und sprach: Siehe, ich habe einen Traum gehabt; mich deuchte, die Sonne und der Mond und elf Sterne neigten sich vor mir. / Und da das seinem Vater und seinen Brüdern gesagt ward, strafte ihn sein Vater und sprach zu ihm: Was ist das für ein Traum, der dir geträumt hat? Soll ich und deine Mutter und deine Brüder kommen und vor dir niederfallen? / Und seine Brüder beneideten ihn. Aber sein Vater behielt diese Worte. – *Verkauf nach Ägypten.* – Da nun seine Brüder hingingen zu weiden das Vieh ihres Vater in Sichem, / Sprach Israel zu Joseph: Hüten nicht deine Brüder das Vieh in Sichem? Komm, ich will dich zu ihnen senden. Er aber sprach: Hier bin ich. / Und er sprach: Gehe hin und sieh, ob's wohl stehe um deine Brüder und um das Vieh, und sage mir wieder Antwort. Und er sandte ihn aus dem Tal Hebron, daß er gen Sichem ginge. / Da fand ihn ein Mann, daß er irreging auf dem Felde; der fragte ihn und sprach: Wen suchest du? / Er antwortete: Ich suche meine Brüder; sage mir doch an, wo sie hüten. / Der Mann sprach: Sie sind von dannen gezogen; denn ich hörte, daß sie sagten: Laßt uns gen Dothan gehen. Da folgte Joseph seinen Brüdern nach und fand sie zu Dothan. / Als sie ihn nun sahen von ferne, ehe denn er nahe zu ihnen kam, machten sie einen Anschlag, daß sie ihn töteten, / Und sprachen untereinander: Seht, der Träumer kommt daher. / So kommt nun und laßt uns ihn erwürgen und in eine Grube werfen und sagen, ein böses Tier habe ihn gefressen, so wird man sehen, was seine Träume sind. / Da das Ruben hörte, wollte er ihn aus ihren Händen erretten, und sprach: Laßt uns ihn nicht töten. / Und weiter sprach Ruben zu ihnen: Vergießt nicht Blut, sondern werft ihn in die Grube, die in der Wüste ist, und legt die Hand nicht an ihn. Er wollte ihn aber aus ihrer Hand erretten, daß er ihn seinem Vater wiederbrächte. / Als nun Joseph zu seinen Brüdern kam, zogen sie ihm seinen Rock, den bunten Rock, aus, den er anhatte, / Und nahmen ihn und warfen ihn in die Grube; aber die Grube war leer und kein Wasser darin. / Und setzten sich nieder, zu essen. Indes hoben sie ihre Augen auf und sahen einen Haufen Ismaeliter kommen von Gilead mit ihren Kamelen; die trugen Würze, Balsam und Myrrhe und zogen hinab nach Ägypten. / Da sprach Juda zu seinen Brüdern: Was hilft's uns, daß wir unsern Bruder erwürgen und sein Blut verbergen? / Kommt, laßt uns ihn den Ismaeliten verkaufen, daß sich unsre Hände nicht an ihm vergreifen; denn er ist unser Bruder, unser Fleisch und Blut. Und sie gehorchten ihm. / Und da die Midianiter, die Kaufleute, vorüberreisten, zogen sie ihn heraus aus der Grube und verkauften ihn den Ismaeliten um zwanzig Silberlinge; die brachten ihn nach Ägypten. / Als nun Ruben wieder zur Grube kam und fand Joseph nicht darin, zerriß er sein Kleid / Und kam wieder zu seinen Brüdern und sprach: Der Knabe ist nicht da! Wo soll ich hin? / Da nahmen sie Josephs Rock und schlachteten einen Ziegenbock und tauchten den Rock ins Blut / Und schickten den bunten Rock hin und ließen ihn ihrem Vater bringen und sagen: Diesen haben wir gefunden; sieh, ob's deines Sohnes Rock sei oder nicht. / Er kannte ihn aber und sprach: Es ist meines Sohnes Rock; ein böses Tier hat ihn gefressen, ein reißendes Tier hat Joseph zerrissen. / Und Jakob zerriß sein Kleider und legte einen Sack um seine Lenden und trug Leid um seinen Sohn lange Zeit. / Und alle seine Söhne und Töchter traten auf, daß sie ihn trösteten; aber er wollte sich nicht trösten lassen und sprach: Ich werde mit Leid hinunterfahren in die Grube zu meinem Sohn. Und sein Vater beweinte ihn. / Aber die Midianiter verkauften ihn in Ägypten dem Potiphar, des

Pharao Kämmerer und Hauptmann der Leibwache.

[...]

41 [...] **Die Rede [Josephs] gefiel Pharao** und allen seinen Knechten wohl. / Und Pharao sprach zu seinen Knechten: Wie könnten wir einen solchen Mann finden, in dem der Geist Gottes sei? / Und sprach zu Joseph: Weil dir Gott solches alles hat kundgetan, ist keiner so verständig und weise wie du. / Du sollst über mein Haus sein, und deinem Wort soll all mein Volk gehorsam sein; allein um den königlichen Stuhl will ich höher sein als du. / Und weiter sprach Pharao zu Joseph: Siehe, ich habe dich über ganz Ägyptenland gesetzt. / Und er tat seinen Ring von seiner Hand und gab ihn Joseph an seine Hand und kleidete ihn mit köstlicher Leinwand und hing ihm eine goldene Kette an seinen Hals / Und ließ ihn auf seinem zweiten Wagen fahren und ließ vor ihm her ausrufen: Der ist des Landes Vater. Und setzte ihn über ganz Ägyptenland. / Und Pharao sprach zu Joseph: Ich bin Pharao; ohne deinen Willen soll niemand seine Hand oder seinen Fuß regen in ganz Ägyptenland. / Und nannte ihn den heimlichen Rat und gab ihm ein Weib, Asnath, die Tochter Potipheras, des Priesters zu On. Also zog Joseph aus, das Land Ägypten zu besehen. / Und er war dreißig Jahre alt, da er vor Pharao stand, dem König in Ägypten; und fuhr aus von Pharao und zog durch ganz Ägyptenland. / [...]

S. 16 *Sirupkuchen:* eine Art Honigkuchen, nur eben mit Rübensirup gemacht, weil Honig zu teuer war.

S. 19 *Jakobs Traum:* siehe S. 225f.

S. 21 *Snørtevold:* Man hört dem Namen an, dass es sich um einen sehr kleinen, armen Hof handelt.

Lorgnon: Stielbrille.

S. 23 *..., um beim Stadtvogt sein Referendariat abzulegen:* Der Vogt bzw. Stadtvogt hatte u.a. den Vorsitz über das Landgericht inne.

S. 25 *Pensionat:* Erziehungsanstalt für Mädchen.

S. 26 *Christiania:* zwischen 1624 und 1924 der Name der norwegischen Hauptstadt Oslo.

S. 28 *Wechsel:* eine Art Schuldschein, aber leichter einzutreiben, da er dem strengen Wechselgesetz unterliegt, und mit festem Zahlungsziel.

S. 34 *Salomo:* Nach der Bibel von 971 bis 931 v. Chr. Herrscher des noch vereinigten Königreichs Israel.

S. 41 *wie er sich nach der Kätnerstelle seines Vaters genannt hatte:* Der Kätner war der Pächter einer Kleinbauernstelle und musste beim Großbauern Hand- und Spanndienste leisten. Er war also in der ländlichen Hierarchie knapp über den Tagelöhnern angesiedelt. Mit den Nachnamen war es wie in Norddeutschland, im Laufe des 19. Jahrhunderts musste man sich einen aussuchen, entweder das Patronym, wenn also der Vater Hans hieß, hieß der Sohn von nun an mit Nachnamen *Hanssen*, oder sie nannten sich nach dem Hof, toll, wenn man von einem schönen Hof mit tollem Namen kam, wie *Lindenallé*, doof, wenn man einen Namen hatte, der arm und ein bisschen lächerlich klang, wie *Snørtevold*. Wenn die Bauern die Sache mit der Namensgebung einfach nicht ernstnahmen, weil sie nicht einsehen konnten, wozu das gut sein sollte, kam es vor, dass genervte Beamte ihnen Namen wie z.B. *Schlotterhose* verpassten.

S. 44 *Prediger Olaves Spødeland:* wahrscheinlich erfundener Sektenprediger mit einem typischen Sektenpredigernamen; man sieht ihm an, dass der Mann aus einer Kleinbauernfamilie stammt: *Olaves* ist eine Dialektvariante von *Olav* und *Spødeland* ein Name wie von einer Kleinbauernstelle, wie *Snørtevold* auch.

S. 60 *Tordenskjold:* Peter Wessel Tordenskjold (1690–1720), dänisch-norwegischer Marineoffizier und Kriegsheld.

Joseph …, der in der Gunst Pharaos so hoch gestiegen war: siehe S. 236.

Samson: auch Simson, nach der Bibel der letzte große Richter von Israels vorstaatlicher Zeit. Ihm wird eine übermenschliche Körperstärke zugeschrieben, mit deren Hilfe er die Philister besiegt, die er aber verliert, wenn sein Haupthaar geschoren wird. Nachdem er seiner Frau sein Geheimnis verrät, die es an ihre Landsleute, die Philister, weitergibt, wird er geschoren und gefangengenommen. Nachdem seine Haare wieder gewachsen sind, kann er seine Kraft noch einmal erfolgreich gegen die Philister einsetzen und einen ihrer Tempel zum Einsturz bringen.

S. 60 *Und alles glückte ihm und alles war ihm erlaubt, und niemals tat Gott Jakob irgendetwas an, außer bei diesem einen Mal mit der Hüfte …:* Hier hat Tørres die biblische Geschichte offenbar etwas durcheinandergebracht, denn die gebrochene Hüfte hat an sich nichts mit der Himmelsleiter zu tun, die Jakob auch gar nicht erklimmt; vgl. dazu oben S. 225f. und S. 233.

S. 61 *Linsengericht:* siehe S. 221

S. 62 *Laban:* Jakobs Schwiegervater.

Götzenbilder …: siehe S. 230f.

Abraham gilt als Stammvater der Israeliten; er ist Isaaks Vater und Jakobs Großvater.

S. 63 *den grandiosen Schurkenstreich mit dem bunten Rock …:* Offenbar bringt Tørres auch hier etwas gründlich durcheinander: Der bunte Rock taucht im Zusammenhang mit Jakobs Sohn Joseph auf und der eigentliche Schurkenstreich wird von dessen Brüdern begangen, s.o. S. 234. Die Sache mit den Stäben hat damit an sich nichts zu tun, s.o. S. 228f.

S. 66 *200 Kronen:* Zum Vergleich: Ibsen bezahlte zur selben Zeit als Unterhalt für seinen unehelichen Sohn bis zur Konfirmation insgesamt an die 150 Kronen.

S. 105 *Indossamente:* schriftliche Erklärung, mit der das Eigentum und die Rechte z.B. aus einem Wechsel auf einen anderen übertragen werden. Gemeint sind hier natürlich die übertragenen Wechsel selbst.

S. 113 *Française:* Gesellschaftstanz, bei dem sich die Tanzenden paarweise gegenüberstehen.

S. 119 *Sèvres-Porzellan:* Sèvres ist eine der bedeutendsten Manufakturen Europas zur Herstellung von Fritten- (unechtem) Porzellan, die ihre Bedeutung vor allem dem Einfluss Madame de Pompadours verdankt.

S. 121 *Sund:* Meerenge.

S. 137 *Cotillon:* weiterer Gesellschaftstanz, bei dem sich die Tanzenden paarweise gegenüberstehen.

S. 145 *Freidenker:* im weiteren Sinne ein Freigeist, im engeren Sinne ein den Ideen der Aufklärung verpflichteter, säkularer Humanist, der sich gegen die vorherrschende Art von Religion, Gottes- und Aberglauben stellt.

S. 159 *Kirchdorf:* Ort mit eigener Kirche

S. 162 *kleiner Katechismus:* von Martin Luther 1529 verfasste Schrift als Einführung in den Glauben, die bis heute im Konfirmandenunterricht benutzt wird und in evangelisch geprägten Gebieten lange eine der wichtigsten Grundlagen für den Schulunterricht bildete. Der Kleine Katechismus umfasst die Texte sowie Erläuterungen zu den *Zehn Geboten*, zu *Glaubensbekenntnis* und *Vaterunser* sowie Erklärungen zu den Sakramenten der Taufe, des Abendmahls und des Alters; später kam noch die Beichte hinzu.

S. 168 *Moiré Antique:* gemasertes, glänzendes Seidengewebe.

S. 175 *der ohne zu jammern sieben Jahre lang um Rachel gedient hatte:* siehe S. 227.

S. 176 *Bankzeit:* festgesetzte Verkaufsstunde.

S. 181 *Fonds:* für bestimmte Zwecke zurückgelegte Vermögensreserve. Hier im Sinne eines Unterstützungsfonds für soziale Zwecke.

S. 185 *Terje Vigen:* eine Ballade von Henrik Ibsen von 1862 mit 43 Strophen.

S. 192 *Lorgnette:* Stielbrille.

S. 193 *Diskontgeschäft:* der Aufkauf von noch nicht fälligen Wechseln oder Schecks, wobei die fälligen Zinsen sowie eine Provision von der Wechselsumme abgezogen werden.

S. 198 *Brieftasche:* ursprünglich tatsächlich zur Aufbewahrung von Briefen und Dokumenten bestimmt; erst mit Einführung des Papiergeldes zur Aufbewahrung von Geld.